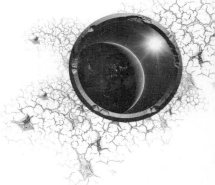

이계진입 리로디드 1

임경배 퓨전 판타지 소설

초판 1쇄 찍은 날 § 2015년 11월 25일
초판 1쇄 펴낸 날 § 2015년 12월 2일

지은이 § 임경배
펴낸이 § 서경석

편집책임 § 한준만

펴낸곳 § 도서출판 청어람
등록번호 § 제387-1999-000006호
등록일자 § 1999. 5. 31
어람번호 § 제1-2295호

주소 § 경기도 부천시 원미구 부일로 483번길 40 서경B/D 3F (우) 14640
전화 § 032-656-4452 팩스 § 032-656-4453
http://www.chungeoram.com
E-mail § chungeorambook@daum.net

ISBN 979-11-04-90530-8 04810
ISBN 979-11-04-90529-2 (세트)

RELOADED

임경배 퓨전 판타지 소설

FUSION FANTASTIC STORY

이계진입 ①
리로디드

도서출판
청어람

CONTENTS

RELOADED

이계진입 리로디드

프롤로그

천년 제국 루스클란은 끝을 고했다.

무너진 황궁 루스클라니움의 심장부, 위대한 황제의 옥좌 앞에 피투성이가 된 사내가 쓰러져 있었다. 오십 대 중반 정도로 보이는 중년 남자였다.

"크윽, 존귀한 이 몸이 이런 천한 것들에게……."

7인의 남녀가 중년인을 내려다보았다. 그들 역시 전신이 상처투성이, 지친 기색이 역력했다.

한 소년이 중년인에게 다가갔다.

"존귀 좋아하네, 미친 작자 같으니……."

기껏해야 18세 정도의, 아직 앳된 구석이 남아 있는 소년이었다. 하지만 어려 보이는 것은 얼굴뿐이고 몸은 전혀 달랐다.

전신이 잘 단련되어 한 줌의 군살조차 보이지 않는다. 검을 쥔 손엔 굳은살이 가득하고 힘줄이 선 두 팔은 마치 강철을 연상케 한다.

분명 십 대 소년임에도 불구하고 백전노장과도 같은 분위기가 전신에서 풍기고 있다.

검을 겨눈 채 소년이 차갑게 뇌까렸다.

"네놈의 광기도 여기까지다, 광제 루스타나드!"

*　　　　*　　　　*

루스클란 제국의 마지막 황제, 루스타나드 2세는 탐욕스럽고 잔인한 자였다.

"짐이 곧 제국이며 제국은 곧 세상이니, 이 세상이 곧 짐의 것이도다!"

광기에 젖은 황제는 가혹한 폭정과 수탈로 백성들을 학대했다. 수십만의 제국민을 각종 공사에 동원하고 제국 전역에서 미녀를 끌고 와 황궁을 가득 채워 그 숫자가 자그마치 1만에 달했다.

또한 피와 죽음을 탐닉해 죄 없는 백성들을 끌고 와 고문하고 죽이고 맹수에게 먹이며 즐거워하니, 세인들은 공포와 경멸을 담아 그를 광제(狂帝) 루스타나드라 칭했다.

루스클란 제국은 날로 기울어갔다. 수많은 충신이 간언을 올렸지만 소용없었다.

제국의 미래를 걱정하는 이들은 모두 잔인하게 죽음을 당했다. 진정한 충신은 사라지고 간신들만이 곁에 남으니 그 누구도 황제의 광기를 막을 수가 없었다.

수많은 이가 죽어갔다. 굶주려 죽고, 노역에 끌려가 죽고, 도적의 칼에 죽고, 타락한 귀족들의 노예가 되어 혹사당하며 죽어갔다.

결국 견디지 못한 이들이 들고일어났다. 무수한 영웅이 미친 황제와 맞서 싸웠다.

그러나 황제는 쓰러지지 않았다.

"가소롭도다! 천한 것들이 감히 짐에게 맞선단 말이냐?"

광제 루스타나드는 분명 탐욕스럽고 잔인한 자였다. 하지만 결코 약한 자는 아니었다.

천 년 전 루스클란 제국을 세운 초대 황제는 사상 최강의 마기언(Magian)이었다. 그의 핏속에는 그 어떤 마기언도 따라갈 수 없는 강력한 마법의 힘이 잠재되어 있었다.

그리고 그 권능은 대대로 역대 황제에게 전해져 내려왔다.

루스클란 황족의 직계에게만 전해지는 최강의 혈통 마법,

그것은 현세에 존재하지 않는 초월적인 이계의 존재를 불러내는 능력이었다.

"열려라, 이계의 문이여! 오라, 이계의 존재여! 지옥의 뚜껑을 열고 유황의 숨결을 세상에 흩날려라!"

광제 루스타나드는 무수한 이계의 마물을 현세로 불러냈다. 가장 끔찍한 악몽 중에서도 가장 깊은 심연에서 기어 올라온 이 최악의 괴물들은 인류의 힘을 아득히 초월하고 있었다.

투기(鬪氣)를 터득해 인간의 한계를 초월한 진정한 전사, 소드하이어(Sword Higher)들조차도 저 마물들을 상대하기엔 역부족이었다. 무수한 소드하이어가 이계의 악마들을 상대로 피를 뿌렸다.

또한 이계의 존재들에겐 현세의 법칙이 통하지 않았다. 현세의 법칙을 왜곡해 권능으로 바꾸는 힘, 마법을 쓰는 마기언들 역시 아무것도 못 해보고 쓰러졌다.

수많은 영웅이 이계의 마물들에 의해 죽고 또 죽어갔다.

하지만 무수한 패배 속에서도 혁명의 불길은 결코 꺼지지 않았다. 피가 흐르면 흐를수록 더더욱 거세게 타오를 뿐이었다.

세월이 흘렀다.

전쟁은 날이 갈수록 심화되었다. 혁명 세력도 점점 커졌다.

황제는 당황했다. 그리고 이 상황을 종결시킬 방법을 찾았다. 루스클란 황족의 혈통에 각인된 마법의 힘이 그에게 예지를 내려주었다.

왕의 심장이 불타 사라질 때, 현세의 운명을 초월한 존재가 이 땅에 강림하리라.

그것은 전설로만 내려오던 초대 황제의 비술, 신위(神位)를 지닌 이계의 초월자를 부르는 최강·최악의 소환술이었다. 이 비술은 황제의 심장을 대가로 요구하는 것이다.

물론 광제 루스타나드는 자살할 마음이 전혀 없었다. 그리하여 그는 실로 잔혹한 선택을 했다.

이계의 신, 혹은 악마를 불러내기 위해 광제는 자신의 다섯 아들과 일곱 딸, 열아홉의 루스클란 직계 황족을 희생했다.

그리고 수북하게 쌓인 심장 더미 위에서 마지막 비술을 거행했다.

비술은 실패로 돌아갔다.

소환에 응한 것은 이계의 신이 아니었다. 아무런 힘도 권능도 없는 이계의 십 대 소년이었다.

"이게 무슨 예지의 존재란 말인가? 이따위 하찮은 소년이 어찌 현세의 운명을 초월한 자란 말이냐?"

분노한 광제에 의해 지구에서 소환된 소년은 쓰레기처럼 버려졌다.

그 소년의 이름은 성시한이라 했다.

*   *   *

"…길었다."

성시한은 죽어가는 광제 루스타나드를 감회에 젖은 얼굴로 바라보았다.

이 자리에 오기까지 3년이란 시간이 걸렸다. 이는 대한민국의 일개 고등학생이 피와 죽음에 둔감한 전사가 되기까지 걸린 시간이기도 했다.

온갖 슬픔과 죽음과 비참함을 뒤로한 채 간신히 여기까지 왔다.

"정말 길었어……."

생소한 세상이었다. 가혹한 세상이기도 했다.

현대 문명과 비교하면 아득히 뒤떨어진 세계, 아무 연고도 없는 이 생지옥에서 무력한 소년은 그저 벌레처럼 비참하게 꿈틀댈 수밖에 없었다.

하지만 그는 죽지 않았다.

행운과 악운 속에서 세상을 배우고 힘을 길렀다. 소중한 인연을 맺고, 가르침을 받고, 때론 동료를 잃고 슬픔에 젖어 분노로 오열하며 끈질기게 살아남았다.

버려진 이계의 부랑자는 어느덧 진정한 강자가 되었다. 혁명군의 일곱 리더 중 한 명이 되어 황제를 향해 복수의 칼날을 겨누는 자가 되었다.

그럴 수 있었던 이유가 있었다.

"네 힘은 정말 몇 번을 봐도 놀라워, 시한."

강퍅한 인상의 깡마른 20대 남자, 혁명 7영웅 중 하나인 마기언 릴스타인이 주위를 둘러보며 혀를 내둘렀다.

부서진 황궁의 홀 사방에 마물들의 시체가 가득 널려 있었다. 모두 광제가 소환한 이계의 마물들이었다. 적게는 수 미터에서 크게는 드래곤만 한 덩치를 가진 이형(異形)의 존재, 하나하나가 족히 군대를 상대할 수 있는 가공할 괴물들이다.

그러나 이 마물들은 지금 모두 죽었다. 바로 성시한의 손에 의해서.

"그건 그래."

성시한 또래의 십 대 소녀가 동의하며 고개를 끄덕였다. 마찬가지로 혁명 7영웅 중 하나, 은형(隱形)의 레비나였다.

"시한이 없었다면 우리도 이 자리에 없었을걸?"

지구에서 온 성시한은 이계 마물들의 천적이었다. 그에 의해 황제의 마물 군단은 연신 패배를 맞이했다. 가장 큰 힘을 잃은 광제 루스타나드는 허점을 드러냈다.

덕분에 혁명군을 이끄는 일곱 영웅은 이곳, 황궁 루스클라니움의 심장부까지 침투할 수 있었다.

결국 그들은 승리했다. 이제 남은 일은 미친 황제의 마지막 숨을 거두는 것뿐. 시한이 앞으로 나섰다.

"끝을 내겠어."

죽어가던 광제 루스타나드가 한숨을 쉬었다.

"빌어먹을, 그놈의 예지만 아니었어도……."

검이 광제의 가슴을 갈랐다.

이변은 없었다. 황제는 그대로 죽어 나자빠졌다. 그가 죽여온 무수한 평범한 인간처럼.

"이제 남은 건……."

시한이 갈라진 광제의 가슴으로 손가락을 뻗었다. 투기가 뻗어나가며, 아직 희미하게 맥동하는 심장이 허공에 떠올랐다.

이 심장을 불살라야만 광제가 행한 모든 소환 마법이 세상에서 소멸된다.

화르륵!

불길과 함께 심장이 불타기 시작했다. 그 광경을 보며 혁명 7영웅 중 하나, 하이어 테오란트가 고개를 끄덕였다.

"확실히 예지가 틀리진 않았는데? 순서가 바뀌어서 그렇지."

현세의 운명을 초월한 존재가 이 땅에 강림할 때, 왕의 심장은 불타 사라지리라.

　광제의 심장은 완전히 재가 되었다. 광제가 부른 모든 마물도 이걸로 현세에서 추방되었다.

　남은 것은 광제의 피가 아닌 루스클란 황족의 심장으로 소환된 지구인 소년, 성시한뿐이다.

　모든 것이 마무리되었다.

　천년 제국 루스클란은 진정 그 끝을 고했다.

　동료들을 돌아보며 성시한은 물었다.

　"자, 이제 남은 건 개선장군이 되어 돌아가는 것뿐인가?"

　기뻐해 줄 사람들을 떠올리며 그는 환하게 웃었다.

　그들이 이겼다. 결국 세상을 구하게 되었다!

　"축하해, 시한!"

　아름다운 미소를 띠며 레비나가 시한에게 다가왔다. 성시한은 사랑스러운 눈으로 레비나를 바라보았다. 그녀가 그의 연인이 된 지도 벌써 반년이 지났다.

　"이제 남은 건 아름다운 여름의 신부뿐?"

　시한의 농조 어린 진담에 레비나는 애매하게 웃었다. 그리고 살짝 걱정스러운 듯 물었다.

"하지만 시한, 정말 고향으로 돌아가지 않아도 돼?"

성시한은 고개를 끄덕였다.

"내게 소중한 것은 모두 이 세계에 있어."

이미 오래전에 결심한 일이었다.

"함께 목숨 걸고 싸운 전우도, 우정을 나눈 친구도, 평생 함께할 사랑하는 사람도 모두 이곳에 있으니까."

동료들을 돌아보며 이계의 소년은 단언했다.

"지구에 미련이 없다면 거짓말이겠지만, 이 세계를 택한 것에 후회는 없어."

바닥에 떨어진, 광제의 심장이었던 재를 긁어모으며 릴스타인이 어깨를 으쓱거렸다.

"이제 확실히 마음을 굳힌 것 같네?"

"응 확실히 각오했어, 릴스타인."

동료들을 향해 시한은 환하게 웃었다. 레비나가 고개를 끄덕이며 시한의 목에 팔을 감쌌다.

"그래?"

성시한의 입술에 가볍게 입 맞추며 그녀가 시무룩한 표정을 지었다.

"…곤란하네."

"응?"

순간 시한은 당황했다. 레비나의 말이 이해가 되지 않았다.

그녀의 시무룩한 목소리가 이어졌다.

"아름답게 끝났으면 참 좋았을 텐데……."

약속이나 한 듯이 시한의 동료들이 일제히 움직였다.

마기언 릴스타인이 바닥에 광제의 심장 가루를 흩뿌리고 마기언 사파란이 마법의 빛을 허공에 띄웠다. 시한의 목을 껴안은 레비나가 그대로 뒤로 뛰었다. 어느새 그녀의 손엔 성시한의 애검이 들려 있었다.

"뭐, 뭐야?"

마기언 릴스타인이 마법의 언령을 터뜨렸다.

"역천의 법칙을 역순으로 얽어가니 이는 또 다른 순리를 따름이라!"

거대한 어둠이 열렸다. 공간에 구멍이 뚫리고 거대한 공허가 강렬한 흡입력을 발한다. 시한은 기겁했다.

"이건?"

저 공허는 한 번 본 적이 있었다. 바로 시한이 한국에서 테라노어로 올 때 본 그 어둠, 이 세계와 지구를 잇는 차원 포털이다. 저 공허가 집어삼키고자 하는 것은 바로 그였다!

"무, 무슨 짓이야!?"

이대로라면 지구로 강제 귀환당하게 될 판이었다. 경악하며 시한이 악을 썼다.

"릴스타인! 마법을……."

친구의 이름을 외치며 고개를 돌린 시한의 혀가 딱 멈췄다. 더 이상 말이 나오질 않았다.

'…릴스타인? 사파란? 테오란트?'

그곳엔 더 이상 우정의 얼굴을 가진 이가 없었다. 모두가 딱딱하게 굳은 얼굴로 그를 빤히 바라볼 뿐이었다. 시한의 안색이 창백해졌다.

"서, 설마……."

릴스타인이 무뚝뚝하게 말했다.

"넌 너무 강해졌어, 시한."

사파란이 차갑게 말을 이었다.

"네 명성은 너무 높아."

젝센가드가 무심하게 뇌까렸다.

"넌 너무 많은 사랑을 받고 있다."

테오란트가 안타깝다는 듯 중얼거렸다.

"이대로라면 넌 우리의 지배자가 될 거다. 우리에게 또 다른 황제는 필요 없어."

"무, 무슨 소리야!?"

공허가 더더욱 입을 연다. 흡입력이 더더욱 강해진다. 보이지 않는 차원의 혀를 날름거리며 성시한의 사지를 더욱 강하게 잡아당긴다.

소중한 동료들의 목소리가 들려온다.

"넌 틀림없이 이 세계의 구원자다."

"우리 모두는 네게 감사하고 있어, 시한."

"그렇기에 넌 지구로 돌아가야만 해."

"이 세계의 미래는 우리가 직접 만들어 나간다. 이방인의 손에 맡길 순 없어."

눈앞이 캄캄해진다. 진실한 우정을 나눴다고 생각한 모든 이가 차갑고 냉혹한 얼굴로 그를 바라보고 있다.

성시한은 고개를 돌렸다. 그리고 평생을, 죽음이 다가오는 그 순간까지 함께하겠다고 맹세한 영혼의 반려를 바라보며 소리쳤다.

"레비나!"

그가 선택한 평생의 사랑은 그를 비웃고 있었다.

"그러기에, 좋게 끝났으면 좋잖아?"

"…레비나?"

절망이 시한을 짓눌렀다. 그를 바라보는 레비나의 표정에는 한 점의 애정조차 보이지 않았다. 눈앞의 저 소녀가 정녕 그가 알고 있던 레비나인지조차 의심이 들 지경이었다.

아니, 이 상황 자체가 비현실적이다!

그저 끔찍한 악몽으로밖에 느껴지지 않는다!

"어째서……."

영원히 그녀만을 사랑하려 했는데, 평생 아껴주려 했는데,

일국의 왕비 못지않게 행복하게 해주려 했는데…….

"미안해, 시한. 하지만 난 왕비가 되고 싶지 않아."

레비나가 부드러운 미소를 지어보였다.

"난 여왕이 되고 싶어. 한 남자의 소유물이 아닌, 한 남자를 소유한 여자가 되고 싶어."

그녀는 다른 이들보다도 더 잔인했다. 다른 이들에게 희미하게 남은 죄책감의 표정마저 레비나는 보이지 않았다.

"그런데 시한, 넌 내 소유물이 될 수 없는 남자지."

시한은 손을 뻗어 레비나를 붙잡고 싶었지만 그럴 수가 없었다. 차원의 흡입력이 너무도 강했다. 그저 전력을 다해 버티는 게 전부였다.

"큭! 크으윽!"

아슬아슬한 힘의 균형 속에서 시한은 버티고 또 버텼다. 레비나가 사뿐사뿐 그에게 다가갔다. 저 차원의 흡입력은 오직 성시한에게만 영향력을 미친다. 그녀에겐 산들바람만큼도 느껴지지 않는 것이다.

"이제 우린 더 이상 네가 필요 없어, 시한. 그러니까…….."

사랑을 속삭이던 감미로운 목소리로, 레비나가 그의 이마를 툭 밀었다.

"돌아가요, 내 사랑. 당신이 있어야 할 곳으로."

균형이 깨졌다. 성시한의 전신이 공허 속으로 빨려 들어갔다. 처절한 절규가 차원 너머로 메아리쳤다.

"으아아아!"

*   *   *

사람들 앞에 서서 여섯 영웅은 선포했다.

"세상은 구원받았다! 더 이상 광제는 없다! 더 이상 제국도 없다!"

사람들은 환호했다. 그리고 궁금해했다. 영웅들 중에서도 가장 큰 사랑을 받은 자, 이계에서 온 소년이 어찌 되었는지를.

영웅들은 설명했다.

"이계구원자는 주어진 사명을 다하였다. 그리하여 이 땅의 운명을 우리 손에 맡기고 고향으로 돌아갔으니, 그의 유지를 받들어 새로운 미래를 만들어가는 것이야말로 이계구원자 성시한이 진정 바라는 것이리라!"

아쉽지만 축하해야 할 일이었다. 지구로 돌아간 이세계의 구원자에게 감사하며, 사람들은 그의 앞날에 무한한 축복이 깃들기를 기도했다.

이후 성시한과 함께 싸운 여섯 영웅이 주축이 되어 새로운 국가가 건립되었다. 제국의 시대가 저물고 육왕국(六王國)의

시대가 열렸다.

가혹한 세금이 사라지고 백성들은 노역에서 해방되었다. 혹세무민하는 사교가 자취를 감추고 억울하게 붙잡힌 이들이 감옥에서 풀려났다. 여섯 왕국은 서로 긴밀히 연계하며 현명하고 자비로운 통치로 테라노어 대륙을 다스렸다.

평화와 번영의 시대였다.

그리고…….

10년의 세월이 흘렀다.

Chapter 1

돌아온 탕아

인적 드문 깊은 산속의 한 오두막.

콧노래를 흥얼거리며 한 소녀가 밭을 갈고 있었다.

"랄랄라……"

상당히 아름다운 소녀다. 나이는 16, 7세 정도. 화려한 플래티나 블론드에 맑은 은빛 눈동자, 머릿결엔 윤기가 흐르고 피부도 매끈하기 그지없다.

옷차림이 허름하고 밭일하느라 여기저기 흙이 묻어서 그렇지, 화려한 드레스를 입혀 저택 같은 곳에 세워놓는다면 누가봐도 귀족가의 영양이라 믿어 의심치 않을 것이다.

물론 어디까지나 외모가 그렇다는 거고, 소녀의 호미질은 충분히 시골 처녀다웠다.

사각, 사각, 사각.

텃밭에 앉아 호미로 자갈과 잡초를 삭삭 고른다. 능숙하게 밭을 고르는 모습이 농사일을 오래 한 티가 역력하다. 그런데도 손가락엔 굳은살 하나 없다. 하얗고 매끈한 것이 섬섬옥수라 칭해도 좋을 정도다.

여러모로 언밸런스한 모습을 보이며 소녀, 알리타는 계속 밭을 갈았다. 고운 입술 사이로 노랫가락이 흘러나왔다.

"외로워도 슬퍼도~ 나는 안 울어~ 참고 참고 또 참지, 울긴 왜 울어~"

비록 혼자 사는 처지지만 알리타는 딱히 외로움을 느끼지 않았다. 그리 슬플 일도 없었다. 당연히 울고 있지도 않았다.

그런데도 굳이 이런 가사를 흥얼거리는 이유가 있었다.

이 노래는 원래 혁명 7영웅 중 하나, 이계구원자 성시한의 애창곡이었다. 광제 루스타나드로부터 테라노어를 구한 저 위대한 영웅은 고통스러운 현실을 이기고 그리운 고향에 대한 향수를 달래기 위해 곧잘 저 노래를 불렀다고 전해진다.

이후 이 지구의 성가(?)는 심신을 안정시키고 전신의 피로를 푸는 놀라운 효능이 있다고 믿어져, 대륙 전역에서 널리 노동요로 사랑받고 있었다.

'단지 왜 노래 제목이 사탕인지는 모르겠지만. 가사와 전혀 연관이 없잖아?'

물론 알리타와는 아무 상관없는 문제다. 금방 의문을 잊고 그녀는 계속 밭을 갈았다.

하늘은 맑았다. 구름 한 점 없었다.

밭 갈기 참 좋은 날씨였다.

휘이익!

그 맑은 하늘에서 개구리 한 마리가 떨어졌다.

개굴개굴!

"…어머?"

황당해하며 알리타는 개구리를 바라보았다. 이 근처엔 개울도 호수도 없다. 하나 있는 우물도 워낙 수온이 낮아 개구리 따윈 살지 않는데 이게 웬?

"뭐지?"

잠시 황당해했지만 알리타는 이내 신경을 껐다. 개구리 한 마리가 하늘에서 떨어지는 것은 분명 신기한 일이지만, 동시에 대수롭잖은 일이기도 하니까.

그렇게 조금 시간이 지났다.

휘이익!

이번엔 팔팔하게 살아 있는 광어 한 마리가 하늘에서 떨어졌다.

팔딱팔딱!

"⋯⋯?!"

이번엔 알리타도 제법 당황했다. 하늘을 올려다보며 멍한 표정을 짓는다. 물론 하늘은 여전히 맑고 푸르렀다.

그러고 보니 가끔 하늘에서 개구리나 생선이 떨어지는 기현상이 있단 소리를 들은 것도 같다. 하지만 그건 보통 떼로 떨어지지 이렇게 한 마리만 툭 떨어지는 게 아닐 텐데?

"혹시 마기언의 짓인가?"

이 세계엔 마법의 힘이 있다. 그리고 마법의 부작용은 그야말로 천차만별, 상식 밖의 일이 일어났을 때 마법을 의심하는 것은 테라노어의 상식이기도 하다.

'하긴, 정신 나간 고위 마기언들은 온갖 짓을 다 하니까⋯⋯.'

대충 납득하며 알리타는 팔딱거리는 광어를 빤히 바라보았다.

이 깊은 산속에서 싱싱한 생선을 보기란 하늘의 별 따기다. 순간 입속에 침이 고였다 해서 그녀를 타박할 수는 없으리라.

'내 정신 좀 봐, 저게 뭔 줄 알고 먹으려는 거야?'

애써 냉정을 되찾으며 알리타는 생선 쪽으로 다가갔다.

'적당히 근처에 버리고 마저 밭일 해야지.'

그러나 다음에 떨어진 생물체를 본 순간, 그녀는 더 이상

평정을 유지할 수 없었다.

꿀꿀꿀!

거대한 돼지 한 마리가 고공 낙하한다. 그리고 웅장하게 지축을 흔들며 텃밭에 처박힌다.

쿠우웅!

비명조차 남기지 못하고 돼지는 그대로 절명했다. 낙하 충격을 이기지 못한 것이다. 시뻘건 돼지 피가 밭고랑을 적시며 흘렀다.

알리타는 기겁했다.

"뭐, 뭐야!?"

이쯤 되면 더 이상 무시할 수가 없다. 대체 저 푸른 하늘 너머에서 무슨 일이 벌어지고 있는 거야? 알리타는 공포에 질려 목을 젖혔다.

그 순간 그녀는 보았다.

한 남자가 드넓은 창공에서 한없이 떨어지는 광경을.

휘이이익!

퍼억!

남자는 이제껏 떨어진 다른 생물들과 같은 운명을 맞이했다. 알리타의 텃밭에 그대로 처박혔단 소리다. 그리고 그 순간 그녀는 공포보다는 당혹을 먼저 느꼈다.

"……!"

남자는 알몸이었다. 전신에 실오라기 하나 걸치고 있지 않았다.

'주, 죽었나?'

다행히 죽지는 않았다. 등이 희미하게 들썩거리는 걸 보아 분명 숨을 쉬고 있다. 살짝 안도하며 남자를 살펴보다가 그녀는 화들짝 정신을 차렸다. 지금 외간 남정네의 나신이나 훔쳐보고 있을 때가 아니잖아?

'일단 경계해야……'

알리타가 싸늘한 얼굴로 뒷걸음질 치던 때였다.

알몸의 사내가 갑자기 몸을 벌떡 일으켰다. 그리고 크게 숨을 몰아쉬었다.

"으허어억!"

사내가 주위를 정신없이 둘러보더니 알리타를 정면으로 바라보았다. 검은 머리에 검은 눈, 얼굴선이 부드러운데도 묘하게 강인한 인상을 주는 젊은 청년이었다.

침을 꿀꺽 삼키며 알리타가 조심스레 입을 열었다.

"…저기요?"

청년의 표정이 환하게 밝아졌다. 그리고 대답하는 대신 미친 듯이 웃었다.

"하하하핫!"

광소를 터뜨리며, 광기 어린 눈을 번들거린다.

"으하하하하!"

알리타는 다시 뒷걸음질을 쳤다. 하지만 청년은 신경 쓰지 않았다.

"됐다! 성공이다! 성공했어!"

그저 제자리에 서서 미친 사람처럼 흥분한 외침을 터뜨릴 뿐.

"내가 돌아왔다! 이 개자식들아!"

그리고 그는 그대로 정신을 잃었다. 도로 풀썩 밭고랑 위로 쓰러져 버린다.

재차 알궁둥이를 훤히 드러낸 눈앞의 청년을 보며 알리타는 황당해했다.

"…뭐야, 도대체?"

*　　　*　　　*

저녁노을이 오두막 지붕에 짙게 깔린다. 굴뚝 위로 하얀 연기가 모락모락 피어오른다.

탁탁탁!

알리타는 능숙한 솜씨로 당근을 썰어 솥에 집어넣었다. 보리와 밀, 귀리를 섞은 야채죽이 솥 안에서 보글보글 끓고 있었다. 국자로 살짝 떠 간을 본 뒤 그녀는 만족했다. 맛이 제법 괜찮았다.

그리고 침대를 바라보았다.

'…아직도 안 깨어났나?'

침대 위엔 흑발의 남자가 조용히 잠들어 있었다. 오후에 그녀의 텃밭으로 툭 떨어진 바로 그 청년이었다.

상황도 정체도 모르겠지만, 알리타는 청년을 일단 집 안으로 옮겼다.

실 한 오라기 걸치지 않은 건장한 사내를 두 손으로 들어서 옮긴다? 평범한 시골 처녀에겐 실로 부담스러운 일일 것이다. 육체적으로나, 정신적으로나.

다행히 알리타는 평범한 시골 처녀가 아니었다. 덕분에 별 부담 없이 알몸의 사내를 들어 침대 위로 옮길 수 있었다. 뭐, 아무리 그래도 차마 옷까지 입힐 자신은 없어 그냥 적당히 이불만 덮어놓긴 했지만.

그 후 평소 일과대로 해질 때까지 밭을 돌보고 저녁 식사 준비를 했다. 그때까지도 청년은 깨어나지 않았다.

죽이 푹 끓기를 기다리며 알리타는 기절한 청년을 빤히 바라보았다.

'뭐 하는 사람일까?'

이런저런 추리를 해봤지만 그녀는 도저히 이 흑발 청년의 정체를 짐작할 수가 없었다.

당연했다.

대체 얼마나 출중한 추리력이 있어야 나체로 하늘에서 뚝 떨어진 뒤 미친 듯이 처웃다 혼절한 놈의 정체를 알아낼 수 있을까?

'한 20대 중후반 정도로 보이는데.'

상대가 나신으로 나타난 덕분에 본의 아니게 알리타는 청년의 전신을 제대로 살펴보았다.

상당히 단련된 자였다.

군살은 거의 없지만 그렇다고 무식하게 우락부락하지도 않다. 날렵하고 탄력적인, 철저히 실전을 위한 육체였다.

농사일로는 절대 저런 몸이 만들어지지 않는다. 저건 전투를 아는 전사의 몸이다.

'그런 것치곤 너무 곱상하게 생겼단 말이지?'

엄청난 미남자라 할 정도는 아니지만 이목구비도 단정하고 피부도 좋다. 적어도 험한 일 하며 살아온 인생은 아니다.

그렇게 알리타가 잠든 청년의 얼굴을 빤히 내려다볼 때였다.

갑자기 남자가 눈을 번쩍 떴다.

"엄마야!"

흠칫 놀라 알리타는 뒷걸음질을 쳤다. 남자가 신음하며 몸을 일으키더니 혼잣말을 했다.

"크으, 이거 예상보다 반작용이 크네. 계산이 좀 틀렸나?"

알리타는 눈을 깜빡였다. 남자의 말을 알아들을 수가 없었다. 테라노어 대륙 전역에서 쓰이는 아스틴어가 아니었다.

'외국어인가? 하지만 대체 어디?'

아스틴어는 테라노어 대륙의 모든 민족이 공용으로 쓰고 있는 언어다.

루스클란 제국이 천 년 동안 대륙을 통치하며 다른 언어는 모두 사멸하였으니 이제 아스틴어를 쓰지 않는 이들은 오지의 원시 부족밖에 남지 않았다.

'그런 원시 부족 출신 같지는 않은데?'

보통 원시 부족은 저렇게 수염을 깔끔하게 면도하지 않지.

그때 청년이 알리타를 바라보며 물었다.

"그대가 날 구해준 건가?"

이번엔 알리타도 확실히 알아들었다. 능숙한 아스틴어였다. 그녀가 멍하니 고개를 끄덕였다.

"네? 아, 네……."

"그렇군."

청년이 고개를 끄덕였다. 그러더니 감사 인사조차 없이 대뜸 질문을 이었다.

"여긴 어디지?"

"데필란 산 남쪽이에요. 고란 마을에서 반나절쯤 떨어진."

청년이 인상을 썼다.

"데필란 산? 모르겠군. 그 산이 대체 어디 위치한 거더라? 그보다 이젠 이것부터 물어봐야 하나? 여긴 무슨 나라야?"

아니, 지역이야 그렇다 치고 나라조차 모를 수가 있나? 황당해하면서도 알리타는 순순히 대답해 주었다.

알몸으로 하늘에서 떨어졌다는 걸 감안하면 저 청년이 상식적인 방법으로 이곳까지 이동한 건 분명 아닐 테니까.

"릴스타인 왕국이에요."

"릴스타인?"

상대의 인상이 더더욱 구겨졌다. 뭔가 불쾌한 듯한 표정이다. 내심 경계하며 알리타가 말을 이었다.

"예. 혁명 7영웅, 릴스타인 1세께서 건국하신 나라지요."

청년이 코웃음을 쳤다.

"릴스타인, 그 빌어먹을 놈이 왕이 되었다고? 아, 루스클란 제국이 무너졌을 테니 그럴 만도 하겠네."

알리타는 눈을 동그랗게 떴다. 위명 높은 혁명 7영웅이자 일국의 군주를 저렇게 막 부르다니?

청년이 침상에서 몸을 일으켰다. 아니, 일으키려 했다.

"이런……."

그제야 자신이 어떤 꼬락서니를 하고 있는지 깨달은 모양이었다. 이불로 하반신을 가린 채 그가 난처한 듯 웃었다.

"미안한데, 혹시 뭔가 입을 것 좀 없어?"

안 그래도 상대가 깨어날 경우를 대비해 준비를 해두었다.

알리타는 미리 꺼내놓은 낡은 남성용 상의와 바지, 그리고 속옷을 청년에게 건넸다. 그리고 문득 그리운 표정으로 옷가지를 바라보았다.

'이 옷들, 안 버리길 잘했네.'

청년은 허겁지겁 옷을 걸쳤다. 그의 키는 대략 180센티미터 정도, 대륙 평균 신장보다 상당히 크다. 그런데도 옷들의 품이 제법 넉넉했다. 아마도 옷의 원주인이 꽤나 거구였던 모양이었다.

팔다리를 움직여 보며 청년이 인상을 썼다.

"사이즈는 괜찮은데, 옷감 진짜 꺼끌꺼끌하군."

그러더니 아까부터 고소한 냄새를 풍기는 솥 쪽으로 시선을 옮긴다.

"저거, 혹시 먹어도 되는 건가?"

"예? 아, 예."

알리타는 야채죽을 테이블에 차려주었다. 투박한 나무 숟가락으로 청년이 정신없이 죽을 퍼먹었다. 꽤나 배가 고팠던 모양이다. 하지만 배고픔과는 별개로, 맛은 꽤나 마음에 들지 않는 눈치였다. 죽을 입에 넣으며 연신 투덜거린다.

"어우, 곡물 비린내. 하긴 어쩔 수 없나? 이 동네는 향신료가 비쌀 테니까. 진짜 돌아왔다는 실감이 나네. 아, 그렇다고 고맙지 않다는 건 아니고. 식사 정말 고마워."

알리타는 말없이 청년을 바라보았다.

생각해 보면 정말 무례한 인간이었다.

구해준 것도 모자라 간호도 해주고, 옷도 주고, 식사까지 챙겨줬는데 불편하다고 오만상을 찌푸리다니? 어지간한 성인 군자라도 이쯤 되면 불쾌감을 드러낼 것이다.

하지만 그녀는 개의치 않았다. 오히려 예상대로라며 당연해했다.

'역시 어딘가의 귀족이었나?'

단련된 신체에 곱상한 얼굴, 모순인 것 같지만 의외로 저런 타입은 드물지 않다. 무술을 수행하는 귀족 출신 젊은 기사에게서 흔히 볼 수 있는 외모다.

그래서 청년이 대뜸 반말을 건넸을 때도 알리타는 당황하지 않았다. 옷이며 음식에 불만을 가지는 것도 귀족이라면 충분히 자연스러웠다. 그리고 그녀는 누군가와 트러블을 일으킬 처지가 못 되었다.

'대충 비위를 맞춰주는 게 낫겠지.'

미안하다느니, 고맙다느니 대충이라도 말을 붙이는 걸로 보아 귀족치곤 괜찮은 사람인 것 같았다.

물론 그렇다고 전혀 경계하고 있지 않은 것은 아니다. 그녀는 짐승 같은 남자들이 군침 흘리기에 충분한 미모의 소유자이고, 심지어 외진 곳에 혼자 살고 있는 것이다.

만일의 경우 상당히 끔찍한 일을 당할 가능성도 없지는 않지만……

'그땐 적당히 처리하면 되고.'

그 와중에도 청년은 계속 죽을 퍼먹었다. 야채죽을 세 그릇이나 먹고 나서야 슬슬 배가 찼는지 그가 알리타를 보며 물었다.

"그러고 보니 날 구해줬는데 이름도 안 물어봤군. 그대는 누구지?"

'이제야 그게 궁금해진 거야?'

속으로 쓴웃음을 지으며 그녀가 얌전히 대답했다.

"제 이름은 알리타, 그냥 시골 처녀예요."

"그래?"

청년이 고개를 갸웃거렸다.

"요새는 소드하이어가 시골 처녀 취급을 받나?

순간 그녀는 흠칫 굳었다. 청년이 이상하다는 듯 질문을 이었다.

"그것도 꽤나 단련된 것 같은데? 종자(從者)급은 벗어났고, 투사(鬪士)급? 나이에 비해 상당한 수준이잖아?"

"…어떻게 알았죠?"

투기를 완벽하게 숨기고 있었는데? 애써 태연을 가장하며 알리타가 반문했다. 청년이 애매한 듯 머리를 긁적였다.

"그냥 느낌인데……. 설명하긴 애매하군."

알리타는 뛰는 심장을 진정시켰다. 괜찮다. 이 정도론 큰 문제가 아니다. 그녀의 비밀은 소드하이어라는 것이 아니니까.

"맞아요, 저는 소드하이어예요. 프리 하이어(Free Higher)지요."

평온을 가장하며 그녀가 고개를 끄덕였다.

"섬기는 영주가 없는 프리 하이어는 의뢰가 없으면 백수잖아요? 그 기간엔 그냥 평범한 시골 처녀, 농사일은 부업 삼아 하는 거죠."

실제로 프리 하이어 중엔 일이 없을 때 고향에서 은둔한 채지내는 이도 제법 있다. 딱히 이상하게 볼 일은 아니다.

그래서인지 청년도 납득한다는 표정을 지었다.

"아, 그런가?"

하지만 다음 질문이 이어진 순간, 알리타는 더 이상 평온한 안색을 유지할 수 없었다.

"그럼 광제 루스타나드와는 무슨 관계지?"

알리타가 테이블을 걷어찼다. 테이블이 뒤집어지며 청년을 정면으로 덮쳤다.

"우왁!"

나무판 너머로 청년의 당황한 목소리가 들려온다. 그 틈에 그녀는 뒤로 뛰었다. 단숨에 집 안을 가로지르는데, 마치 맹수처럼 동작이 날렵하기 그지없다.

찬장에 걸어놓은 단검을 움켜쥐며 알리타가 눈을 빛냈다. 자세를 낮춘 채 재차 청년에게 돌진한다.

"타앗!

얼마나 동작이 빨랐는지, 물러선 알리타가 검을 쥐고 다시 뛰어들 때까지도 테이블은 채 바닥에 떨어지지도 않았다.

단숨에 테이블 위로 날아오르던 그녀의 표정이 일순 굳었다.

'없어?!'

테이블 너머에 청년의 모습이 보이질 않았다. 테이블이 바닥에 떨어져 와장창 소리를 낸다. 동시에 등 뒤에서 목소리가 들려온다.

"어이, 난 딱히……."

몸을 틀며 알리타가 단검을 뻗었다. 칼날에 희미한 기운이 실려 대기를 찢었다. 소드하이어의 상징인 투기검(鬪氣劍)이었다. 투기의 칼날이 청년의 목을 정확하게 노리고 날아들었다.

"이런!"

청년이 몸을 젖히며 알리타의 찌르기를 피했다. 잔상이 남을 정도로 빠른 공격이었는데 그걸 피한 것이다. 인간의 한계를 초월한 움직임이었다. 알리타가 이를 악물었다.

'역시 소드하이어였나?!'

그리 놀랄 일은 아니었다. 상대가 단련된 전사임은 이미 알아보았다.

"타아앗!"

기합을 터뜨리며 알리타는 절도 있는 공세를 이었다. 상대의 거리로 파고들며 짧고 예리한 검격을 연타로 넣는다. 청년이 별다른 반격 없이 계속 공격을 피하며 뒤로 물러섰다.

"쩝, 얌전한 아가씨인 줄 알았는데……."

알리타의 단검이 쉴 새 없이 상대의 급소를 노려댔다. 그러나 피는 흐르지 않았다. 날카로운 투기검의 칼날이 계속 아슬아슬하게 빗나간다.

"어이, 난 그다지 싸울 생각이 없거든?"

뒷걸음질 치며 청년이 쓴웃음을 지었다.

"일단 말로 하면 안 될까?"

알리타는 긴장했다.

'이 사람, 강해!'

청년은 딱히 그녀보다 빠르거나 하진 않았다. 그저 몸놀림이 무시무시할 정도로 노련했다.

발을 놀려 위치를 바꾸고, 스텝에 따라 허리와 어깨를 뒤틀며 자연스럽게 알리타의 공격을 피하는데 모든 움직임이 이치에 전혀 어긋남이 없다.

하지만 알리타는 투지를 꺾지 않았다. 다행히 상대는 비무장이었다. 손에 든 거라곤 투박한 나무 숟가락뿐, 그렇다면 충분히 승산이 있다.

"하아압!"

알리타가 기합을 터뜨리며 전신의 투기를 끌어 올렸다. 광풍이 불며 치맛자락이 거칠게 펄럭거린다. 청년이 혀를 찼다.

"의외로 성격이 불같네?"

알리타가 몸을 날렸다.

"대화는 해주지!"

허공에서 천장을 박찬 뒤 그녀는 그대로 청년의 등 뒤로 넘어갔다. 그뿐이 아니다. 연신 벽을 밟으며 사방으로 이동해 청년의 눈을 희롱한다.

"바닥에 꿇려서 목에 칼을 겨눈 다음에!"

좁은 집 안을 어지럽게 누비며 알리타는 상대의 사각으로 파고들었다. 그리고 청년의 어깻죽지를 향해 투기검을 내려쳤다.

파직!

전격이 튀며 방전음(放電音)이 울렸다. 알리타는 당황했다.

검이 사람의 육신을 베었을 때는 이런 소리가 나질 않는다.

이건 투기와 투기가 충돌할 때 일어나는 현상이다.

"그래도 성격은 착하군."

청년이 빙그레 웃으며 그녀의 투기검을 막고 있었다. 바로 손에 든 투박한 나무 숟가락으로.

"어깨를 노린 걸 보면 죽일 마음은 없다는 거잖아?"

숟가락에 맴도는 무형의 기운을 감지하고 알리타는 경악했다.

'맙소사! 나무 숟가락에 투기검을 걸었어?!'

금속이 아닌 다른 재질에 투기를 담을 수 있다니? 어지간한 소드하이어에겐 불가능한 기술이다. 저 정도면 기사(騎士)급, 아니, 달인(達人)급이다!

"크윽!"

신음하며 알리타는 뒤로 물러섰다. 하지만 청년이 쫓아오는 속도가 더 빨랐다. 단숨에 거리를 좁히며 청년이 나무 숟가락을 가볍게 휘둘렀다. 단검의 투기가 뭉개지며 요란한 금속음이 울렸다.

타앙!

"윽!"

오두막 천장에 단검이 날아가 꽂혔다. 무기를 놓친 알리타가 인상을 쓰며 욱신거리는 오른손을 주물렀다. 그것이 그녀가 할 수 있는 전부였다. 어느새 숟가락의 투기가 창처럼 예리하게 뻗어 와 목을 노리고 있었다.

"…졌어요."

알리타가 양손을 들어 더 이상 싸울 의사가 없음을 표했다. 조금 전, 독 오른 고양이처럼 날뛸 때와는 태도가 천양지차였다. 청년이 어이없어하며 중얼거렸다.

"뭐야? 포기가 너무 빠른 거 아냐?"

그야 목에 칼이 들어왔으니 당연할 법도 하지만, 그래도 변화가 너무 격하다. 어느새 전신의 투기가 가라앉았고 표정도 평온해졌다.

방금 전까지 흥분해 날뛰던 소녀라고는 믿어지지 않을 정도였다.

"더 이상 반항해 봐야 소용없으니까요."

체념한 듯한 목소리로 알리타가 물었다.

"당신, 누구죠? 어디서 온 거예요?"

"음, 이 세계에 내 이름이 아직 남아 있을지 모르겠는데……."

청년이 숟가락에 실린 투기를 거두었다.

"내 이름은 성시한, 지구에서 왔다."

알리타는 멍하니 눈을 깜빡였다.

"…네?"

분명 그녀는 물었다.

당신 누구냐고. 어디서 온 거냐고.

그 질문의 의미는 이런 것이 아니었다. 어느 정도 명성을 떨친 소드하이어인지, 어느 왕국에서 자신을 노리고 온 것인지에 대한 질문이었다.

그런데 생각지도 못한 대답이 돌아왔다.

"성시한? 지구?"

이 세계에 사는 이라면 저 이름을 모를 수가 없다. 지구 또한 더 이상 테라노어 대륙인에겐 생소한 단어가 아니다.

"설마… 이계구원자 성시한?"

청년이 반색하며 웃었다.

"오? 내가 아직 잊히진 않았나 보네?"

성시한은 쓰러진 테이블을 도로 일으켜 제자리로 옮겼다.

"왜 그렇게 구는지는 알겠는데……."

엎어진 죽 그릇도 줍고 의자도 다시 원위치로 갖다 놓는다.

"난 널 적대할 생각이 없어. 넌 루스타나드의 핏줄일 뿐이지 광제 본인이 아니잖아?"

그렇게 성시한이 집 안을 정리하는 동안 알리타는 그를 바라보고만 있었다. 상대가 그녀를 버려둔 채 딴짓을 하고 있었으니 사실 도망치기엔 절호의 기회다. 하지만 알리타는 마비된 것처럼 멍하니 서 있을 뿐이었다.

'저자가 성시한?'

그냥 망상중 환자라고 치부할 수만은 없었다. 상대의 이름을 듣자마자, 상대의 정체를 의식하자마자 그녀의 피가 반응했으니까.

'지구로 돌아갔다는 그 이계의 영웅?'

알리타의 핏속에 내재된 루스클란의 혈통 마법, 이계 소환술은 그녀의 의지로 다룰 수 있는 힘이 아니었다.

제국 멸망 이후 비술은 끊겼고 알리타 역시 그 비술을 모른다. 하지만 그렇다 해도 여전히 그녀의 핏속엔 권능이 각인되어 있다.

그 힘이 알리타에게 알려주고 있었다.

눈앞의 사내는 틀림없는 이계의 존재였다. 진짜 성시한인지는 모르겠지만 적어도 테라노어의 인간이 아닌 것만은 확실했다. 그리고 상대가 정말 이계구원자, 그 전설의 영웅이라면 알리타가 무슨 짓을 해도 그의 손아귀에서 벗어날 가능성은 없다.

집 안이 대충 정리되었다. 성시한이 먼저 의자에 털썩 앉더니 어깨를 으쓱거렸다.

"딱히 대답하지 않아도 상관은 없어. 그냥 궁금해서 물어본 것뿐이니까."

잠깐 머뭇거리다 알리타도 조심스레 테이블에 마주 앉았다.

그녀가 긴장한 목소리로 입을 열었다.

"제 본명은 알리티어스 벨라 루스타나드 루스클란."

그리고 정말 말하기 싫다는 듯 한마디를 덧붙였다.

"광제 루스타나드의… 딸이에요."

광제 루스타나드는 대륙의 온갖 미녀를 수탈해 자신의 후궁으로 삼았다. 나이가 50세가 넘어서도 그의 엽색 행각은 멈출 줄을 몰랐으니, 알리타는 그렇게 태어난 수많은 후궁의 딸 중 하나였다.

성시한이 머쓱해했다.

"가만, 그럼 내가 아버지의 원수가 되나?"

그런 것치곤 알리타는 딱히 시한을 증오하는 것처럼 보이지 않았다. 보이는 것이라곤 두려움과 불안감 정도? 분명 겁을 먹고는 있었지만 미워하는 것 같진 않다. 아니, 오히려 겁먹은 와중에도 묘하게 동경하는 듯한 표정마저 간혹 보인다.

"죽을 만해서 죽은 자니까요."

루스타나드의 광기는 혈족이라고 비껴가지 않았다. 심지어 형제자매라 해도 광제는 가차 없이 죽이곤 했다. 자신의 아들 딸 또한 마찬가지였다.

"당시 제가 네 살이란 어린 나이가 아니었다면, 당신을 소환할 때 어쩌면 제 심장이 쓰였을지도 모르죠."

성시한이 쓴웃음을 지으며 뺨을 긁었다.

"그 작자가 딱히 친애의 정을 느낄 만한 부친 타입은 아니었지."

알리타는 황궁에서 공주로 살았다. 10년 전, 광제 루스타나드가 혁명 7영웅에 의해 목이 베이기 전까지는.

"광제가 죽고 나자 사람들은 제국의 모든 것을 세상에서 지우려고 했어요. 특히 광제의 혈통, 이계의 문을 열 수 있는 루스클란의 황족 모두를."

시한이 혀를 차며 미간을 찌푸렸다.

"그래? 나한텐 광제의 혈족에겐 관대한 처우를 할 거라고 했는데… 하긴, 당시 내가 좀 어리긴 했지. 설득하기 귀찮으니 그냥 거짓말로 때운 거였나?"

알리타가 무덤덤하게 말을 이었다.

"그리고 학살이 벌어졌지요."

*　　　*　　　*

루스클란의 직계와 방계는 물론, 1만의 후궁마저도 학살의 대상이 되었다.

현실적으로 생각해 보면 아무리 광제라도 1만 명이나 되는 여자를 전부 품을 수 있었을 리 없다. 하지만 가능성이 있다는 것만으로도 사람들은 결코 그녀들을 용서하지 않았다.

황궁 곳곳에서 엄청난 피가 흐르고 또 흘렀다. 당시 어린아이였던 알리타와 그녀의 어미, 세라피나 역시 그 살육의 도가니에서 벗어날 순 없었다.

그런 두 모녀를 도운 것이 당시 루스클란 황실의 호위기사였던 하이어 케란이었다. 남몰래 알리타의 어미를 흠모하던 케란은 광기가 황궁을 덮치자 목숨을 걸고 그녀를 구하고자 했다.

"세라피나! 세라피나!"

자기 목숨을 돌보지 않은 케란은 평소의 몇 배나 되는 실력을 발휘했다. 산전수전 다 겪은 혁명군 소드하이어조차도 그의 상대는 되지 못했다.

무수한 혁명군을 베고 또 베면서 케란은 후궁으로 달려갔다.

하지만 한발 늦었다.

"케, 케란……."

이미 알리타의 어미는 심각한 부상을 입고 죽어가던 중이었다. 너무 많은 피를 흘려 설사 최고위 프린(Frean)이 치유의 기도를 올린다 해도 살릴 수 없는 상태였다.

"미안해요, 케란."

생명이 경각에 달렸을 때 그녀는 케란에게 자신의 유일한 혈육을 맡겼다. 피 흘리는 어미의 품속에서 오열조차 하지 못하고 눈물만 흘리던 작은 여자아이를.

"…당신밖에 의지할 사람이 없네요."

흠모하던 여인의 죽음 앞에서 케란은 피눈물로 맹세했다.

"약속한다, 세라피나. 내 평생 이 아이를 지키겠다. 내 명예와 생명을 걸고."

이후 그는 프리 하이어가 되어, 외진 곳에 자리 잡고 정체를 숨긴 채 어린 알리타를 정성껏 키웠다.

알리타에게 투기술을 전수해 소드하이어의 힘을 준 것도 그였다.

7년이란 시간 동안, 케란은 세상 그 어떤 아버지보다도 아버지답게 알리타를 딸로서 사랑하고 아꼈다.

그리고 3년 전, 결국 그는 약속을 지켰다.

알리타와 함께 프리 하이어로서 의뢰를 수행하던 중이었다. 재수 없는 우연이 겹쳐 그녀의 정체가 드러났던 것이다.

바로 젝센가드 왕국군이 그들을 노리고 몰려왔다. 수많은 병력에 포위당하면서도 케란은 알리타를 피신시켰고, 무자비한 창칼 아래 홀로 죽어갔다.

*   *   *

"…그 후론 계속 이곳에서 혼자 살고 있어요. 의뢰를 받는 경우를 제외하면."

아픈 기억임에도 불구하고 알리타는 아무런 표정 변화 없이 모든 이야기를 담담하게 풀어냈다. 마치 제3자의 이야기라도 하는 듯. 일반적인 십 대 소녀가 가질 감성은 아니었다.

하지만 시한도 일반적인 감성의 소유자가 아니긴 마찬가지였다.

"음, 그래서 이렇게 숨어 산다 이거군?"

"네."

"아가씨도 팔자 세네."

순간 알리타는 울컥했다. 그녀가 겪은 모든 고난과 아픔과 슬픔을 고작 팔자 세다는 한마디로 치부할 수 있을까? 그때 시한의 대수롭잖은 한마디가 덧붙었다.

"나만큼."

저런 식으로 나오면 할 말 없지. 알리타의 팔자가 아무리 세봤자, 자기 집에서 멀쩡히 살다가 갑자기 이세계로 뚝 떨어져 밑바닥을 전전하던 지구인 소년보다 재수 없진 않을 거 아냐?

그래도 얄밉긴 하다.

'뭐지? 이 사람, 전설의 영웅 아니었어?'

영웅담 속의 성시한은 정의롭고 자비로운 자였다. 만민을 평등히 여겨 가장 천한 이조차도 귀히 여기며, 억울한 자를 보면 그냥 넘어가지 않는 성정의 소유자라고도 전해졌다.

심지어 혁명 7영웅을 증오하던 케란조차도 성시한에 대해선 별 반감을 드러내지 않았다.

―그는 자신의 것이 아닌 세계에서, 자신의 것이 아닌 인간들을 위해 모든 것을 바친 사람이다. 그리고 아무 대가 없이 이 세계를 떠나 고향으로 돌아갔지. 실로 진정한 영웅의 행보가 아니냐?

그런데 어째 생각했던 것과 이미지가 좀 다르다?

'딱히 나쁜 사람이라 할 정도는 아니지만 그렇다고 전설의 영웅이랑도 좀 거리가……'

알리타가 눈치를 보며 물었다.

"당신, 정말 이계구원자 성시한인가요?"

시한은 부인하지 않았다.

"그런 식으로 불렸던 시절이 있긴 했지. 지금 듣고 보니 정말 부끄럽네, 그 호칭."

뭐, 알리타도 딱히 성시한의 정체를 의심해서 물은 건 아니었다.

상대는 분명 이계의 인간이었고, 루스클란의 긴 역사 속에서도 마물이 아닌 인간이 테라노어에 소환된 사례는 성시한 한 명뿐이다. 무엇보다 저자가 성시한이 아닌 다른 지구인이라면, 소환되자마자 아스틴어를 유창하게 구사하고 테라노어의 전투술인 소드하이어의 투기를 쓸 수 있을 리가 없잖아?

"그럼 어떻게 여기에? 지구로 돌아간 것이 아니었나요?"

묻다 말고 알리타가 살짝 얼굴을 붉혔다.

"게다가 왜 알몸으로……"

순간 성시한이 발끈했다.

"어이, 알몸이었던 건 불가항력이거든? 내가 무슨 요상한 취향이 있어서가 아니라고!"

그의 말에 따르면, 원래 차원을 넘을 땐 몸에 아무것도 걸치지 못한다는 것 같았다.

"예전 이 세계에 처음 왔을 때도 알몸이었지. 그리고 10년 전 지구로 돌아갔을 때도……. 아으! 생각하니 또 짜증 나네."

말하다 말고 시한이 치를 떨었다. 뭔가 안 좋은 기억을 떠올린 듯하다.

"무슨 일 있었나요?"

"너, 벌건 대낮에 광화문 사거리에 알몸으로 툭 떨어진 고등학생이 어떤 심정인지 알아?"

"광화문 사거리가 뭔데요?"

"비유하자면 루스클 대광장 같은 거?"

루스클 대광장은 지금은 폐허가 된 옛 루스클란 제국 수도, 황도 클라틸의 중앙에 위치한 대광장이었다.

축제 땐 족히 수만 명을 수용할 수 있는 광대한 공간이었으며 평소에도 수백 명이 오가는 교통의 중심지이기도 했다.

그러니까 한낮에, 수백 명이 오가는 장소에서, 십 대 소년이, 실 한 오라기 안 걸치고 툭 떨어졌다는 소리?

"우와……."

순간 알리타는 성시한이 왜 저리 치를 떠는지 이해해 버렸다. 자신 같아도 평생의 트라우마로 남을 것 같다.

"아으! 잊자, 잊어! 없었어! 그런 일 없었다!"

뜬금없이 머리를 쥐어짜며 시한이 이를 득득 간다. 아무래도 안 좋은 기억을 자체적으로 봉인하는 의식인 듯했다.

잠시 후, 의식(?)이 성공했는지 시한의 표정이 도로 평안해졌다. 미소를 띠며 그가 설명을 이었다.

"원래 차원 이동은 생물체 외엔 불가능해. 순수한 육체만이 차원을 넘을 수 있지. 말도 통하고 지성도 있는 이계의 악마들이 죄다 변태라서 홀딱 벗고 소환되는 줄 알아? 걔들도 자기 동네 가면 버젓이 옷 갖춰 입고 산다고. 어쨌든, 그래서 나도 이런저런 생물들로 먼저 시험해 보고……."

말하다 말고 문득 시한이 딴소리를 해댔다.

"아, 그러고 보니 혹시 돼지 한 마리 안 떨어졌나? 그거 한 마리면 한동안 든든히 먹을 수 있을 텐데."

"그 돼지, 정체를 몰라서 그냥 땅 파고 묻었는데요?"

마른하늘에 날벼락도 아니고 날돼지가 떨어졌는데, 상식 있는 인간이면 도저히 그거 먹겠다는 생각은 안 하지.

당연히 알리타도 밭에서 멀리 떨어진 곳에 버리고 왔다.

"그래? 아우, 아까워라."

시한이 혀를 찼다.

"어디로 떨어질지 몰라서 실험도 할 겸, 비상식량으로도 쓸 겸 챙긴 건데……."

투덜대는 성시한을 보며 알리타는 속으로 생각했다. 어째 시한의 말을 듣고 보니 그는 10년 전 한 번 지구로 돌아갔고, 지금 또다시 테라노어로 소환된 듯하다.

'하지만 어떻게?'

대부분의 루스클란 황족은 사라졌다. 이계 소환술의 비의 역시 완전히 단절되었다.

예전에도 이계의 인간을 소환하는 비술은 광제 루스타나드 정도나 가능한 최고위 술법이었다.

하물며 현시대에, 평범한 이계의 마물이 아닌 이계의 인간을 소환할 정도로 강력한 루스클란 황족이 남아 있을 리가 없다.

"대체 누가 당신을 테라노어로 소환한 건가요?"

시한은 고개를 저었다.

"아무도."

그리고 피식 웃으며 말했다.

"나는 내 발로 돌아온 거야."

"에? 자기가 직접? 그게 가능해요?"

이계 소환술에 대해 알리타가 뭘 많이 아는 건 아니다. 하지만 적어도 한 가지만은 잘 알고 있다.

수백 년 동안 수많은 마기언이 저 마법을 재현하려고 했고, 어느 누구도 성공한 적이 없었다. 그런데 이계 소환술도 아니고 이계 진입술을 개발해 스스로 차원을 넘어왔다고?

시한이 어깨를 으쓱였다.

"나도 노력 많이 했어. 10년 걸렸다고."

"그, 그래도 그렇지……."

말끝을 흐리다 말고 알리타는 묘하게 납득했다.

황당한 소리였지만, 이계구원자 성시한의 전설이 사실이라면 아주 불가능할 것 같지도 않았다. 그 역시 황당무계하긴 마찬가지였으니까.

그래도 여전히 의문은 있었다.

"도대체 왜?"

그리운 고향으로 돌아간 사람이 무엇하러 고생해 가며 굳이 테라노어로 돌아온 건지 모르겠다.

그냥 옛 전우들과 회포를 풀기 위해서? 뭐, 그것도 딱히 이상한 일은 아니지만 분명 알리타는 성시한을 처음 봤을 때 그가 외친 말을 기억하고 있었다.

'돌아왔다! 이 개자식들아!'

침대에서 깨어나자마자 한 말도 있다.

'릴스타인, 그 빌어먹을 놈이 왕이 되었다고?'

'개자식'과 '빌어먹을 놈'이란 단어는, 우정과 사랑을 나누던 소중한 동료에게 붙이기엔 지나치게 고상한 표현이다.

특히나 그 말에 진한 원망의 감정을 싣고 있었다면 더더욱 그렇지.

"아, 그게……."

뭔가 말하려던 성시한이 갑자기 고개를 들었다.

"음?"

뜬금없이 집 안 곳곳을 살펴본다. 그러더니 진지한 눈으로 알리타를 바라보았다.

"알리타."

"네?"

"너, 쫓기는 몸이라고 했지? 루스클란 황족이기 때문에 숨어 살아야 한다고."

"네."

"그 이유가, 루스클란 황족이 지닌 이계 소환의 권능 때문이고?"

"그렇죠."

왜 굳이 재확인하는지 모르겠지만, 알리타는 순순히 대꾸했다. 그러자 성시한이 머리를 긁었다.

"어이쿠."

"왜 그러죠?

알리타를 향해 그가 애매한 미소를 지었다.

"이거 미안하게 됐는데?"

성시한이 알리타에게 광제 루스타나드와의 관계를 물은 이유가 있었다.

"지구에서 테라노어로 진입할 때는 반드시 좌표가 필요해. 이 세계에 정확히 안착하기 위한 마법적인 차원 지표가."

그것이 이계 소환의 힘을 지니고 있는 루스클란의 혈족이다.

마법적 공명을 통해 차원 너머와 연동되어야만 지구와 테라노어를 잇는 차원 포털을 정확히 여는 것이 가능하다.

"그리고 그 좌표로 알리타, 네가 선택됐지. 현재 테라노어에서 네가 가장 진한 루스클란의 피를 지니고 있다는 의미야."

알리타는 얌전히 고개를 끄덕였다.

하필 자신이 현재 살아남은 루스클란 황족 중 제일 피가 짙다는 것은 꽤나 불쾌한 이야기였지만, 그녀는 대수롭잖게

넘겼다.

'뭐, 할 수 없지.'

머리를 벅벅 긁다 성시한이 말을 이었다.

"그러니까 말이지… 난 알리타, 널 소환술사로 삼아서 이 세계로 진입한 거거든?"

"그런데요?"

"그러니까……."

계속 말끝을 흐리는 시한을 보며 알리타는 의아해했다. 왜 시한이 그녀 앞에 나타난 건지는 대충 이해가 간다. 그런데 대체 왜 저리 우물쭈물하는지는 모르겠다.

그때, 성시한이 어색하게 웃으며 손가락을 꼬았다.

"다른 마기언들이 볼 땐 네가 소환술을 써서 날 부른 걸로 보이지 않을까?"

"……."

알리타는 침묵했다. 침묵한 채 잠시 시한의 말을 되새겨 보았다.

'그 말인즉…….'

지금 대륙 곳곳의 고위 마기언들에겐, 이 데필란 산 깊은 곳에서 악명 높은 광제 루스타나드의 비술이 재래한 것처럼 인식된다는 소리?

"에에엑!"

알리타는 기겁해 자리에서 벌떡 일어났다. 그리고 허겁지겁 창가로 가 창문 틈으로 밖을 바라보았다.

어둠이 깔린 오두막 너머로 수많은 불꽃이 보였다. 횃불이었다. 대략 백여 개 정도의 횃불이 주위의 숲과 능선을 빼곡하게 포위한 채 이글거리며 타오르는 중이었다.

알리타가 이를 악물었다.

'맙소사! 대체 어느 틈에?'

*   *   *

초승달이 희미한 빛을 드리우는 산속의 밤.

횃불을 든 병사들이 숲을 등진 채 포위망을 펼치고 있었다. 오두막을 중심으로 수십여 미터 정도 거리를 두고 둥글게 포진한 광범위한 진형이었다.

그들을 지휘하던 20대 초반의 젊은 기사가 손을 들어 오두막을 유심히 살폈다.

"아직 별다른 움직임은 없나?"

건장한 병사들 사이에서도 머리 하나가 더 빠져나올 정도로 큰 사내였다. 그 거구의 기사를 올려보며 붉은 로브 차림의 중년인이 다가와 말했다.

"하이어 제논, 포위망 구축이 끝난 모양이오."

"수고하셨습니다, 마기언 클렌."

정중히 고개를 숙인 뒤 거구의 청년, 제논은 다시 시선을 돌렸다. 눈앞의 목표에 집중하며 그가 명령을 내렸다.

"전원, 전투 준비!"

＊　　　＊　　　＊

포위되었다는 걸 알아채자마자 알리타는 거침없이 행동했다.

잽싸게 단검을 걸어두었던 찬장으로 향하더니 밑에서 커다란 나무 상자를 꺼낸다. 그리고 바로 훌렁 옷을 벗어버린다. 새하얀 나신이 은은한 초롱불 아래 노골적으로 드러난다.

"엑?!"

시한이 기겁해 시선을 돌렸다.

'의, 의외로 당돌한 애네?'

하지만 알리타는 개의치 않았다. 옆에 외간 남자가 있든 말든 전혀 신경 쓰지 않고 제 할 일만을 이어간다. 눈 둘 데를 몰라 시한은 계속 애꿎은 천장만 바라보았다.

익숙한 손놀림으로 그녀가 상자 안의 내용물을 꺼냈다. 단단히 무두질해 갑옷으로도 쓸 수 있는 검은 가죽조끼와 금속 부츠, 그리고 전신을 타이트하게 조이는 여성용 상의와 바지였다.

미리 준비해 둔 전투복에 팔다리를 넣고 사이즈를 조절하고 걸쇠를 채운다. 옷을 걸치자마자 바로 멜빵에 투척용 단검을 채우고 움직임에 방해되지 않도록 머리를 땋아 둥글게 말아 올리는데, 모든 동작이 놀라울 정도로 빠르고 정교하다.

시한이 자기도 모르게 혀를 내둘렀다.

'이건 뭐 거의 5분 대기조네. 아니, 2분 대기조라 해야 하나?'

하여튼 그녀가 도로 옷을 입은 덕분에 눈 둘 데가 생겼다. 슬쩍 알리타를 보며 시한이 고개를 끄덕였다.

'확실히 잘 단련되어 있군.'

전투복이 꽉 조이는 스타일이라 옷 위로 봐도 전신이 잘 짜여 있음이 확연히 보였다. 날씬하면서도 탄력적인, 성숙미마저 느껴지는 육체였다. 분명 한국 나이로 치면 아직 여고생일 텐데 말이지.

'어휴, 역시 서양 애들은 발육이 달라.'

엄밀히 말하면 알리타는 테라노어 북부 브리안 인종 계열이고 지구의 서양인과는 무관하지만, 시한은 굳이 둘을 구분하지 않았다. 실제로도 크게 신체 형질이 차이 나지는 않을 것이다. 차원의 틈이 생길 정도로 겹쳐져 있는 지구의 형제 세계, 테라노어는 모든 면에서 지구와 흡사하다.

마지막으로 장검을 허리에 차며 알리타는 완벽히 전투 준비를 갖추었다. 예리한 눈빛으로 오두막 바깥을 응시하는 그녀의 모습에 시한은 한 번 더 고개를 끄덕였다.

　'대처가 익숙하군.'

　빠른 전투 준비만을 의미하는 것이 아니다. 조금 전 알리타의 반응만 봐도 그렇다.

　그녀는 창문을 건드리지 않았다. 당황해 벌컥 창문을 열어 바깥의 경계를 사는 대신, 벽에 붙어 틈새로 상황을 살폈다. 평소에도 이런 일이 흔하다는 의미다.

　'아니면 항상 이런 상황을 염두에 두고 훈련을 해왔거나?'

　문득 성시한은 호기심을 느꼈다. 준비를 갖추는 내내 알리타는 정상인이라면 무의식중에 할 만한 행위를 하지 않았다.

　"알리타."

　고개도 돌리지 않은 채 그녀가 대답했다.

　"네."

　"내게 뭔가 할 말은 없어?"

　현재 그녀가 이런 위기에 처한 건 성시한이 원인이다. 시한이 멋대로 이곳에 떨어지지 않았다면 알리타의 정체가 발각될 일도 없었겠지. 그런데 그녀는 그에 대해선 전혀 신경 쓰지 않는 것이다. 아무리 급해도 원망 한마디쯤은 할 법도 한데?

　"아."

이제야 생각났다는 얼굴로 알리타가 고개를 끄덕였다. 그리고 무표정하게 시한에게 고개를 숙였다.

"습격, 미리 알려줘서 고마워요."

성시한은 당황했다.

그러니까… 지금 알리타는 적들의 접근을 미리 알려줬다며 감사를 표하는 건가? 이 사태의 원흉인 자신에게?

시한의 안색이 살짝 굳었다.

'이 녀석, 뭔가 좀 이상한데?'

＊　　　　＊　　　　＊

병사들의 전투 준비가 완료되었다. 오두막을 향해 제논이 고함을 질렀다.

"죄인은 모습을 드러내라! 그러지 않으면 오두막을 통째로 날려 버리겠다!"

반응은 없었다. 제논이 눈살을 찌푸리더니 옆을 내려다보았다.

"마기언 클렌, 적당히 공격을."

"알겠소."

적색(赤色) 상아탑 제3층 마법, 버닝 스피어가 검은 하늘을 가르며 쏘아졌다. 대기를 화끈하게 달구며 화염창이 오두막에 명중했다.

콰아앙!

폭발이 일어나며 작은 오두막이 불길에 휘감겼다. 불기둥이 치솟으며 밤의 어둠을 밝혔다. 제논이 근심하며 물었다.

"너무 심한 거 아닙니까? 명령은 분명 생포하는 것이라 고……"

클렌이 어깨를 으쓱거렸다.

"겉보기에만 화려할 뿐이오. 재수 없으면 화상 정도는 입을 지도 모르겠지만 생명엔 지장이 없을 거요."

그때였다. 불길 사이로 뭔가가 뛰쳐나와 무서운 스피드로 남쪽으로 달려가기 시작했다.

"나타났다!"

누군가의 외침과 함께 알리타는 병사들 사이로 뛰어들었다. 병사들이 허겁지겁 창칼을 빼 들고 그녀와 맞섰다.

"잡아!"

"생포하면 금화 열 냥이다!"

사방에서 칼날이 날아든다. 모든 공세를 피하며 알리타도 반격에 나섰다.

한 자루 장검이 죽음의 춤을 추며 사방에 선혈을 흩뿌린다. 병사들이 연달아 피를 흘리며 쓰러져 갔다. 마치 양 떼 속에 한 마리 굶주린 늑대가 뛰어든 듯한 광경이었다.

"맙소사, 저건?!"

"소드하이어다!"

병사들이 공포에 질려 주춤거렸다. 그들을 향해 알리타가 눈을 치켜떴다. 선명한 은색 눈동자가 살기를 띠고 번득였다.

"모조리 죽여주마, 릴스타인의 개들!"

병사들을 상대하며 알리타는 빠르게 주변 상황을 살폈다. 도주로를 찾는 것이었다.

'어디로 빠져나가야…….'

폭발 타이밍을 잘 맞춘 덕에 사방에서 포위되는 경우는 간신히 면했다. 하지만 바로 빠져나갈 만큼 이들이 만만치도 않았다.

"발을 묶어!"

"상대는 소드하이어다! 욕심부리지 말고 멀리서 견제만 해!"

"제논 님이 곧 오실 거다!"

역시 경험이 많은 정예병인 만큼 소드하이어를 상대하는 법을 잘 알고 있다. 초반 습격 이후엔 다들 대열을 정비하고 차분히 알리타를 포위한다.

'쉽지 않겠는데…….'

사방의 적에 집중하며 알리타는 정신을 곤두세웠다. 잠시 오두막에 남아 있던 성시한의 안위가 걱정되기도 했지만, 이내 잊었다.

'전설의 영웅씩이나 되는 사람이 그 정도 공격에 무슨 일을 당할 리가 없지.'

더구나 이들은 릴스타인 왕국군, 시한의 동료였던 혁명 7영웅 릴스타인이 건국한 나라의 병사들이다. 세상을 구한 영웅을 만났는데 무릎 꿇고 찬양을 하면 했지, 적대할 리가 없다.

'당연하잖아? 그라면 세상 어딜 가도 누구나 맨발로 뛰쳐나와 환영할 텐데.'

온 세상에서 버림받은 저주의 소녀가, 온 세상에서 사랑받는 전설의 영웅을 걱정한다? 참으로 주제 파악 못 하는 가소로운 짓거리다.

"킥킥……."

왠지 웃겨서 알리타는 실소를 흘렸다. 그때 불타는 오두막 저편에서 외침이 들렸다.

"멈춰라! 저주받을 루스클란의 혈족이여!"

목소리는 빠르게 가까워지고 있었다. 외치는 도중에도 질주하고 있다는 의미다. 살육을 펼치다 말고 알리타는 힐끔 그쪽을 바라보았다.

'소드하이어인가?'

곧바로 전신 갑옷으로 무장한 기사가 모습을 드러냈다. 한 달음에 병사들 사이를 내달리며 거대한 양수검을 내려친다.

"허어엇!"

공세를 거두고 알리타가 뒤로 뛰었다. 아슬아슬하게 참격이 빗나가며 검풍이 사방으로 불어닥쳤다. 그렇게 그녀를 물러서게 한 뒤 청년 기사, 제논은 주위를 둘러보았다.

상황은 참혹했다. 수십 명의 병사 중 제 발로 서 있는 이는 반도 남지 않았다. 나머진 모두 죽거나 중상을 입고 바닥을 뒹굴고 있다.

분노에 차 제논이 고함을 터뜨렸다.

"소드하이어가 일개 병사들의 목숨을 취하다니? 부끄럽지도 않은가!"

알리타는 긴장했다. 태산 같은 분위기를 풍기는 거대한 사내였다.

"릴스타인의 기사, 제논이 그대를 상대하겠다!"

무형의 투기가 일렁이며 거대한 칼날을 타고 올랐다. 그뿐이 아니었다. 그가 걸친 플레이트 아머 역시 동일한 기운으로 감싸여 가공할 방어력을 담기 시작했다.

그녀의 안색이 딱딱하게 굳었다.

'갑옷이······.'

상대는 무기뿐 아니라 전신 갑옷에도 투기를 걸고 있었다. 투사급인 알리타에겐 불가능한 일이었다.

'기사급 소드하이어!'

먼저 움직인 쪽은 제논이었다.

"이 검을 받아보아라!"

머리 위로 대검을 높이 쳐들고 대지를 박차며 앞으로 나선
다. 성난 황소를 연상케 하는 육중한 돌진이다. 사색이 되어
알리타가 옆으로 몸을 뺐다.

"윽!"

관성이 실린 제논의 대검이 바닥을 내려쳤다. 일격에 폭음
이 터지며 흙더미가 사방으로 비산했다. 알리타가 기가 막혀
인상을 썼다.

'저딴 걸 받아보라고?'

감히 검을 마주칠 엄두조차 나지 않는 괴력이었다. 스치기
만 해도 치명상. 침을 삼키며 그녀는 자세를 낮춰 검을 뻗었
다. 견제와 탐색을 겸해 가볍게 날린 것이었다.

그러자 제논이 곧바로 검을 옆으로 휘둘렀다.

"하아앗!"

검풍이 불며 대검이 각도를 바꿔 알리타의 전신을 베어 들
어왔다. '탐색 따윈 할 생각 없다, 무조건 일격에 쓰러뜨리겠
다!'라는 의지가 가득한 호쾌한 연격이었다.

기겁해 알리타가 재차 몸을 피했다. 제논이 연거푸 공격을

이어가며 외쳤다.

"그대는 도망치는 법밖에 모르는가?"

사방에서 웅장한 참격이 이어진다. 워낙 대검이 크다 보니 사정거리도 장난이 아니다.

이를 갈며 알리타는 제논의 좌측으로 돌았다. 저런 패도적인 기세에 밀려 뒤로 물러서다간 아무것도 못 하고 패배할 뿐이다.

그녀 역시 제법 경험을 쌓은 터라 그 정도는 알고 있었다.

'그래도 틈이 없는 건 아냐.'

기회를 잡아 알리타가 제논의 허벅지에 일검을 가했다.

파직!

뇌전이 튀며 그녀의 투기검이 오히려 튕겨났다. 허벅지 갑주에 깃든 투기의 방어력이 알리타의 공격력을 상회한 것이다. 그뿐 아니라 반발력으로 인해 자세마저 무너진다.

"윽!"

그 틈에 제논이 일검을 내려쳤다. 급한 나머지 알리타는 바닥으로 몸을 던져 데굴데굴 굴렀다. 허벅지를 힐끔 보며 제논이 껄껄 웃었다.

"제법 충격이 있었다. 투기검의 위력이 상당한걸?"

그래봤자 제논의 갑옷에는 희미한 흠집조차 나지 않았다.

"그 나이에 투사급이라니, 놀랍군."

연이은 제논의 말에 알리타가 입을 삐죽거렸다.

"…자기도 별로 나이 안 많으면서."

덩치가 워낙 커서 가려지긴 하는데, 얼굴만 보면 제논도 그리 많은 나이가 아니다. 대략 20대 중후반 정도?

'그런데 뭘 저리 나이 가지고 유세야?'

이를 악물며 알리타가 재차 제논의 검세 속으로 파고들었다.

폭풍 같은 연격을 피해 다시 틈을 노린다. 풍압만으로 피부가 찢어져 피가 흐르기 시작했지만 그녀는 개의치 않았다. 피부 좀 찢어지는 게 죽는 것보단 낫다.

그러던 중 한 번 더 기회가 돌아왔다.

'빈틈!'

분명 제논의 플레이트 아머는 자체 강도와 투기의 융합으로 무시무시한 방어력을 자랑한다. 하지만 그래도 갑옷인 이상 관절 부위 같은 틈새는 있는 것이다.

그 틈을 노려 알리타가 매서운 찌르기를 날렸다.

"타앗!"

제논이 살짝 몸을 비틀었다. 알리타의 검이 틈새를 노리지 못하고 빗나갔다.

파직!

전격이 튀며 그녀는 또다시 뒤로 튕겨졌다. 제논이 비웃음을 던졌다.

"기사에게 그런 수법이 통할 거라 생각했느냐?"

투사급끼리의 전투라면, 서로의 공격력이 방어력을 훨씬 상회할 때는 몸놀림이 중요하다.

상대의 공격을 얼마나 완벽히 피하느냐에 따라 승패가 갈리니 큰 회피 동작이나 굉장히 섬세한 거리 조절을 필요로 한다. 하지만 갑옷의 방어력이 받쳐 준다면 이야기가 다르다. 그냥 타점을 흩트리기만 해도 충분한 것이다.

본격적으로 제논이 몸을 날렸다. 강철의 폭풍이 알리타를 향해 불어닥쳤다.

"진정한 기사의 힘을 보여주마!"

아무것도 못 해보고 알리타는 시종일관 밀리기만 했다. 결국 그녀가 일격을 허용했다. 미처 피하지 못한 제논의 투기검이 알리타의 우측을 정확히 노린 것이다.

재빨리 장검을 비틀어 방어하긴 했지만…….

"윽!"

제대로 막았는데도 마차에 치인 듯한 충격이 전신을 강타한다. 오른팔이 부러지며 극심한 통증이 온다.

그 틈에 제논이 알리타의 복부를 올려 쳤다. 생포 명령이었으니 검으로 베어버릴 순 없었다. 어퍼컷 한 방에 그녀의 가벼운 몸이 허공으로 붕 떴다.

"쿨럭!"

허공에서 알리타는 선혈을 토했다. 내장이 진탕된 탓이었다. 붉은 피가 제논의 얼굴과 가슴께로 쏟아졌다.

그때였다.

갑자기 제논이 당황하며 얼굴에 묻은 피를 맹렬히 닦아내는 게 아닌가?

"켁! 더럽게……."

황당한 일이다. 파티 드레스 걸친 귀부인도 아니고, 기사 주제에 전투 중 피 좀 묻었다고 저런 반응을?

하지만 덕분에 기회가 생겼다. 빈틈없던 제논의 의식이 그녀로부터 멀어졌다.

"타앗!"

고통을 이겨내며 알리타가 기합을 터뜨렸다. 허공에서 허리를 튕기며 공중제비, 그대로 제논의 어깨를 박차고 뛰어넘는다. 그리고 전력을 다해 포위망으로 달려간다.

"이런!"

실책을 깨닫고 제논이 두 눈을 부릅떴다. 질주하며 알리타는 회심의 미소를 지었다.

성공이다! 사정거리 밖으로 빠져나왔다!

"곧 죽어도 도망칠 궁리만 하는구나!"

기가 찬 제논을 뒤로한 채 그녀는 병사들을 향해 돌진했다. 안심하고 있던 병사들이 허를 찔려 당황하는 모습이 보였다.

'이제 저들을 베고 탈출하기만 하면……!'

그때, 중후한 외침과 함께 세 줄기 뇌격이 알리타를 노리고 날아들었다.

"어림없다!"

화들짝 놀라 알리타가 옆으로 몸을 던졌다. 빗나간 전격이 바닥을 때리며 뇌성을 울렸다.

콰콰쾅!

당황하며 그녀는 고개를 들었다. 포위망 바깥에서 붉은 로브를 걸친 중년인이 손을 뻗고 있었다.

'…마기언!'

등 뒤에서 침착한 목소리가 들려왔다.

"그 상처로 그 정도 움직임이 가능한가?"

그새 제논이 알리타를 따라잡은 것이다. 그가 주위를 둘러보며 중얼거렸다.

"미리 포위망부터 준비해 두길 잘했군."

마지막 힘까지 써버린 알리타가 가쁜 숨을 몰아쉬었다. 이젠 정말 더 이상 방법이 없었다. 그녀를 바라보며 제논이 눈살을 찌푸렸다.

"그러고 보니 그 투기술은……."

방금 알리타가 선보인, 전신의 기운을 격발시켜 순발력을 얻는 신속 이동에 특화된 투기술.

"구(舊) 루스클란 호위기사들의 질풍기(疾風氣)로군. 그대가 어떻게 소드하이어가 되었는지 알겠다."

호위 임무에 있어 가장 중요한 덕목이 뭘까?

강철 같은 체력? 물러서지 않는 굴강한 정신력? 요인을 호위한 채 모든 공격을 막아낼 수 있는 철벽같은 육체?

다 틀렸다.

제일 중요한 것은 신속한 이동 능력이다.

호위기사는 만일의 경우, 설사 침대에서 자고 있었다 해도 바로 뛰쳐나가 최대한 빨리 요인의 곁으로 갈 필요가 있다. 또한 요인의 목숨을 노린 적을 쫓아가 붙잡는 것에도 이동 능력이 크게 요구된다.

그래서 역대 루스클란 제국의 호위기사들에겐 특별히 질주에 특화된 투기술이 전해졌다. 알리타가 케란에게 전수받은 질풍기가 바로 그것이었다.

제논이 코웃음을 쳤다.

"고작 질풍기 따위로 이 몸의 파산기(破山氣)를 감당하려 했느냐?"

죄 없는 백성들을 학대하던 저주받을 루스클란의 투기술, 질풍기.

그에 비해 제논의 파산기는 다르다. 이는 그가 가장 존경하는 혁명 7영웅의 리더, 이계구원자 성시한의 투기술 중 하나였다.

혁명전쟁 당시 이계구원자는 혁명군 중 재능 있는 자를 뽑아 가공할 거력을 일으키는 파산기를 전수해 주었다. 이후 그 위대한 영웅의 유산은 육왕국에 퍼져 제논에게까지 전해졌다.

"루스클란 호위기사들의 질풍기라면, 망해 버린 제국의 잔당이 더러운 핏줄을 빼돌렸었다는 소리겠군."

긍지와 자부심을 숨기지 않으며 제논이 내뱉듯 말했다.

"그대도 소드하이어라면 더 이상 승산이 없다는 건 느낄 터다! 순순히 무장을 해제하고 무릎을 꿇어라!"

알리타의 어깨가 축 늘어졌다. 그의 말이 옳았다.

'여기까지네.'

체념하며 그녀는 장검을 바닥에 떨어뜨렸다. 그리고 순순히 안 다친 왼팔을 들어 머리 뒤로 올렸다.

"항복하겠습니다."

일단 항복하자마자 알리타의 투지는 씻은 듯이 사라져 버렸다. 야수처럼 날뛰던 모습은 온데간데없고 마치 원래부터

순종적인 노예였던 것처럼 다소곳하기 그지없었다. 제논조차 살짝 당황할 정도였다.

"조, 좋은 판단이다."

제논이 어색해하며 고개를 끄덕일 때였다.

"야, 너……."

갑자기 그의 귓가에 엉뚱한 사내의 목소리가 들렸다.

"너무 감정 변화가 빠른 거 아냐?"

제논은 소스라치게 놀랐다. 목소리는 바로 등 뒤, 상대의 호흡마저 느껴질 정도로 가까운 곳에서 들리고 있었다.

'이렇게 접근할 동안 아무것도 느끼지 못하다니?'

전력을 다해 제논이 몸을 돌려 뒤를 베려 했다. 하지만 상대가 더 빨랐다.

"미안, 딱히 원한은 없는데……."

목소리와 함께 육중한 타격이 제논의 옆구리를 강타했다. 채 몸을 돌리기도 전의 일이었다.

"그래도 책임이 느껴져서."

퍼억!

전신이 부서지는 듯한 통증과 함께 제논의 거구가 허공으로 3미터 가까이 떠올랐다. 절로 비명이 새어 나왔다.

"끄어억!"

병사들이 경악해 눈을 부릅떴다. 떨어져 있던 그들은 방금 무슨 일이 일어났는지 똑똑히 보고 있었다. 갑자기 제논의 그림자에서 흑발의 사내가 솟아나더니 갑옷 옆구리를 올려 친 것이다.

'맙소사?!'

'하이어 제논이 단 일격에?'

2미터에 달하는 거구에 전신이 두꺼운 근육질인 제논이다. 체중만도 110킬로그램이 넘고, 거기에 갑옷 무게까지 합치면 족히 160킬로그램 가까이 되는 엄청난 중량이다.

그걸 단 한 방에? 그것도 투기로 보호받는 갑옷 위를 맨주먹으로 때려 3미터 높이로 띄워?

저건 사람이 할 짓이 아니다!

눈앞에서 펼쳐지는 비현실에 모두가 멍한 표정을 지을 때였다. 당사자인 제논만이 바로 정신을 추스르고 고개를 돌렸다.

"크윽! 누구냐?"

허공에서 몸을 틀며 제논은 땅 쪽을 바라보았다. 상대를 확인하기 위해서였다. 하지만 그 자리에 이미 사내는 없었다.

"다시 한 번 말하지만······."

그는 어느새 제논보다 더 높은 곳까지 날아올라 있었다.

"원한은 없다?"

제논의 투구를 밟으며 흑발의 청년이 가벼운 기합을 외쳤다.

"으랏차!"

장난스럽기까지 한 외침이었다. 하지만 그 결과는 절대 장난이 아니었다. 청년은 제논을 허공에서 짓누르며 그대로 대지에 충돌시켰다. 지축이 흔들리며 굉음이 울렸다.

쿠우웅!

흙먼지가 자욱하게 피어오르며 사방으로 자갈이 터져 나온다. 잠시 후 먼지가 걷히자 모든 이가 입을 쩍 벌렸다.

"……."

무슨 운석이라도 떨어진 것처럼 커다란 구덩이가 푹 파이고, 그 중앙에 머리부터 파묻힌 제논의 하반신이 불쑥 솟아나와 있었다. 이야기책에나 그려지는 장난스러운 삽화가 현실에 나타난 셈이다.

구덩이를 빠져나오며 흑발의 사내가 계면쩍게 웃었다.

"워낙 튼튼한 친구니까, 이 정도로는 별일 없겠지?"

병사들이 연신 입을 벙긋거렸다.

'저, 저 미친놈이 시방 지금 뭐라는 거야?'

'사람 몸 절반이 파묻혔는데 별일 없을 거라고?'

보아하니 나무처럼 돋아난 제논의 두 다리가 파들파들 떨리고 있긴 한데, 저게 살아 있다는 증거인지 사후경직인지는 잘 모르겠다.

어쨌거나 방금 전까지 위엄 넘치던 진중한 기사의 모습이라기엔 지나치게 희극적이었다. 너무 어이가 없어 다들 공포나 적의조차도 느낄 새가 없었다.

알리타 역시 멍한 표정을 짓고 있었다.

'어째서 병사들을 적대한 거지? 저들은 분명 옛 동료의 부하들일 텐데?'

그때 간신히 정신이 든 클렌이 소리를 질렀다.

"사악한 제국의 잔당이다! 마법을!"

"델 아스탈 라 필러……."

"불꽃이여, 응집하고 분출하여 타오르는 빛이 되어……."

"한 줄기 꿰뚫는 창으로 화할지니……."

클렌과 두 명의 마기언이 일제히 주문을 외우며 마력을 운용하기 시작했다. 흑발의 청년, 성시한은 힐끔 그들을 바라보았다.

"오, 마법. 진짜 오랜만인데?"

중얼거리며 양발을 교차해 발밑을 걸어찬다. 서너 개의 돌멩이가 투기를 싣고 마기언들을 향해 날아갔다. 평범한 돌이 무슨 투척 무기처럼 가공한 기세로 쏘아져 그들을 두들겼다.

"켁!"

"으억!"

마기언들이 비명을 흘렸다. 두 명은 재수 없게도 정통으로 머리에 맞아 혼절, 클렌도 어깨를 맞고 나자빠졌다. 당연히 그들이 준비하던 마법도 깨져 버렸다.

시한이 빙그레 웃었다.

'어지간한 마기언이야 뭐, 툭 건드리기만 해도 집중력이 깨지는 법이지.'

말이 좋아 툭이지 맞은 입장에선 뼈가 부러지는 중상이었다. 클렌이 어깨를 감싸고 고함을 터뜨렸다.

"무엇하느냐! 어서 저자를 해치워!"

멍하니 있던 병사들이 화들짝 놀라 달려들기 시작했다. 창칼을 앞세워 절도 있게 사방에서 찔러간다. 적의를 담은 병사들의 살기가 성시한의 전신에 와 닿았다.

반면 시한에겐 살의도 적의도 없었다.

당연했다. 오늘 생판 처음 본 사람들인데 무슨 살의가 있고 적의가 있겠나?

시한이 난처해하는 표정을 지었다.

'이 정도론 안 물러나나?'

그는 저들의 지휘관을 단 한 방에, 그것도 상당히 비현실적으로 눕혀 버렸다. 상대를 모욕하려는 것이 아니라 다른 병사들의 사기를 꺾기 위해서였다.

소드하이어쯤 되는 인물이 머리부터 파묻혀 있는데, 그걸 보고도 사기를 유지할 수 있는 이는 별로 없을 테니까.

그런데 아무래도 이들은 상당히 훈련을 잘 받은 정예병인 모양이다.

"죽어라!"

"타아앗!"

병사들이 고함을 지르며 던진 창이 교차해 날아왔다. 몸을 틀어 피하며 시한이 혀를 찼다.

'쩝, 어쩔 수 없지.'

내키진 않지만 좀 더 무력시위를 할 필요가 있을 것 같았다. 그리고 그가 익힌 중압기(重壓氣)는 특히나 이런 경우 참 잘 먹히는 투기술이었다.

"아까부터 말하지만……."

중얼거리며 시한이 병사 한 명을 골라 불쑥 다가갔다. 단숨에 상대의 코앞까지 들이닥쳐 턱을 걷어찬다.

"원한은 없다."

퍼억!

요란한 타격음과 함께 걷어차인 병사가 3미터 가까이 날아올랐다. 다른 이들의 눈이 경악으로 물들었다.

앞차기 한 방에 성인 장정이 저 높이로 떠올라? 저 정도면 보나 마나 즉사다!

그것이 끝이 아니었다. 시한이 갑자기 어둠 속으로 사라져 버렸다. 그리고 다른 병사의 등 뒤에서 나타나며 정중히 사과의 말을 건넨다.

"초면에 미안하군."

동시에 옆구리에 보디 블로 한 방. 얻어맞은 병사가 신음을 토하며 십여 미터 밖으로 날려갔다. 역시나 살아남을 가능성은 절대 없는 무자비한 일격이었다.

"원한은 없어."

또 다른 병사가 허공으로 날아갔다. 이번에도 족히 2미터는 되었다.

"악의도 없다."

다음 병사는 쳐올린 게 아니라 발뒤꿈치로 내리찍었다. 병사가 그대로 대지에 머리를 파묻었다. 관용적 표현이 아니라, 정말 제논처럼 머리가 땅에 파묻혔다!

"누누이 말하지만, 미안하다."

그렇게 시한은 병사들 사이를 전광석화처럼 누볐다.

그림자 사이로 사라졌다가 다른 그림자로 나타나며 연신 주먹질과 발길질을 해댄다. 무술이라고 하기도 애매한 단순한 동작인데, 그때마다 병사들이 펑펑 날려가 여기저기 처박히고 있었다.

"실례."

"크어어억!"

"죄송."

"우와아악!"

"정말 미안."

"케엑!"

미안하다는 놈이 한 방씩 후려갈길 때마다 사람이 수 미터 단위로 날아간다. 병사들이 기가 질려 악을 써댔다.

"야, 이 미친놈아!"

"어차피 죽일 거면 미안하다는 소리나 하지 말든가!"

*   *   *

"크윽!"

제논이 신음하며 구덩이에서 몸을 빼냈다. 흙투성이가 된 채 고개를 든 뒤 투구를 집어 던지며 이를 간다.

"제길! 어떤 놈이냐!"

그 모습에 클렌이 놀라 물었다.

"맙소사, 하이어 제논?"

그의 안위를 이리저리 살피며 믿을 수 없다는 표정을 짓는다.

"…살아 있었소?"

"이 정도에 죽을 만큼 단련을 게을리하진 않았습니다."

'아니, 잠깐?'

머리부터 땅에 처박혔는데? 얼마나 세게 충돌했는지 몸 절반이 파묻힐 정도였는데?

'부지런히 단련한 덕이라고 넘어갈 수준이 아니잖아?!'

저 정도면 살아 있는 건 고사하고, 시체가 형태를 갖추기만 해도 기적일 정도다. 하지만 분명 현재 제논은 태연히 숨을 쉬고 있었다.

"제길, 대체 어떤 놈이……."

몸을 일으키며 제논이 전장으로 시선을 돌렸다. 병사들 사이를 누비는 흑발 청년의 모습이 보였다.

순간 그는 자신의 눈을 의심했다. 청년이 스쳐 지나갈 때마다 병사들이 허공으로 떠오르고 나무에 들이받고 바닥에 처박히고 있었다.

그제야 제논은 자신이 어떤 꼴을 당했었는지 명확히 이해가 됐다. 무심코 방금 자신이 파묻힌 구덩이로 시선이 간다.

'맙소사, 저러고 내가 살아 있단 말이야?'

이상하다. 달리는 마차에 치여도 저렇게까지 날려가진 않는 법이다. 그리고 어지간한 사람은 달리는 마차에 치여도 충분히 즉사한다.

그런데…….

"아으으!"

쓰러진 병사 한 명이 신음을 흘리는 것이 보였다. 보아하니 죽도록 아픈 것 같긴 한데, 정말 죽진 않았다. 당한 것에 비하면 지나치게 멀쩡하다.

제논은 저런 식으로 사람 패는 광경을 한 번 본 적이 있었다. 아주 어릴 적, 그가 아주 작은 아이였을 때, 그보다 조금 나이가 많던 한 소년에 의해서.

'저 투기술은…….'

뇌리에 십여 년 전의 일이 스쳐 지나간다. 경악으로 입이 쩍 벌어진다.

"서, 설마!"

석상처럼 굳은 채 제논은 눈앞의 광경을 지켜만 보았다. 보고 있던 클렌이 악을 썼다. 당장 부하들을 구하러 뛰어들어도 모자랄 판에 갑자기 제논이 넋을 놓아버린 것이다.

"뭐 하는 거요, 하이어 제논!"

하지만 제논은 요동도 하지 않았다. 그저 두 눈을 크게 뜬 채 멍하니 중얼거릴 뿐.

"혹시 저자는, 아니, 저분은……."

그러던 중이었다. 힐끔 이쪽을 본 성시한이 바람처럼 달려오며 장난스럽게 뇌까렸다.

"어이쿠? 이 친구 깨어났네?"

순식간에 시한이 코앞까지 다다랐다. 제논이 놀라 손을 내저었다. 더 이상 그에게 적의나 살의는 없었다.

"자, 잠깐만! 혹시 당신은……!"

채 말이 이어지기도 전에 시한의 발뒤꿈치가 제논의 머리통을 정확히 내려찍었다.

쾅!

폭음이 울리며 제논의 상체가 도로 사라졌다. 다시 구덩이로 폭 안겼단 소리다. 덕분에 파묻힌 데 또 파묻히는 가련한 신세가 되었다.

"그럼 좀 더 자라."

흐릿한 의식 속에서 멀어지는 상대의 목소리가 들린다.

'당신은… 설마……'

결국 제논은 다시 정신을 잃었다.

*   *   *

시종일관 예의 바른(?) 시한의 폭력 앞에 결국 병사들이 물러서기 시작했다. 아무리 정예 중의 정예라도 이런 광경 앞에서 사기를 유지할 수 있을 리가 없었다.

하지만 그렇다고 무기를 거두지도 않았다. 일정 거리를 둔 채 서로의 눈치를 볼 뿐.

시한이 고개를 저었다.

"말해두지만, 딱히 원한은 없다니까? 그러니 굳이 계속 싸울 이유는……"

중얼거리다 말고 갑자기 뭔가 깨달은 표정이 되어 말을 바꾼다.

"…없지도 않나? 이거 릴스타인 부하들이잖아? 따지고 보면 원한이 있긴 있네?"

동시에 짙은 살기가 시한으로부터 흘러나왔다. 공포에 질린 병사들이 사색이 되었다.

원한이 없다면서 사람을 대지에 '심은' 미친놈이었다. 그런 놈이 원한이 있다면 대체 뭔 짓을 하겠다는 건가?

단 한 명의 청년에 의해 수십 명이 뱀 앞의 개구리처럼 마비되었다. 클렌이 살기에 눌려 새파랗게 질린 채 벌벌 떨었다.

'대체 어디서 저런 강력한 소드하이어가 나타난 거냐?'

적막이 흘렀다. 분위기를 살피며 시한은 내심 안도했다.

'끝났군.'

펑펑 날려간 병사들은 절대 동의하지 않겠지만, 사실 지금 시한의 몸은 정상이 아니었다. 제대로 힘을 써보니 현재 자신의 상태가 어느 정도인지 명확하게 파악이 됐다.

'투기량은 십분지 일 수준에… 마력은 아주 바닥을 기네? 어휴, 이거 복구하려면 얼마나 걸리려나?'

차원을 넘은 부작용이 생각보다 컸다. 이계구원자라 불리던 예전과 비교하면 초라할 정도로 약해진 것이다.

몸에 익은 경지와 경험이 있어 간단히 병사들을 처리하긴 했지만, 솔직히 더 시간을 끌었다면 곤란해졌을지도 모른다.

'뭐, 그래도 겉으론 여전히 태연한 모습을 유지해야겠지.'

시한은 느긋하게 포위망 바깥으로 발걸음을 옮겼다. 병사 중 그 누구도 그를 제지하지 않았다. 오히려 시한이 가까이 오자 화들짝 놀라 몸을 피한다.

유유히 걸어가며 시한이 알리타에게 소리쳤다.

"야! 너 뭐해? 여기서 천년만년 살 거야?"

"에……."

눈만 깜빡이던 알리타도 화들짝 정신을 차렸다. 잘은 모르 겠지만 이는 분명 천우신조였다.

"넵!"

재빨리 바닥의 장검을 걷어차 허공에서 낚아챈 그녀가 시 한을 따라 몸을 날렸다.

병사들은 아무도 그들을 쫓지 않았다. 초짜들은 당황해서 아무것도 못 했고, 노련한 병사들은 일부러 가만히 있었다.

자그마치 기사급 소드하이어인 제논이 두 그루 나무가 되 어버렸고(다리가 두 개니까) 마기언들도 속수무책으로 쓰러졌 다.

일반 병사들만 남았는데 덤벼봐야 좋은 꼴 볼 리가 있나?

그 틈에 두 사람은 숲 저편으로 완전히 사라져 버렸다. 상 황이 종결되자 병사들은 한숨을 쉬며 전열을 추스르기 시작했다. 동료들의 시신을 수습해야 하는 것이다.

"제길, 한스 형님이……."

"크흑! 세타 녀석 어머님께 뭐라고 말씀드려야 하지?"

다들 울먹거리며 쓰러진 동료들에게 다가갈 때였다. 여기저기 널브러져 있던 병사들이 신음을 터뜨렸다.

"크으으!"

"아이고, 죽겠다!"

"아, 아파! 건드리지 마!"

다들 기겁해 눈을 크게 떴다.

"한스 형님?"

"세타?"

수 미터씩 날아가고 나무며 바위에 처박혔던 병사들이었다. 그런데 하나도 죽은 사람이 없었다. 심지어 사지조차 전부 멀쩡, 팔다리 하나 부러지지 않았다.

오죽하면 그들 중 가장 중상을 입은 이가 돌멩이 맞고 어깨뼈가 부러진 마기언 클렌일 정도였다.

"…뭐야?"

어안이 벙벙해 병사들은 숲 너머를 바라보았다. 누군가가 중얼거렸다.

"대체 무슨 일이 일어난 거지?"

　　　　　*　　　　　*　　　　　*

　험준한 데필란 산은 어지간한 소드하이어라 해도 쉽게 주
파할 수 있는 지형이 아니다. 하물며 한밤중, 달빛조차 희미한
숲 속이라면 더더욱 그렇다.

　그러나 알리타는 거침없이 밤의 숲을 헤치며 달리고 있었
다.

　이곳의 지리에 능통한 덕도 있고, 또 그녀는 만일을 대비해
항시 도주로를 숙지해 두었다. 사물이 희미한 어둠 속에서도
야생 짐승처럼 바위를 밟고 수풀을 타 넘으며 빠르게 질주한
다.

　그렇게 한참을 움직인 후에야 알리타는 이동을 멈췄다. 이
정도로 거리를 벌렸다면 릴스타인 왕국군도 쫓아오지 못할
것이다.

　적당한 나무 아래 몸을 숨긴 채 그녀는 숨을 돌렸다.

　"하아… 아윽!"

　안심이 되자 그제야 지독한 고통이 밀려왔다. 부러진 채 방
치해 둔 오른팔이 붓기 시작한 것이다. 더 악화되기 전에 어
서 조치를 취해야 했다.

　알리타는 왼손으로 상처 부위를 더듬었다. 투기를 이용해
살펴보니 뼈가 깔끔히 부러져 있었다. 안도의 한숨이 절로 나

왔다.

'다행이다……'

장검으로 직격을 막은 덕이었다.

'만약 정통으로 맞았다면 이 정도로 안 끝났겠지?'

생포가 목표였기에 타격 순간 제논은 대검을 살짝 비틀었다. 덕분에 두 동강 날 위험은 없었지만, 그래도 파산기의 괴력을 생각하면 팔뼈가 모조리 가루가 되었어도 이상하지 않다.

아마 제논이 받은 생포 명령서에 '사지 멀쩡'이란 단어는 없었던 모양이다.

일단 그리되면 어지간한 고위 프린이 아니고선 팔을 되살릴 수 없다. 그리고 그녀는 함부로 교단을 찾아갈 팔자가 아니다.

"운이 좋았네?"

자신의 행운에 감사하며 알리타는 빙긋 웃었다. 그러자 그녀의 뒤에서 어처구니없어하는 목소리가 들렸다.

"그런 꼴을 당하고 운이 좋다는 소리가 나와?"

성시한이었다. 잠깐 나무 위로 올라가 주변을 정찰하고 온 것이다.

"당장 추적하진 않는 것 같더라. 뭐, 곧 재개하겠지만."

알리타가 환한 미소를 지어 보였다.

"오른팔을 통째로 절단할 필요는 없잖아요? 천만다행이죠."

잠깐 시한은 말문을 잃었다. 표정을 보니 그녀는 진심으로 운이 좋았다고 여기는 것 같았다.

시한이 혀를 내둘렀다.

'애, 진짜 성격 희한하네.'

알리타는 여전히 방실방실 웃고만 있었다.

"에헤헤."

여유가 생기자 알리타는 응급조치부터 취했다.

작은 침으로 부러진 상완 여기저기를 찔러 죽은피를 빼낸 뒤 오른팔을 바위에 가져간다. 그리고 왼손으로 누르며 뼈를 맞춘다.

"흐윽!"

나직한, 하지만 충분히 처절하게 들리는 비명이 새어 나왔다. 산전수전 다 겪은 성시한조차 자기도 모르게 인상을 쓸 만큼.

"하악, 하악……."

통증으로 발갛게 상기된 채 그녀는 거친 숨을 쉬었다. 어긋난 뼈를 맞추었으니 이제 고정시킬 차례였다.

주워둔 나뭇가지를 부목 삼아 오른팔에 대고 천을 묶는다. 천 한쪽은 입에 물고 반대쪽을 잡아 한 손만으로 매듭을 짓는데 평소 자주 했던 것처럼 능숙하기 그지없다.

이 모든 걸 알리타는 홀로 행했다.

바로 옆에 시한이 있는데도 전혀 도움을 요청하지 않는다. 모든 것을 스스로 하는 것이 너무도 당연하다는 듯 자연스럽게 움직인다.

하지만 아무리 그녀라도 상완 아래쪽 부목을 묶는 것은 쉽지 않았다. 일단 입으로 천을 물어 고정시킬 수가 없는 것이다. 각도가 안 나오니까.

바위며 나무에 팔을 밀어 천을 고정시키며(그러니까 부러진 팔을!) 억지로 고통을 참는다. 낑낑대는 알리타를 보다 못한 시한이 손을 내밀었다.

"내가 묶어줄게."

순간 알리타가 화들짝 놀라 뒤로 폴짝 뛰었다.

"……!"

은색 눈동자가 짙은 경계의 빛을 띤 채 시한을 노려보았다. 마치 자신에게 손짓하는 인간을 본 길고양이처럼 연신 눈치를 보며 눈알을 굴린다.

멋쩍어하며 시한이 혀를 찼다.

"아니, 대단한 거 해준다는 것도 아닌데……."

잠시 뭔가 생각하더니, 알리타가 경계심을 지웠다. 그리고 희미하게 웃으며 순순히 다친 팔을 내밀었다.

"그럼 부탁드립니다."

"아까부터 느낀 거다만, 너 감정 변화 정말 빠르다?"

황당해하면서도 시한은 부목을 마저 묶어주었다. 알리타가 다시 한 번 감사를 표했다.

"감사합니다."

뒤이어 바지를 툭툭 털더니, 넙죽 허리를 숙인다.

"그럼 전 이만 가볼게요."

"…야? 가긴 어딜 가?"

생뚱맞은 것도 정도껏이다. 시한이 눈을 부라렸다. 알리타가 체념의 빛을 보였다.

"역시 절 붙잡으시려는 건가요?"

"아니, 그게 아니라……."

기가 차 시한은 머리를 벅벅 긁었다.

"그 몸으로 이곳을 빠져나갈 수 있겠어?"

아무리 투기를 다루는 소드하이어라 해도 깊은 산속은 결코 만만한 곳이 아니다.

들짐승 정도야 괜찮겠지만 강력한 마수(魔獸)라도 만나면 생사를 보장하기 힘들다. 하물며 지금 알리타는 부상당한 상태, 늑대 같은 평범한 들짐승도 떼로 만난다면 무시하지 못할 위협이 될 것이다.

그래서 건넨 말이었는데…….

"평소보다 각별히 주의를 기울여야겠지요."

이미 알리타도 다 생각해 둔 문제였다. 그래서 어떤 식으로 움직여 어느 루트로 빠져나갈지도 정해둔 후였다. 단지 그 계획에 성시한의 존재가 없었을 뿐.

그걸 눈치챈 시한이 직설적으로 말했다.

"도와줄게."

"……?"

알리타가 눈을 깜빡였다. 말뜻을 이해 못 하겠다는 표정이었다.

시한이 그녀의 오른팔을 가리키며 말을 이었다.

"내 책임도 있으니까, 그거."

알리타는 계속 눈만 깜빡였다.

"……??"

뭐랄까, 말뜻을 넘어서 도움을 받는다는 상황 자체를 이해 못 하는 듯하다. 뭔가 어색해져 시한이 말을 덧붙였다.

"아무리 그래도 다친 여자애를 숲속에 그냥 버리고 갈 순 없잖아?"

그제야 알리타가 표정을 풀었다. 이해가 간다는 얼굴이었다.

"그럼 그렇게 할게요, 시한 님."

단지, 그와 동시에 하녀라도 된 양 정중하게 허리를 굽히며 극존칭을 붙이는 것이 여전히 이상해 보이긴 했다.

'도대체 얘가 뭘 어떻게 이해한 건지 모르겠네?'

그렇다고 초면인 여자애한테 '야, 너 이상해. 뭐가 이상한지는 모르겠는데 하여튼 이상해'라고 할 수도 없는 노릇이었다. 포기하고 성시한은 손을 저었다.

"그리고 님 자 붙이지 마. 그냥 시한이라고 불러."

알리타가 방긋 웃으며 대꾸했다.

"네, 시한."

＊　　　＊　　　＊

부목으로 고정시켰다 해도 부러진 팔을 덜렁덜렁 흔들며 다닐 수는 없다. 뼈가 붙을 때까지 안정할 수 있도록 고정대가 필요하다.

시한은 상의 아랫단을 둥글게 잘라내 알리타의 팔걸이를 만들기 시작했다. 옷이 워낙 품이 커서 조금 잘라내도 그리 티가 나진 않았다.

남의 옷인데 멋대로 자르는 건 조금 미안했지만…….

'어차피 알리타를 위한 거니까, 뭐.'

불빛 하나 없는 어둠 속에서 시한은 천 조각을 조물거리며 작업에 열중했다. 모닥불을 피웠다간 현 위치가 알려질 위험성이 있는 것이다.

빛이 없어도 딱히 불편하진 않았다. 시한이 익힌 투기술 중엔 밤에도 시야를 확보해 주는 야명기(夜明氣) 같은 잡기술도 있었다.

잠시 침묵이 흘렀다. 그 침묵이 어색했는지 알리타가 슬쩍 입을 열었다.

"저기요, 시한."

"응?"

당사자인 제논이나 동체 시력이 떨어지는 마기언, 일반병들과 달리 알리타는 시한의 움직임을 똑똑히 보았다.

시한은 제논의 뒤로 돌아가지 않았다. 분명 어둠 속에서 홀연히 등장했다.

날려간 제논보다 높이 이동했을 때도 마찬가지였다. 제논의 사각으로 점프한 게 아니라, 다시 어둠 속으로 녹아든 뒤 갑자기 나타났었다.

순간이동이라도 한 것 같은 기묘한 광경이었다. 알리타는 그런 투기술에 대해 들어본 적이 있었다.

"아까 그거, 혹시 잠형기였나요?"

잠형기(潛形氣). 투기로 전신을 감싸 빛과 소리와 열을 모두 차단해 기척을 넘어 존재 자체를 지우는 전설의 투기술.

이 기술을 극한까지 익힌 이는 눈앞에서도 마치 투명인간처럼 자신의 모든 걸 감출 수 있다고 전해진다. 원래는 도적들 사이에서만 은밀히 전해져 오는 비술이었으나 10여 년 전부턴 세상에도 알려지게 되었다.

잠형기는 혁명 7영웅이자 팔로스의 여왕, 은형의 레비나의 고유 투기술이었다.

"맞아, 레비나한테서 배웠지."

"그렇군요……."

역시 이 사람은 진짜 성시한이다. 머리론 이미 받아들였지만 새삼 실감이 난다. 감탄하며 알리타가 중얼거렸다.

"대단하네요, 수많은 이들 중에서도 오직 도적 여왕(Thief queen)만이 완성했다는 신기(神技)라 하던데……."

순간 시한의 표정이 팍 구겨졌다.

"신기는 얼어 죽을."

작업을 멈추지 않은 채 그가 툴툴거리기 시작했다.

"어차피 쥐새끼처럼 숨어 다니는 기술이라 굳이 배우려는 사람이 적었을 뿐이야. 치사하게 몸 숨기고 뒤치기나 해대는 비겁한 기술이잖아?"

물론 10여 년 전의 성시한은 쥐새끼처럼 숨어 다녀야 할 팔자였기에 열심히 배워뒀었지만.

말하다 보니 자기 얼굴에 침 뱉는 기분이 들어 시한은 입을 다물었다. 알리타가 놀란 눈으로 그를 바라보았다.

'어머? 씨프 퀸이라면 이계구원자의 연인이었을 텐데?'

혁명 7영웅의 영웅담 중에서도 성시한과 레비나의 연애 이야기는 특히 인기가 많다. 지금도 테라노어의 젊은 처녀들에게 사랑받는 레퍼토리 중 하나다.

심지어는 책도 나왔다. 알리타도 관련 소설을 본 적이 있었다. 눈물을 머금고 고향으로 돌아가는 이계구원자, 그리고 슬프지만 진정 상대를 사랑하기에 떠나보내는 씨프 퀸의 애틋한 엔딩이 백미인 러브 로맨스였는데…….

'어쩐지 말투에서 적의가 느껴지는 기분이…….'

호기심이 솟구쳤지만, 아쉽게도 시한은 그 이상 입을 열지 않았다. 더 이상 말하기 싫다는 듯 팔걸이를 다듬어 길이를 맞추는 데만 열중할 뿐이었다.

그래서 알리타도 더 이상 묻지 못했다.

오늘 처음 본 사이인데 대뜸 개인사에 대해 묻는 것도 이상하잖아? 잠형기에 대한 질문이야 투기술에 대한 가르침을 구하는 것이니 별로 이상할 게 없지만.

그러는 동안 시한이 팔걸이를 완성했다. 세심하게 알리타의 목과 팔을 고정시킨 뒤 그가 말했다.

"움직여 봐."

알리타가 몸을 일으켜 허리를 돌려보았다.

"어때?"

"좋아요."

잘 고정되었다. 이 정도면 질풍기를 써서 달려도 팔에 무리가 가지 않을 것이다.

시한도 자리를 털고 일어났다. 그리고 주위를 둘러보며 물었다.

"그럼 이제 어쩔 셈이야, 알리타?"

정체가 발각되고 추적대가 왔으니 더 이상 이곳에 머무를 순 없을 터.

"여기 근처 마을이… 고란 마을이라고 했던가? 거기로 가나?"

알리타는 고개를 저었다.

"아뇨, 고란 마을은 위험해요. 이미 추적대가 와 있을 테니까."

동쪽을 가리키며 그녀가 말을 이었다.

"이대로 산을 넘으면 서(西)빌라엔 강이 나와요. 도주용 나룻배는 이미 준비해 뒀으니까, 그걸 타고 강을 건너서 카곤 시티로 갈 거예요."

시한이 의아해했다.

"카곤 시티?"

알리타도 의아해했다.

"엥? 카곤 시티를 몰라요?"

카곤 시티는 동빌라엔과 서빌라엔 강이 합쳐져 대하(大河)

가 되는 요충지에 세워진 거대한 자유 교역 도시다.

인구 10만의 대도시이며 육왕국 중 릴스타인 왕국과 젝셴가드 왕국, 이나시우스 교국의 국경이 마주하는 삼국 무역의 중심지이기도 하다.

10년 전에 이미 테라노어 곳곳을 돌아다녔을 성시한이 그런 유명한 도시를 모르다니?

하나 알리타는 곧 자신의 실책을 알아챘다.

"아!"

확실히 지금의 시한은 모를 수밖에 없다.

"제국 시절엔 사우스 클라니움이라고 불린 곳이에요."

사우스 클라니움이라면 시한도 잘 알고 있었다. 제국의 4대 지역 수도 중 하나로 광제 루스타나드의 이복동생이었던 글로스 대공이 통치하던 곳.

시한이 속 시원하다는 표정을 지었다.

"여기가 그 동네 근처였어?"

이제야 이 일대의 위치가 머릿속의 테라노어 지리부도에 명확하게 자리 잡는다. 어느 방향으로 어떻게 움직여야 할지도 알 것 같다.

"그럼 이쪽이겠군."

카곤 시티에 대한 정확한 방향을 가리키며 시한이 알리타에게 손짓했다.

"움직이자고. 여기서 해 뜰 때까지 죽치고 있을 순 없으니까."

해가 떠버리면 추적이 재개된다. 쫓기는 입장에선 아무래도 밤이 유리한 법이다.

"네, 시한."

시한이 다시 어둠 속으로 몸을 날렸다. 알리타도 재빨리 뒤를 따랐다.

두 사람의 모습이 산속으로 사라져 갔다.

*　　　　*　　　　*

화려한 궁성의 한 서재에서 한 남자가 조용히 책을 보고 있었다. 깐깐한 인상의 깡마른 30대 후반의 사내였다.

내관 한 명이 종종걸음으로 다가와 그를 향해 넙죽 고개를 숙였다.

"폐하, 탐색대의 소식이 왔사옵니다."

보고 있던 책을 덮으며 사내가 고개를 돌렸다.

"어찌 되었느냐?"

두려워하며 내관이 말을 더듬었다.

"시, 실패했다고 하옵니다."

"실패?"

사내의 표정이 일그러졌다.

"고작해야 루스클란의 찌꺼기에 불과한 것을 잡는데 실패라고?"

내관은 두려워하며 눈앞의 사내, 릴스타인 왕국의 초대 국왕 릴스타인 1세를 바라보았다. 왕의 분노가 엉뚱하게 자신에게 튀지 않을까 염려하는 기색이 가득했다.

그러나 릴스타인은 이내 표정을 풀었다.

"혹시 차원문이 열린 것이냐?"

그는 엄격하면서도 공정한 군주라 자부하고 있었다. 만약 이계의 마물이 소환된 것이라면 탐색대의 실패에 죄를 물을 순 없다.

그런데, 그것도 아닌 모양이었다.

"그것이……."

조심스레 내관이 자초지종을 보고했다. 분노한 릴스타인의 표정이 어이없음으로 변해갔다.

"정체 모를 놈에게 두들겨 맞고 놓쳤다고?"

"제논 경의 보고는 그러하옵니다."

"어이가 없군. 제논 그 녀석, 제법 쓸 만한 놈인 줄 알았거늘……."

기막혀하다 말고 릴스타인의 안색이 문득 굳었다. 확실히 제논은 유능한 소드하이어였다. 그런데 그토록 처참히 당했다면……

"검은 머리에 검은 눈이라고?"

"예, 어둠 속이라 제대로 확인하진 못했지만 그자의 외모는 갈렌 민족 계열로 보인다고 하였사옵니다."

갈렌 민족이라면 테라노어 동부 인종으로 흑발에 흑안, 노란 피부를 지닌 민족이다. 그리고 그들의 외모는 지구의 동북아시아인과 상당히 유사하다.

'…설마?'

이계 소환술의 흔적, 그리고 테라노어 동부인의 외모.

릴스타인에겐 자연스럽게 오래된 친구의 모습이 떠오를 수밖에 없었다. 하지만 그는 이내 고개를 저었다.

'그럴 리가 있나? 그 정도로 강력한 이계 소환술이 발동되었다면 내가 못 알아차릴 리 없지.'

근거 없는 자신감이 아니었다. 현재의 릴스타인에겐 그 정도 자부심을 가질 자격이 있었다.

그는 단순한 일국의 왕이 아니다. 테라노어 최강의 마기언, 대륙 4대 마탑 중 하나인 적색 상아탑의 정점에 서 있는 제9층 플로어 마스터가 바로 그다.

그런 자신이 세계가 뒤흔들리는 징조를 알아차리지 못할 리가 없었다.

'전례가 없는 것도 아니고, 이미 13년 전의 자료도 다 가지

고 있는데 말이지.'

상념을 지우며 릴스타인이 내관에게 손짓했다.

"알았다. 물러나라, 실패자들의 처분은 차후 결정하겠다."

"예, 폐하."

내관이 물러나자 릴스타인도 몸을 일으켰다. 그리고 서재 한쪽을 매만졌다. 벽장이 열리며 복도가 모습을 드러냈다. 왕궁에서도 극히 충성스러운 일부만이 알고 있는 비밀 통로였다.

릴스타인은 말없이 계단을 걸어 내려갔다.

얼마나 걸었을까? 커다란 강철 문이 나타났다. 릴스타인은 손끝을 까닥거렸다. 그의 마력이 연동해 육중한 철문이 저절로 열렸다.

안쪽은 커다란 마법 실험실이었다.

온갖 기묘한 도구와 재료들이 가득하고 곳곳에 피와 검은 얼룩이 묻어 있었다. 그 연구실 끝에 초췌한 모습의 사내가 묶인 것이 보였다. 이미 온갖 고초를 다 겪은 듯 전신이 피폐하기 그지없었다.

"릴스타인! 이 빌어먹을 작자야!"

남자가 욕설을 퍼붓기 시작했다.

"이러고도 그대가 영웅이란 말이냐?!"

릴스타인은 그를 빤히 바라보았다. 저 남자, 멸망한 루스클란 제국의 후예를 붙잡은 지도 벌써 보름째였다.

"잘 숙성되었군."

묶인 남자의 발밑에 그려진 마법진이 불길한 녹색으로 점 등하고 있다. 원래는 붉은색이었던 마법진이다. 마력 변환이 완료되었다는 의미다.

상대를 무시한 채 릴스타인이 마법진으로 걸어갔다. 사내가 이를 갈며 마저 외쳤다.

"네놈을 숭배하는 백성들이 불쌍하구나!"

"그들이 뭐가 불쌍하지?"

갑자기 릴스타인이 반응했다. 이 섬뜩한 분위기와 어울리지 않는 환한 미소로 말을 잇는다.

"지금 불쌍한 건 곧 심장이 뽑힐 사람이 아니냐?"

사내의 동공이 커졌다. 자신에게 닥칠 운명을 예감한 탓이었다.

릴스타인이 오른손을 들었다. 가는 손가락 사이로 희미한 빛이 흘러나와 남자의 가슴을 후벼 파기 시작했다.

"크아아아악!"

사내의 호흡이 끊어지고, 피에 물든 심장이 허공에 떠오른다. 심장이 저절로 불타 재가 되더니 릴스타인의 손아귀에 모였다. 재가 서서히 손바닥으로 스며들며 이내 자취를 감춘다.

"음……."

손을 쥐었다 폈다 하며 릴스타인이 불만스러운 표정을 지었다.

"아직 모자라."

모자라다. 이 정도로는 문을 열 수 없다. 거대한 차원의 벽을 깨고 진정한 세계의 바깥으로 손을 뻗을 수 없다!

"저급한 혈통을 쥐어짜 농축시키는 것으론 슬슬 한계인가?"

테라노어 최강의 마기언은 음습하게 중얼거렸다.

"역시, 좀 더 순도 높은 루스클란의 피가 필요해."

Chapter 2

현지 적응

추적대를 따돌린 시한과 알리타는 숲속에서 쪽잠을 잔 뒤 바로 하산했다. 서너 시간 후 그들은 산맥을 끼고 흐르는 서빌라엔 강에 도달할 수 있었다.

　이후 새벽녘의 어둠을 틈타 강을 건넜다. 서빌라엔 강은 그 폭이 북한강과도 맞먹는 넓은 지류였지만 알리타가 몰래 나룻배를 숨겨놨기에 도강(渡江)이 그리 어렵지는 않았다.

　한나절을 더 걷고, 늦은 오후가 되어서야 두 사람은 목적지에 도착했다. 언덕 아래 펼쳐진 거대한 도시를 보며 시한이 혀를 내둘렀다.

"와, 여기까지 오는 데 거의 하루가 걸렸네."

알리타가 어깨를 으쓱이며 대꾸했다.

"그래서 일부러 카곤 시티에서 지척인 데필란 산을 고른 거예요."

순간 시한은 황당해했다. 그들이 이동한 거리를 추정하면 적어도 서울에서 수원 정도 거리는 된다. 그걸 지척이라고?

알리타가 이해할 수 없다는 얼굴로 물었다.

"덕분에 하루밖에 안 걸렸잖아요?"

"하루밖에……."

시한은 질린 표정을 지었다. 아직 그에겐 한국적 감각이 남아 있었던 것이다.

'하긴 이 동네 원래 이랬지.'

일반적인 이동 수단은 기껏해야 도보 아니면 마차 정도인데, 땅 넓이는 중국과 인도를 합친 것과 맞먹는다. 거리 감각이 한국인과는 전혀 다른 것이다. 테라노어 기준에서 걸어서 하루 정도면 사실 지척 맞다.

"여전히 대륙적 기상이 투철하구나, 테라노어."

"네?"

"아니, 그냥 혼잣말이야."

손을 내저으며 시한은 도시, 카곤 시티를 내려다보았다.

끝이 안 보일 정도로 넓게 펼쳐진 성벽 안쪽에 온갖 화려한 중세풍 건물들이 오밀조밀 세워져 있었다. 멀리서 보기만 해도 그 속을 오가는 수많은 사람과 삶의 자취가 느껴졌다.

"아아……."

눈에 보이는 풍경, 공기의 냄새, 전신에 느껴지는 감각마저도 죄다 이질적이면서 동시에 너무도 친근하다.

한때는 인세의 지옥이라 여겼고 나중엔 제2의 고향이라 느꼈던 곳.

'그래, 여긴 테라노어야.'

새삼 성시한은 자신이 돌아왔다는 걸 실감했다.

*   *   *

테라노어 대륙 남부에 위치한 카곤 시티는 사우스 클라니움 시절부터 대륙 중계 무역의 중심지였다.

동빌라엔 강을 타고 동부과 북부에서 온갖 물류가 내려오고 서빌라엔 강을 통해 서부와도 교통하며 남부에 위치해 남쪽의 물산도 풍부하다. 대륙 각지의 수많은 상단과 수많은 민족이 자리 잡은 이 거대한 도시는 한때 유동 인구가 100만이 넘은 적도 있다.

그런 만큼 카곤 시티는 온갖 다양한 인종의 전시장이기도 했다.

거리 한쪽 가판대에서 적갈색 피부에 부리부리한 눈을 가진 중년인이 목청 높여 호객 행위를 하고 있다. 테라노어 남방 인종, 라한족이다.

"떨이요! 떨이! 사파란 왕국의 최고급 린넨이 떨이로 나왔소!"

그 앞에선 백금발에 은빛 눈을 가진 브리안 인종 청년이 물건을 고르는 중이다.

흑발에 흑안을 지닌 갈렌족 처녀가 주전부리를 든 채 거리를 걷고 갈색 머리에 흑청색 눈을 지닌 서부 슬로커스 인이 그녀를 지나친다. 새까만 피부의 흑인, 동남부의 네칸 인종도 거리 곳곳에 보인다.

혼잡한 거리에 알리타는 자연스레 녹아들었다.

북부 브리안 인종의 특징이 뚜렷한 그녀도 이곳에서는 흔해 빠진 백금발의 미소녀일 뿐이다.

정체를 숨겨야 하는 이들에게 이 도시만큼 적합한 곳도 달리 없으리라.

그래서 카곤 시티는 온갖 범죄자의 온상이기도 했다. 십여년 전, 루스클란 제국의 특급 범죄자였던 혁명 7영웅 역시 마찬가지였다.

"우리도 왕년엔 여기를 주요 거점으로 삼았지. 여긴 갈렌 민족도 많아서 내 외모가 별로 튀질 않았거든."

주위를 둘러보며 시한이 그리운 눈빛을 보였다.

"뭐, 그런 만큼 아는 이도 많아서 이렇게 변장 중이지만."

아직 지인과 마주친 적은 없지만 언제 어디서 만나게 될지 모른다. 그래서 지금 그는 외모를 위장하고 있었다.

흑발, 흑안의 젊은 청년인 것은 마찬가지지만 더 이상 이계 구원자 성시한의 얼굴은 아니었다. 그냥 평범한 갈렌족 청년으로 보였다.

알리타가 신기한 듯 시한을 바라보다 물었다.

"그거, 천변기(千變氣)죠? 잠형기와 함께 씨프 퀸의 고유 투기술인……."

천변기는 투기로 안면 근육을 미세하게 조정해 얼굴 형태나 인상을 바꿀 수 있는 기술이었다.

노인이 젊은이가 된다거나 남자가 여자처럼 변하거나 할 정도는 아니지만, 원래 사람의 얼굴이란 고작 몇 밀리미터 차이만으로 인상이 확확 바뀌는 법이다.

"천변기인 건 맞는데, 레비나 건 아니거든? 이건 내가 개발해서 걔한테 전수한 거야. 왜? 가르쳐 줄까?"

순간 알리타의 눈빛이 돌변했다. 평생 숨어 살아야 하는 그녀에게 외모를 바꿀 수 있는 천변기는 그 어떤 금은보화보다도 귀한 기술이다. 욕심이 생기지 않을 수가 없다.

그러나 이내 알리타는 고개를 저었다.

"아니요, 그런 호의를 받을 이유가 없어요."

목소리에 강한 경계심과 거리감이 느껴진다. 머쓱해하며 시한은 고개를 돌렸다.

"사실 이유가 없는 것은 아니지만, 뭐……."

분위기가 어색해져 둘은 잠시 말없이 거리를 걸었다. 시한이 문득 염려하며 물었다.

"그러고 보니 팔은 괜찮아?"

"견딜 만해요."

현재 알리타는 부러진 팔에 댔던 부목을 푼 상태였다.

투기를 다루는 소드하이어들은 신체 능력이 월등한 만큼 회복력도 일반인과 비교가 되지 않는다. 전치 2, 3주의 중상도 3, 4일이면 낫는 것이다. 물론 그렇다고 부러진 팔이 하루만에 완치될 정도는 아니지만…….

"무리하게 움직이지 않으면 별문제 없을 거예요."

이동하며 꾸준히 투기를 운용한 덕에 부러진 뼈가 어느 정도 자리를 잡았다. 강한 충격을 주지 않는다면 자연스레 뼈가 붙을 것이다.

사실 아무리 그래도 부목을 대고 있는 쪽이 더 낫긴 하지만, 알리타는 주위 눈을 의식하지 않을 수 없었다.

추적자들은 그녀의 팔이 부러진 걸 알고 있다. 그냥 백금발 미소녀라면 카곤 시티 어디에서도 눈에 띄지 않겠지만 팔 부러진 미소녀라면 추적 범위가 확 줄어든다.

"그래? 다행이군."

시한이 다시 거리로 시선을 돌렸다.

"그나저나 일단 숙소를 잡아야겠는데……."

하루 종일 이동하느라 제대로 먹지도, 자지도 못했다. 일단 어디든 들어가 휴식을 취할 필요가 절실하다.

"아는 데 있어요?"

"있기야 한데, 아직까지 남아 있을지는 모르겠어."

자그마치 10년이란 세월이 지났다.

제국이 사라지고 여섯 왕국이 새로 생겨나며 사우스 클라니움이 카곤 시티가 되었다. 그가 알고 있던 이들이 그 자리에 남아 있으리란 법은 어디에도 없다.

"게다가 지금은 딱히 아는 사람 만나고 싶은 기분이 아니라서……."

시한이 말끝을 흐렸다. 알리타는 굳이 이유를 캐묻지 않았다. 테라노어의 영웅인 그가 왜 정체를 숨기려 하는지 궁금하지 않은 것은 아니었지만…….

'내가 참견할 일은 아니지.'

쫓기는 처지에 남의 일에까지 관심 가져 좋을 일 없다는 것이 그녀의 의부, 케란의 오랜 지론이었다.

"알리타, 넌?"

"저도 딱히 아는 곳은… 단골집을 만들 수 있는 처지가 아니라서요."

"그건 그렇겠네."

항상 숨어 살아야 할 그녀가 자신의 정체를 드러낼 위험을 감수할 리가 없지.

"그럼 대충 아무 데나 들어가야겠군."

시한은 발걸음을 돌렸다. 도시가 많이 변했다 해도 거리 자체는 크게 달라지지 않았다.

"분명 남쪽이 여관 거리였는데……. 참, 돈 좀 있어?"

"별로 많진 않지만."

알리타가 허리에 찬 돈주머니를 툭 쳤다.

"항상 재산은 전액 휴대하고 다녀요. 언제 도망쳐야 할지 모르니까."

"……."

잠시 후 둘은 한 여관 앞에서 발걸음을 멈췄다.

'여행길의 동반자'라는 간판을 단, 주위의 다른 여관들과 별 차이가 없어 보이는 곳이었다. 다른 곳에 비해 유독 장사가 안 되는지 썰렁한 여관이기도 했다.

그런데 갑자기 시한이 그 앞에 서서 멍한 표정을 짓는다. 묘하게 그리운 것 같기도, 우울한 것 같기도 한 얼굴이다.

"어? 여긴……."

알리타가 의아해하며 물었다.

"아는 곳이에요?"

"십여 년 전엔 여기 건물이 없었어. 대신 교수대가 세워져 있었지."

그녀의 안색이 굳었다. 시한이 쓴웃음을 지었다.

"참 많은 이가 여기서 죽었었는데……."

알리타는 아무 대꾸도 할 수 없었다.

혁명전쟁 이야기는 대륙 어디를 가도 쉽게 접할 수 있다. 하지만 그 영웅담 속에 얼마나 많은 피와 눈물이 스며들어 있는지는 당사자가 아니면 절대 알 수 없으리라.

"정말 많이 변했네."

추억에 잠겨 있던 시한이 다시 미소를 띠었다. 턱짓을 하며 여관을 가리킨다.

"이것도 인연이라면 인연인데, 들어가 보지?"

알리타가 인상을 썼다.

"처형터였다면서요? 유령 나오는 거 아니에요?"

시한은 피식 웃었다.

"그럼 오랜만에 반가운 얼굴들을 볼 수 있겠군."

여관 주인은 오십 대 중반의 중년인이었다. 안으로 들어선 시한과 알리타를 보자마자 주인이 반갑게 맞이했다.

"어서 오십쇼! 부부이십니까? 아니면 연인?"

알리타에게 받은 은화를 건네며 시한이 말했다.

"방 하나 주게."

순간 주인의 안색이 굳었다.

'뭐야, 이놈은?'

보아하니 고작해야 20대 초반, 동부인이 외모보다 젊게 보이는 걸 감안해도 20대 후반인 어린 청년이었다.

옷차림이 허름한 것이 그리 귀족 같아 보이지도 않았다. 그런 놈이 아무리 손님이라지만 반말을 찍찍 날려?

"아, 네, 뭐."

하지만 주인은 결국 허리를 굽힐 수밖에 없었다.

안 그래도 장사 안되는 여관이었다. 딱히 시설이 나쁘다거나 요리사의 솜씨가 안 좋다거나 불친절해서가 아니었다.

여관이 세워진 장소가 처형터라는 게 문제였다.

처음엔 그럭저럭 괜찮았지만 시간이 지나고 소문이 퍼지며(당연히 다른 경쟁 업체에서 퍼뜨린 소문이었다) 점점 손님이 끊기기 시작한 것이다.

지금 주인 입장에선 이런 진상 손님도 귀중한 고객이다.

계산을 하고 여관 주인이 방 열쇠를 건넸다.

"자, 방 하나 가져가십쇼."

"고맙군."

시한과 알리타는 열쇠를 받아 들고 2층 숙소로 올라갔다. 등 뒤에서 여관 주인이 투덜거렸다.

"에잉, 더러워서 접객업 해먹겠나, 쯧!"

혼잣말이었지만 귀 밝은 시한에겐 똑똑히 들렸다. 의아해하며 시한이 고개를 갸웃거렸다.

"저자는 뭐가 저리 기분 나쁜 거지?"

"그야 당연하죠."

시한의 눈치를 보며 알리타가 말을 이었다.

"아무리 당신이 전설의 영웅이라지만 초면에 하대하는 건 좀… 저야 괜찮지만 저분은 나이도 지긋한데……."

시한이 화들짝 놀랐다.

"내가 반말을 하고 있었나?"

알리타도 함께 놀랐다.

"엥? 몰랐어요?"

"이런, 생각해 보니 맞네. 이거 실수했군."

시한은 머리를 벅벅 긁었다.

"내가 마지막으로 아스틴어를 쓸 때는 존대할 만한 사람이 거의 없었거든."

혁명전쟁 말기, 성시한은 혁명군의 리더로서 언제나 명령을 내리는 입장이었다.

군대에서 흔히 그러듯 상대의 나이 고저를 막론하고 다 똑같이 대하다 보니 무심코 그 말투가 익숙해진 것이다.

"그게, 아스틴어는 지구에선 쓸 일이 없잖아? 잊어버리지 않으려고 복습은 착실히 했었지만 아무래도……."

한국어와 아스틴어의 존칭 개념이 다른 것도 문제였다.

아스틴어는 한국어처럼 수식어로 명확하게 존칭을 표현하는 것이 아니라 문장 전체의 뉘앙스나 특정 단어를 이용한다. 오히려 영어 쪽에 가깝다고 할까?

잘 모르는 사람들은 영어에 존댓말이 없는 줄 알지만, 그래서 나이나 지위 무시하고 이름 찍찍 부르는 줄 알지만 영어도 엄연히 존댓말이 있다. 단지 그 표현 방식이 한국어와 다를 뿐이다.

시한이 멋쩍어하며 연신 머리를 벅벅 긁어댔다.

"아, 이거 그럼 제가 초면인 아가씨께 계속 실례를 범하고 있었군요?"

알리타는 신경 쓰지 않았다.

"됐어요, 뭘 이제 와서? 그냥 반말하세요."

"미, 미안……."

시한과 알리타는 객실을 하나만 얻었다. 그것은 테라노어가 초면인 남녀끼리도 부담 없이 방 한 칸에서 함께 자는 바람직한(?) 숙박 문화를 지니고 있어서가 아니었다.

테라노어는 지구처럼 문명이 발달하지 않았다. 상대적으로 길도 험하고 치안도 엉망이다. 한번 여행을 하려면 엄청난 수고와 비용이 들어가는 것이다.

관광이나 휴양 개념으로 여행을 즐기는 일은 어지간히 높은 귀족이 아니라면 있을 수 없는 일이다.

그래서 일반적인 테라노어의 여행자들은 보통 남녀가 함께 다니지 않았다. 다닌다면 부부이거나 연인, 혹은 혈연인 경우가 대부분이었다.

즉 남녀가 여관 와서 굳이 방을 따로 잡는다는 건 '일반적이지 않은 여행자'라고 스스로를 알리는 꼴이나 다름없는 것이다.

시한은 몰라도 알리타 입장에선 어쩔 수 없는 선택이었다.

숙소로 들어선 알리타가 방을 훑어보았다. 다행히 침대는 두 개였다.

"시한, 어느 침대를 쓰시겠어요?"

"이걸 쓰지."

창가 쪽 침대로 다가가 시한이 풀썩 앉았다. 짚을 채운 침대에서 오래된 풀 냄새가 은은히 피어오른다.

"아, 이 느낌."

스프링이 들어간 현대적인 침대와는 다른 감각이다. 침대라기보단 커다란 베개 위에 누운 기분? 그래도 나쁘진 않다. 옛 기억도 떠오르고.

그동안 알리타도 부츠와 재킷을 벗고 침대에 걸터앉았다. 그녀를 보며 시한이 묘한 표정을 지었다.

'사정은 알지만, 그래도 너무 태연하군.'

왠지 놀리고 싶어져 시한이 슬쩍 질문을 던졌다.

"알리타, 남자와 한 방에서 자는데 뭔가 위기감이 느껴지지는 않아?"

진지한 얼굴로 그녀가 반문했다.

"어째서요? 당신은 이계구원자 성시한이잖아요?"

"그, 그런가?"

시한은 얼굴을 붉혔다.

생각해 보니 자신은 이곳에서 전설의 영웅으로 취급받고 있었다. 당연히 알리타도 시한이라면 그런 저열한 짓은 하지 않을 것이란 믿음이 있겠지… 라고 생각했는데.

"그런 당신이 저를 해치려고 마음먹으면 방이 하나든 두 개든 아무 상관 없잖아요? 시한의 능력이면 이까짓 벽 따윈 아무 도움이 되지 않을 텐데."

딱히 그녀가 시한의 인격이나 도덕심을 신뢰해서 태연한 건 아닌 모양이다.

"그런 이유였어?"

"달리 무슨 이유가 있는데요?"

"…내가 잘못했다. 일단 자자."

고개를 내저으며 시한은 침대에 벌렁 누웠다. 중간에 잠시 눈을 붙인 걸 제외하면 거의 밤을 새우다시피 했으니 잠이 모자랐다.

알리타가 나직하게 인사를 건넸다.

"안녕히 주무세요."

"어, 응."

잠시 후, 색색거리는 고운 숨소리가 들렸다. 그새 깊이 잠든 모양이었다.

시한은 신기한 눈으로 잠든 알리타를 바라봤다. 새삼 느끼는 건데, 예쁘긴 참 예쁘게 생긴 소녀였다.

'하긴 광제, 그 미친놈이 대륙의 미녀란 미녀는 다 꿰찼었지. 엄마 닮았나?'

어쨌거나 참 파악하기 힘든 성격이다. 배짱이 좋다기엔 너무 조심성이 많고, 조심성이 많다기엔 너무 경계를 잘 풀고, 경계심이 없다기엔 너무 준비성이 투철하다.

"어우, 모르겠다."

시한도 눈을 감았다. 어쨌거나 일단은 한숨 돌려야겠다.

모자란 수면욕을 해소한 뒤 성시한과 알리타는 여관 1층의 홀로 내려갔다.

큰 빵과 삶은 닭고기를 주문해 일단 허기부터 채운다. 어느 정도 배가 차자 알리타가 정중히 감사를 표했다.

"덕분에 무사히 여기까지 왔어요. 고맙습니다, 시한."

하산 내내 시한은 은밀히 투기를 흘려 들짐승이나 마수의 접근을 막아주었다. 알리타도 그 사실을 잘 알고 있었다.

닭다리를 뜯으며 시한이 별거 아니란 듯 손을 내저었다.

"대신 방값, 밥값 내줬잖아? 그걸로 퉁쳐."

빵을 찢으며 알리타가 물었다.

"그럼 시한, 이제 당신은 어찌할 건가요?"

카곤 시티까지 무사히 왔으니 그녀와 성시한의 인연도 끝났다. 정말 궁금해서라기보단 그냥 예의상 던져 본 질문이었는데, 시한의 대답이 좀 의외였다.

"한동안 너랑 함께 다니려고 했는데?"

알리타가 눈을 동그랗게 떴다.

"왜요?"

"십 년 만에 돌아온 테라노어잖아? 현지 적응 좀 해야지. 돈도 없고. 일단은 네 일이나 도우면서 상황을 파악할 생각이야. 너, 프리 하이어라고 했지, 알리타?"

무릇 모르는 세계에 뚝 떨어졌을 땐 무조건 눈앞의 현지인에게 매달리는 게 최선이다. 그 현지인이 괜찮은 인간이라면 더더욱 그렇다.

이미 시한은 십여 년 전 저 진리를 절실히 체감했었다.

…아, 물론 십여 년 전 제일 먼저 본 현지인은 광제 루스타나드였지만, 그 후에는 괜찮은 인간들도 만나고 그랬다.

'물론 그러다 피도 많이 봤지만.'

시한이 놀리듯 질문했다.

"왜? 귀찮아?"

그의 능력이면 뭘 하든 큰 도움이 될 것이다. 그런 자신감이 있어 장난스럽게 물은 것인데, 어째 진지하기 그지없는 대답이 돌아왔다.

"네."

"……"

이건 뭐, 단호하기가 칼로 베어버리는 것 같다. 아무리 그래도 이렇게 대놓고 귀찮다고 할 줄은 몰랐는데?

알리타가 차분히 말을 이었다.

"시한의 목적이 그것이라면 굳이 절 필요로 하지 않잖아요? 전 수배자이고 항상 숨어 다녀야 하니까. 아무래도 득보다는 실이 많겠죠. 그렇다면 시한은 저와 함께 있을 이유가 없고, 저 역시 시한과 함께 있을 이유가 없지요. 그런데도 함께 다닌다면 전 항상 그 이유를 추측해야 할 것이고, 그건 상당히 귀찮은 일이 되겠죠."

"…그런 거냐?"

나름 조리 있는 이유였다. 딱히 논리상 허점도 없다. 하지만 그렇다고 일상적인 반응이라고 할 수도 없는 것 같다.

'뭔가 이상하긴 한데, 딱히 콕 짚어내진 못하겠네?'

혀를 차며 시한이 주변을 둘러보았다.

여관 1층 홀엔 그들 외에 다른 손님이 없었다. 있다면 파리 두 마리 정도? '파리 날린다'라는 관용구를 직설적으로 보여주는 장사 안되는 여관이었다.

이 정도면 주위에 이야기가 새 나갈 일은 없을 것 같다.

"좋아, 그 귀찮음을 해소해 주지."

안심하며 시한이 입을 열었다.

"내가 없으면 알리타, 너 금방 붙잡힐걸?"

성시한은 스스로의 힘으로 지구에서 테라노어로 차원 이동을 해 왔다.

덕분에 테라노어에서 지구 쪽으로 통로를 뚫을 때와 달리, 이쪽 세계의 차원 계면은 거의 흔들림이 없었다. 그래서 4대 상아탑에서도 시한의 귀환을 전혀 눈치채지 못했다.

"대신 지구 쪽 차원은 왕창 흔들렸겠지만, 우리 세계는 마법의 힘으로 이루어진 문명이 아니니 별문제는 아니고."

그렇다 해도 형식상으로는 분명 알리타가 성시한을 소환한 것으로 되어 있었다. 마법 술식이 그런 식으로 짜여 있는 것이다. 외부에서 볼 때도 그렇게 보일 것이고.

"알리타, 네 몸엔 이게 소환술의 흔적이 남아 있어. 물론 내 몸도 마찬가지지. 우리가 움직일 때마다 차원 계면에 미세한 진동을 줄 테고, 아마 4대 상아탑의 8층 이상의 마기언이라면 그 진동을 감지할 능력이 있겠지."

알리타의 안색이 딱딱하게 굳었다. 그렇다면 지금 이 순간에도 그녀의 위치가 계속 파악되고 있다는 소리?

사색이 되어 몸을 일으키려는 알리타를 시한이 잽싸게 만류했다.

"진정해, 그래서 내가 지금 우리 몸에 마법을 걸어 그 진동을 차단시켰으니까."

소환되자마자 버림받았던 성시한이 힘과 능력을 갖추고 제국에 대항하기 시작한 후의 이야기다.

광제 루스타나드 입장에서도 시한은 더 이상 무시할 수 없는 적이 되었고, 그의 위치를 찾기 위해 많은 마기언을 동원했다. 그래서 성시한은 혁명 7영웅, 마기언 사파란의 도움을 받아 '차원간 변동력 차폐 술식'을 개발했다.

그 위치 추적 차단 마법이 없었다면 그토록 오랜 기간 제국과 맞서 싸울 수는 없었으리라.

"그럼 전 지금 안전한 건가요?"

"응, 아무도 우리 위치를 파악하지 못해."

그제야 안심한 알리타가 다시 자리에 앉았다. 시한이 말을 이었다.

"문제는 이 마법이 2, 3일에 한 번씩은 갱신해야 하는 거거든? 만약 풀려 버리면……."

그 이상은 들을 필요도 없었다. 바로 알리타가 고개를 끄덕였다.

"이해했어요. 왜 제가 시한을 필요로 해야 하는지."

그리고 다른 궁금증을 담아 질문한다.

"근데 왜 시한은 저를 필요로 하죠?"

"…전설의 영웅답게 눈앞의 가련한 소녀를 불쌍히 여겨서 돌봐주려고 하는 거라면 믿겠어?"

"네."

"어이? 믿는다고?"

시한은 당황했다. 보통 이야기의 흐름상 여기선 '아니요'라는 대답이 나와야 하는 것 아닌가?

알리타가 시종일관 진지함을 유지한 채 말을 이었다.

"당신은 지금 당장 저를 죽일 수 있잖아요? 그럴 힘도, 능력도 있지요. 게다가 루스클란의 후예를 죽인다 해서 시한을 비난할 사람은 아무도 없을 테고요. 오히려 사람들의 칭찬과 감사를 받을 테죠. 그런데도 절 도와주려 한다면, 믿을 수밖에 없겠지요."

"…우리 사이에 드디어 신뢰가 생겼으니 참으로 기쁘다고

하고 싶다만, 네가 진실을 몰라 일이 꼬이기라도 하면 나도 위험해지니 솔직히 말해야겠군."

농담조를 거두며 시한이 그녀를 똑바로 응시했다.

"알리타, 네가 죽으면 내가 곤란해져."

이계의 존재는 소환자의 권능에 의해 테라노어에 존재를 허락받는다. 그래서 광제 루스타나드의 심장이 불타자 그가 소환한 모든 마물도 이계로 돌아갔다.

반면, 루스클란 황족의 심장을 제물로 바쳐 소환된 성시한은 의식 자체가 곧 존재 허락의 계약이 되어, 광제와 상관없이 계속 테라노어에 머물 수 있었다.

물론 릴스타인이 광제의 심장 가루를 이용해 지구로 돌려보내 버리긴 했지만.

"지금의 난 알리타, 네가 소환한 셈이야. 심장을 바치는 계약이 아니라 광제의 소환 의식에 더 가깝지."

즉, 알리타가 죽고 그녀의 심장이 불타면 성시한도 지구로 강제 귀환되어 버리는 것이다.

"지구로 돌아간다고 나한테 무슨 일이 생기는 건 아니지만, 그래도 기껏 넘어왔는데 허무하게 돌아가고 싶은 마음은 없거든?"

상대가 알리타가 아닌 다른 루스클란 황족이었다 해도 성시한은 어차피 그를 보호할 수밖에 없는 것이다. 테라노어에 머물고 싶다면.

문제는 시한이 루스클란의 후예와 그리 친하게 지낼 처지가 못 된다는 점이다. 누구 덕분에 황족이었다가 밑바닥까지 굴러떨어졌는데? 보자마자 칼부터 들이대도 이상하지 않다.

"말이 통하는 사람을 만나 다행이지."

빙그레 웃는 시한을 향해 알리타가 고개를 갸웃거렸다.

"말이 안 통하는 사람이었다면 어쩌려고 했어요?"

"일단 두들겨 패고 강제로 제압해서 끌고 다닐 생각이었지. 아니면 그냥 가사 상태로 만들어서 어디다 봉인해 버려도 되고. 그럼 굳이 매일 차단 마법을 갱신하지 않아도 되니 편하지."

"……."

알리타는 침묵했다. 지금 저게 전설의 영웅이 할 소린가?

"그런데 알리타, 넌 꽤 말이 통했잖아? 쓰러진 사람을 돌봐 주는 거 보니 심성도 괜찮아 보였고. 그 정도면 신뢰할 만하다고 판단했어."

동시에 성시한이 뚝 떨어졌을 때 신경 쓰길 잘했다는 생각도 들었다. 그냥 밭에다 버려뒀다면 지금쯤 꽁꽁 묶여서 끌려다녔을지도 모르겠다. 아니면 동굴 깊숙한 데서 도롱도롱 자고 있거나…….

"사실 더 편한 방법도 있긴 해. 소환사의 심장을 뽑아서 동결시켜 들고 다니는 거지. 심장이 불타지만 않으면 존재는 유지되니까. 하지만 아무리 그래도 생사람 심장 뽑기는 좀……."

"네, 네, 납득했어요."

알리타는 손사래를 치며 시한의 말을 막았다. 더 듣고 있다간 뭔 흉악한 소리가 나올지 모르겠다.

문득 그녀가 피식 웃었다. 시한이 의아해했다.

"응? 왜 웃어?"

"상황이 웃겨서요."

"뭐가?"

"테라노어인, 그것도 루스클란의 후예인 제가 지구인인 시한에게 우리 일족의 혈통 마법에 대해 가르침을 받고 있잖아요?"

주객이 전도되었다는 게 이런 상황이지 싶다. 여하튼, 왜 시한이 그녀를 필요로 하는지도 충분히 이해가 되었다.

"시한도 제가 필요하고, 저도 시한이 필요하군요."

알리타가 공손히 고개를 숙이며 새로운 동료를 향해 인사를 건넸다.

"그럼 앞으로 잘 부탁드립니다."

성시한이 눈을 흘겼다.

"그러니까 너, 지나치게 상황 적응이 빠르다니까?"

*　　　　*　　　　*

성시한과 알리타는 여관에서 하루를 더 묵어 여독을 완전히 풀었다. 그리고 다음 날 아침, 거리로 나섰다. 돈을 벌기 위해서였다.

"지금 있는 돈으론 한 달 이상 버티기 힘들어요."

도주하는 와중에도 알리타는 알뜰하게 전 재산을 챙겨 왔다. 전 재산이 주머니에 다 들어가는 시점에서 그녀가 얼마나 가난한지 증명이 되리라. 느긋하게 놀고 있을 팔자가 아닌 것이다.

시한도 전적으로 동의했다.

"그래, 돈 벌어야지. 돈."

알몸으로 이 세계에 뚝 떨어진 이상, 일단은 현금 확보가 제일 급선무다. 그래야 운신도 자유로워지고 이후 행보도 결정할 수 있다.

"제일 속 편한 건 지금 당장 아무 부잣집이나 골라서 털어 버리는 건데……."

거리 너머로 보이는 커다란 저택들을 보며 시한이 입맛을 다셨다. 알리타가 놀라 물었다.

"전설의 영웅이 도둑질도 했었어요?"

"당시 사귀던 애가 도둑이었거든."

"어, 듣고 보니 그러네요……."

생각해 보니 이계구원자의 연인은 씨프 퀸, 도둑들의 여왕이었다.

"그리고 그냥 도둑질이 아니라 일종의 의적 같은 거였어."

한때 시한도 레비나와 함께 부잣집 담벼락깨나 넘은 적이 있었다.

당시의 부자들은 모두 제국에 빌붙어 백성의 고혈을 빠는 악당이었으니, 혁명군 자금 확보도 하고 적당히 돈 뿌려 의적 소리도 들을 수 있는 일석이조의 행위였다.

하지만 지금 그런 짓을 하기는 부담스럽다.

"그때처럼 도둑질해도 욕 안 먹는 시대가 아닐 테니, 아무래도 좀 그렇지?"

"글쎄요? 카곤 7가문 정도면 털어도 욕 안 먹지 않을까요?"

알리타가 피식거렸다.

"하지만 말리고 싶네요. 그 가문들을 털었다가 꼬리라도 밟히면 시한은 몰라도 전 정말 위험하거든요."

"카곤 7가문?"

시한이 의아해했다. 알리타가 차분히 설명했다.

"카곤 시티를 지배하는 일곱 가문이에요. 세상이 바뀔 때

기회를 잡아 재산을 모은 신흥 거상들이죠."

카곤 시티는 국경이 마주한 릴스타인 왕국과 젝센가드 왕국, 그리고 이나시우스 교국 어디에도 속하지 않았다. 일종의 독립 도시 국가랄까?

실은 이 알토란 같은 도시의 소유권을 삼국 모두 양보하지 않다 보니 일어난 일이었다.

사우스 클라니움 시절부터 막대한 부를 창출하던 카곤 시티였다. 이 도시를 차지하는 것만으로 세금이 20퍼센트는 더 늘어날 정도.

결국 충돌을 거듭한 끝에 삼국은 카곤 시티를 자치 도시로 놔두고 대신 세금을 골고루 걷는 형식을 취하게 되었다.

"그래서 카곤 시티는 국왕이 임명하는 게 아니라 도시 내에서 자체적으로 시장을 선출하죠. 3년에 한 번씩."

"그래? 혹시 투표로?"

"네."

순간 시한이 감회에 젖은 표정이 되었다.

"오, 내가 전파했던 지구의 민주주의가 드디어 꽃피운 건가?"

십여 년 전, 아직 십 대 소년이었던 성시한은 계급별로 차별하는 테라노어의 제도에 반발했었다. 그래서 모든 인간은 평등하다고, 모든 이는 민주적으로 스스로의 대표자를 뽑을 권리가 있다고 열심히 떠들고 다녔다.

그게 뭘 의미하는지도 잘 모르면서, 그저 교과서에서 배웠던 대로만 말이다.

'나중에 나이 좀 먹고 나서야 참 바보 짓 했다는 걸 알았지.'

당시엔 혁명이라기에 대충 프랑스 혁명과 비슷한 줄 알았다. 하지만 카이사르가 루비콘 강을 건넌 것도 혁명이고, 이성계가 위화도 회군을 한 것도 혁명이다.

애초에 시민 개개인의 의식이 성숙하지도 않았는데 윗선에서 떠든다고 저런 개념이 자리 잡을 리가 없는 것이다.

지구에서도 민주주의 개념이 자리 잡기까지 얼마나 많은 피가 흐르고 얼마나 많은 시간이 흘렀는데? 심지어 기껏 자리 잡아도 조금만 방심하면 도로 독재의 향수로 돌아가는 경우가 태반이다.

그런데 생각지도 못했던 옛 흔적이 남아 있을 줄이야!

감격해 시한이 중얼거렸다.

"이야, 옛날 테라노어에선 투표라는 개념도 없었는데."

"…우리 세계 무시하지 마시죠? 마을 촌장 뽑을 때도 다들 거수 정도는 하는데 왜 투표란 개념이 없어요?"

알리타가 눈살을 찌푸렸다. 그리고 물었다.

"그런데 민주주의가 뭐예요?"

"모든 시민이 소중한 투표권을 행사해 스스로의 지도자를 뽑는 행위."

시한의 대답에 알리타가 의아해했다.

"엥? 모든 시민이 시장을 선출해요? 왜요?"

시한도 고개를 갸웃했다.

"아깐 시장을 투표로 뽑는다며?"

"네, 카곤 시티에서 가장 세력이 큰 일곱 가문에서 표를 행사해, 가장 많은 표를 얻은 가문의 수장이 시장이 되죠."

"그런 거야?"

시한은 실망한 표정을 지었다. 결국 돈 많고 권력 센 놈만 투표권이 있단 소리다. 저걸 민주주의라 하기엔 좀 거리가 멀다.

"아니, 어떤 의미에선 지구의 민주주의가 꽃피운 거 맞긴 하네."

지구도 한 꺼풀 벗겨놓고 보면 똑같지, 뭘.

어쨌든 도둑질로 돈 버는 게 부담스럽다는 점은 시한도 인정했다. 그렇다면 남은 건 하나뿐이다.

"할 수 없지. 근면 성실하게 칼질해서 피 뿌리면서 벌어야지."

"그렇게 말하면 무슨 강도질하는 것 같잖아요?"

알리타가 입을 삐죽였다.

두 사람은 계속 걸음을 옮겼다. 목적지는 카곤 시티 서부의 의뢰 알선소였다. 카곤 시티를 들르는 용병들의 필수 코스이며, 알리타 역시 자주 애용하는 곳이었다.

옛 기억을 떠올리며 시한이 물었다.

"요즘도 의뢰 알선소 최다 일거리는 역시 마수 토벌인가?"

"그렇죠, 뭐."

모든 면에서 지구와 흡사한 세계, 테라노어. 하지만 확실히 다른 점도 많다.

보통 지구에선 맹수라고 하면 호랑이나 사자 등을 의미한다.

물론 테라노어에서도 그들이 맹수인 건 맞다. 하지만 이곳엔 맹수 이상의 힘을 지닌 짐승도 있어 인류의 실질적 위협이 되고 있었다.

본능적으로 투기나 마력을 타고 태어나 일개 인간은 감히 상대할 수 없는 강력한 능력을 구사하는 짐승들, 테라노어인들은 그것들을 마수(魔獸)라 불렀다.

"처음에 여기 왔을 땐 진짜 황당했어. 아니, 뭔 늑대가 주둥이에서 불이 나오더라고?"

십여 년 전을 떠올리며 시한이 부르르 치를 떨었다. 알리타가 물었다.

"지구 늑대는 입에서 불 안 나가요?"

"안 나가지."

"그럼 그냥 개잖아요? 그런데 어떻게 험한 자연에서 살아남아요?"

"실제로 거의 멸종했어."

사실 멸종 이유가 저런 건 아니지만, 자세히 설명할 만큼 시한이 환경학에 대한 깊은 조예가 있는 것은 아니라서 말이지.

그렇게 대화를 나누며 둘은 계속 걸었다.

한참을 걷자 거리 한편에 커다란 2층 건물이 보였다.

카곤 시티에서 공식적으로 임명한 '카르곤 의뢰 알선소'였다. 시한이 뚱한 표정으로 건물을 올려다보았다.

'예전에 있던 레테르 의뢰 알선소는 없어졌나 보네? 하긴, 그건 루스클란 직속이었으니 벌써 숙청됐겠지.'

두 사람은 건물 안으로 들어갔다.

내부는 썰렁했다.

원래 알선소 1층은 홀 형태로 되어 있어 프리 하이어들이나 방랑 마기언들의 약속 장소로도 쓰이는데, 아직 이른 아침이라 그런지 다른 사람은 보이지 않았다.

카운터에 앉아 있던 40대 후반의 건장한 중년인이 알리타를 맞이했다.

"어서 오게, 알리타 양. 오랜만이군."

"블렌 소장님 계신가요?"

"소장님이야 언제나 제시간에 출근하시지. 아무도 찾지 않는 이른 아침에도 말이야."

카운터를 닦으며 중년인이 건물 안쪽, 휘장이 드리워진 입구를 가리켰다. 알리타가 고개를 살짝 숙였다.

"수고하세요."

휘장 안쪽은 작은 방이었다.

투박한 목재 테이블과 책장, 커다란 금고만 놓인 조촐한 인테리어였다. 테이블 앞에는 60세가 넘어 보이는 늙은이가 깃털 펜을 잉크에 찍어가며 뭔가 서류를 작성하고 있었다.

알리타가 먼저 인사를 건넸다.

"오랜만이에요, 블렌 소장님."

노인이 고개를 들었다. 그리고 대뜸 용건부터 던졌다.

"의뢰를 찾나?"

"네."

"그렇다면……."

그녀의 의부, 케란이 살아 있을 때부터 이미 몇 번이나 거래해 본 사이다. 자세한 말은 필요 없다.

고개를 끄덕이며 노인이 서류 한 장을 꺼내 들었다.

"마침 적당한 게 있지."

　　　　　*　　　　　*　　　　　*

　반나절 뒤, 시한과 알리타는 여관 거리로 돌아와 있었다. 숙소로 돌아간 것이 아니라 이 거리에 묵고 있는 의뢰인을 만나기 위해서였다. 마침 묵고 있는 여관 바로 맞은편이기도 했다.

　여관 1층 카운터에서 전갈을 전하자 이내 사십 대 초반의 장년인이 헐레벌떡 아래로 뛰어 내려왔다.

　"카르곤에서 오신 분들입니까?"

　"예, 여기 소개장입니다."

　소개장을 건네며 알리타가 말을 이었다.

　"프리 하이어, 알리타 렐칸입니다."

　대외적으로 그녀는 케란의 성인 렐칸을 쓰고 있었다. 어떤 의미에선 인정하기도 싫은 루스클란의 이름 따위보다 이쪽이 진정한 본명일 것이다.

　성시한도 자신을 소개했다.

　"프리 하이어, 션 스테인입니다."

　오랜 거래 상대인 알리타가 신분 보장을 맡았기에, 시한 역시 카르곤 의뢰 알선소에 정식 등록되어 동료로서 참여하게 되었다.

'이래서 모르는 동네 떨어지면 일단 눈앞의 현지인에게 매달려야 한다니까?'

속으로 웃으며 시한이 알리타가 짜준 가짜 프로필을 읊었다.

"예전엔 이나시우스 교국에서 활동했고, 카곤 시티엔 이번에 처음 왔지요."

이나시우스 교국은 혁명 7영웅이자 밤과 어둠과 달의 여신 크론 리자테를 섬기는 최고위 프린, 여교황 카렌 이나시우스가 건국한 나라로 테라노어 동부에 위치해 있었다. 갈렌 민족이 절반 이상인 동부에서 왔다고 하면 시한의 외모도 자연스러워 보일 터였다.

단지 걸렸던 게 선이라는 가명이었는데…….

'선이야 워낙 흔한 이름이긴 하지만, 이왕이면 다른 가명이 낫지 않을까요? 굳이 그 이름을 쓸 필요는…….'

선은 아무래도 시한의 본명과 발음이 너무 비슷한 것이다. 의심받지 않을까 해서 한 걱정이었는데 의외로 시한이 고개를 저었다.

'아니, 그래서 선이란 이름이 좋은 거야. 사람이 살다 보면 아무래도 실수란 걸 안 할 수가 없거든?'

상황이 급할 경우, 알리타가 자기도 모르게 '시한!'이라고 외치는 경우가 안 생긴다는 보장은 없다.

실제로 왕년에 그런 경험도 있었다. 그래서 고른 가명이 선이었다. 혹시나 '시한'이란 본명이 튀어나와도 사람들은 자연스럽게 '선'이라 부른 줄 알 테니까.

　'원래 인간은 사물을 패턴화해서 인식하는 경향이 있기 때문에, 비슷한 발음이 들리면 익숙한 기억 쪽에 맞추게 마련이지. 변명하기도 쉽고.'

　알선소의 소개장을 건네받은 장년인이 진지하게 서류를 읽기 시작했다. 잠시 후 안도한 얼굴로 고개를 끄덕인다.

　"틀림없군요. 카르곤의 소개라면 믿을 수 있겠지요."

　정중히 인사하며 그가 말했다.

　"바켈론 남작가의 집사, 레트워드라고 합니다. 잘 부탁드립니다."

＊　　　　＊　　　　＊

　알리타를 찾던 루스클란 혈족 탐색대는 결국 아무 소득 없이 수도로 돌아갔다. 서빌라엔 강가까지가 그들이 추격할 수 있는 한계선이었던 것이다.

　서빌라엔 강을 넘으면 더 이상 릴스타인 왕국이 아니라 자치 도시 카곤의 영토다.

　안 그래도 삼국 사이에서 미묘한 균형을 잡고 있는 카곤 시티에 릴스타인 왕국의 정규군이 진입하면 심각한 정치적 사안이 된다.

애초에 알리타도 그걸 알기에 일부러 데필란 산에서 살고 있었던 것이다. 뭔가 일 터지면 바로 카곤 시티로 도망치기 위해서.

임무를 실패한 탐색대에겐 처벌이 내려졌다.

"탐색대장 제논 스트라이드를 한 달간 근신에 처하고 마기언들에겐 마법 노동형을 처하노라! 병사들은 1주일간의 특별 훈련으로 군기를 다잡도록 하라!"

특별히 가혹하다고는 할 수 없는, 상식적인 수준의 벌이었다.

릴스타인 1세 입장에선 평범한 루스클란 혈족 중 하나를 재수 없게 놓친 것에 불과하다. 크게 분노할 일이 아닌 것이다. 그래서 규정에 정해진 대로 처리하고 바로 잊어버렸다.

탐색대도 국왕의 관대함에 감사하며 달게 벌을 받아들였다.

단 한 명, 책임자였던 제논 스트라이드를 제외하고는.

"명예를 되찾을 기회를 주십시오! 반드시 이 오욕을 씻어내겠습니다, 하이어 엔다윈!"

상관 앞에서 제논은 목청을 높여 자신의 의지를 전달했다. 그래서 릴스타인 왕실 기사단장 엔다윈은 당황했다.

"이보게, 굳이 그렇게까지 할 필요는……."

제논은 혼자서라도, 신분을 숨기고 국경을 넘어서라도 반드시 그 저주받을 루스클란의 혈족을 잡아 오겠다고 주장하고 있었다. 쉽게 말해서 근신 대신 백의종군을 하겠다는 셈이다. 당연하겠지만 백의종군이 근신보다 몇 배는 무거운 형벌이다.

"국왕 폐하께서 자비를 베푸셨는데 그럴 필요가 있을까, 하이어 제논?"

"명을 받들지 못한 죄인이 어찌 자비를 받아들이겠습니까? 떨어진 명예는 스스로 되찾는 것이 기사의 도리가 아닙니까?"

구구절절 옳은 말이었다. 진심이 느껴지는 주장이기도 했다.

엔다윈은 잠시 고민했다.

"으음……."

제논은 분명 젊고 유능한 소드하이어였다. 하지만 그가 없다고 왕실 기사단에 무슨 영향이 갈 정도로 비중이 높지는 않았다.

왕실 기사단엔 제논보다 강하고 노련한 소드하이어가 수두룩하다. 그러니 장기간 기사단을 떠나겠다는 제논의 요구는 그리 무리한 것이 아니다.

또한 만약 그가 루스클란의 혈족을 잡아 오기라도 하면 그

공은 상당히 클 것이다. 이번 임무의 실패를 지워 버리기에 충분할 정도로.

제논 입장에서도 딱히 피해만 보는 요청이라 할 순 없는 것이다. 고생은 하겠지만 성공할 경우 얻는 것도 그만큼 크다.

'이유도 납득이 가고, 기사도에 어긋남도 없다. 젊은이다운 패기와 도전 정신도 칭찬할 만하군.'

아무리 생각해도 반대할 이유가 없었다.

"실로 기사답구나! 훌륭하다, 하이어 제논!"

결국 엔다윈은 제논의 요청을 수락했다.

       *   *   *

릴스타인 왕국 수도, 델스트레이.

수도 남부에 단출한 2층 집이 줄지어 있었다. 델스트레이에 거주하는 평민들이 모여 사는 거리였다.

남들보다 머리 하나는 더 크고 어깨 넓이는 더욱 광활한 거구의 사내가 거리를 걸어간다. 껄렁대며 걸어가던 젊은이 몇몇이 그를 보고 놀라 몸을 숨겼다.

"컥! 제논이다."

"으힉……."

이십 대에 기사급 소드하이어가 될 정도로 출중한 재능을 지닌 제논이었다. 육체적으로도 일단 몇 수는 먹고 들어가 준다. 투기를 터득하기 전에도 이미 일개 싸움꾼 따윈 상대도 되지 않았으니, 거리의 건달들이 그를 두려워하는 건 당연한 일이었다.

반면 상인들은 신장 2미터에 달하는 제논을 보고도 친근하게 인사를 건네고 있었다.

"오, 제논 군! 좋은 물건이 들어왔다네, 보고 갈 텐가?"

"맛 좀 보고 가, 제논 총각. 오늘 달걀은 각별히 알이 굵은데."

야채 가게 할아버지와 달걀집 아주머니의 호객 행위에 제논은 아쉬운 표정을 지었다. 그리고 부드럽게 웃으며 제안을 거절했다.

"아쉽게도 바쁜 일이 있어서 말입니다."

지나쳐 가는 제논을 보며 야채 가게 노인과 달걀 가게 아주머니가 중얼거렸다.

"웬일이여? 저 친구가 오늘 딴 아스파라거스를 마다하다니?"

"그러게요? 무슨 일 있나?"

빠르게 걸음을 옮긴 제논은 한 2층 집에 도착했다.

푸른 지붕에 붉은 담벼락, 새하얀 벽. 정원엔 각종 허브와 식용 야채가 심어진 아담한 집이었다. 아마 모르는 사람이 보면 이 소녀풍으로 점철된 벽돌집이 맨손으로 멧돼지도 졸라 죽이는 우락부락한 근육질 거한의 것이라곤 상상도 못 할 것이다.

제논이 집 안으로 들어섰다. 내부는 깔끔하기 그지없었다. 모든 것이 질서 정연하게 정돈되어 있었다. 바닥도 창가에도 먼지 한 톨 보이지 않았다.

"음……."

뭔가 생각하며 제논은 부엌으로 가 짐을 꾸리기 시작했다.

식재료를 챙기고 휴대가 편한 요리 도구들도 배낭에 넣는다. 모두 장거리 여행을 위한 물품들이다.

물론 망토도 빠뜨릴 순 없다. 침낭을 들고 다니면 짐의 부피가 너무 커지게 된다. 휴대도 편하고 이불, 텐트, 우비 등 다양한 용도로 활용되는 망토는 여행객들의 소중한 동반자다.

그렇게 배낭을 챙긴 뒤 그는 2층 다락으로 향했다.

다락방은 굳게 잠겨 있었다. 자기 집 안인데도 굳이 열쇠로 잠근 것이다. 간혹 친구들이 놀러 온다 해도 절대 공개하지 않는, 오직 그만의 비밀 장소였다.

제논은 방문을 열었다. 수많은 그림과 아이콘, 다양한 책자와 작은 조각상들이 즐비한 내부가 드러났다.

그림들, 조각상들마다 흑발 청년의 모습이 가득했다. 그 밑에는 작품명도 적혀 있었다.

『광제의 심장을 찌르는 이계구원자』

『혁명의 깃발을 치켜든 성시한』

『이계구원자와 도둑 여왕의 평화로운 한때』

뭔가 굉장히 한 가지 콘셉트에만 치중된 물건들이라 하겠다.

책장도 마찬가지였다. 꽤나 많은 책이 꽂혀 있는데, 제목들이 대체로 이 모양이었다.

『추억의 영웅, 성시한 일대기』

『두 세계를 넘나드는 로망 판타지! 위험한 이계의 연인』

『이계구원자의 성공 철학』

제논은 심란한 표정으로 그림에 그려진 얼굴들을 바라보았다.

그림들은 모두 얼굴이 달랐다. 미화되고, 화가의 상상력이 덧붙여져 실제 성시한과는 하나같이 전혀 딴판이다.

하지만 제논은 그의 진짜 얼굴을 알고 있었다.

"정말 그분인가?"

물론 확신은 할 수 없었다. 그의 영웅이 아직 십 대 소년이었을 때의, 무려 십여 년 전의 일이었다. 하지만 그렇다 해도……

'너무 닮았어……'

고개를 저으며 제논은 다락방 한구석에 놓인 하프 플레이트 아머를 챙겼다.

혼자서 입고 벗기 불편한 풀 플레이트 아머는 아무래도 단독 여행엔 어울리지 않는다. '나는 기사다!'라고 광고하는 격도 되니 운신도 불편하고.

하지만 기사급 소드하이어인 제논이 갑옷이 없다면 자신의 장점을 죽이는 꼴. 그래서 선택한 것이 강철 부츠와 팔뚝 보호대, 몸통 정도로 이루어진 하프 플레이트 아머였다.

하프 플레이트 아머 정도는 용병들도 흔히들 챙겨 입으니 그리 될 일도 없었다.

무장을 갖추며 제논은 중얼거렸다.

"확인해야 해……"

하이어 엔다원에게 거짓을 고한 것은 아니다.

그는 분명 진심이었다. 진심으로 그 루스클란의 황녀를 추적하고자 했다. 그것을 위해서라면 어떤 고난과 역경도 감내할 각오가 있었다.

단지 그 이유가 릴스타인 왕가에 대한 충성심이나 기사도, 자신의 영달이 아니었을 뿐.

잠깐 고민하다 제논이 방 한쪽 구석의 나무 박스를 열었다.

"그럴 리는 없겠지만……."

울퉁불퉁한 거친 손가락이 액자 하나를 꺼냈다. 액자 속에는 생뚱맞게도 네모난 남자 팬티가 걸려 있었다. 제논이 진지한 얼굴로 팬티를 꺼내 곱게 접기 시작했다.

착착 각 잡아서 정성스레 접으며 다시 심각한 표정을 짓는다.

"거의 가능성 없는 일이지만……."

문외한의 눈엔 이 팬티가 별것 아닌 것처럼 보일지도 모른다. 하지만 이는 결코 평범한 속옷이 아니었다.

전설에 따르면, 이계구원자는 자신의 모든 것을 테라노어에 남기고 태초의 모습으로 지구로 돌아갔다고 전해진다.

이 팬티는 그때 남은 영웅의 성유물(?)이었다.

한낱 그림이나 책자 따위와는 비교할 수조차 없는, 무려 이계구원자 성시한이 광제 루스타나드를 쓰러뜨릴 때 입었던 진품인 것이다!

뭐, 그렇다고 딱히 제논이 괴상한 취미가 있다는 소리는 아니고…….

사실 영웅이 쓰던 다른 그럴싸한 물건들은 너무 비싸서 일개 기사 수입으론 감히 엄두도 못 냈던 것이다.

그나마 제일 싼 게 이 팬티였다. 이것도 무려 6개월 동안 돈을 모아 간신히 낙찰받았다.

어쨌거나, 모든 짐을 챙긴 뒤 제논은 몸을 일으켰다.

배낭을 짊어지고 집을 나선다. 화창한 푸른 하늘을 바라보며 그는 재차 중얼거렸다.

"그래도 확인해 봐야 한다."

* * *

바켈론 남작령은 젝센가드 왕국 남부의 작은 영지였다. 원래는 루스클란 제국의 귀족이었지만, 혁명전쟁 시의 공을 인정받아 국왕으로부터 조상의 작위를 인정받은 경우다.

평화로운 나날을 보내던 바켈론 영지에 괴변이 생긴 것은 한 달 전의 일이었다. 화염의 힘을 다루는 늑대 형태의 마수, 이그니스 울프 무리가 영지 인근 숲에 출몰한 것이다.

대체 어디서 나타난 것인지 알 수 없는 이 강력한 마수들은 무리를 이루고 영민들이 키우던 가축들을 호시탐탐 노리기 시작하더니, 나중엔 인간들마저 해치기 시작해 영지의 골칫거리가 되었다.

이에 병든 아버지를 대신해 영지를 다스리던 젊은 기사, 테드 바켈론은 토벌단을 꾸려 이그니스 울프 무리를 쫓으려 했다. 그러나 전력이 부족해 오히려 큰 피해를 입고 물러서게 되었으니 결국 외부의 힘을 빌릴 수밖에 없었다.

영지가 감당 못 하는 큰 위협은 보통 국왕에게 읍소해 정규군의 출동을 청하곤 한다.

하지만 이는 가장 최후의 수단이다.

스스로의 영지를 지키지 못함은 영주로서 가장 큰 수치이니까. 그래서 테드 바켈론은 관례에 따라 우선 외부 용병들을 고용해 한 번 더 마수 사냥을 시도하기로 했다.

프리 하이어를 고용하는 것은 많은 돈이 들었지만, 그래도 주변 다른 영주들의 도움을 받거나 정규군의 힘을 빌리는 것보단 명예로운 일이었다.

그렇게 용병 고용 임무를 띠고 카곤 시티로 간 가문의 집사가 나흘 만에 두 명의 프리 하이어를 대동하고 돌아왔다.

＊　　　＊　　　＊

"돌아왔습니다, 테드 님."

"수고 많으셨습니다, 레트워드 집사. 그럼 이들이?"

"예, 카르곤에서 소개해 준 프리 하이어들입니다."

신분 차에도 불구하고 테드는 레트워드를 정중하게 대했다. 반면, 알리타와 시한을 대하는 태도는 그리 정중하지 않았다.

"바켈론 영지의 영주 대리, 테드 바켈론이오. 그대들의 실력이 어느 정도인지 모르겠군?"

원래 프리 하이어는 정식 기사들에겐 꽤나 무시받는 편이었다.

모든 프리 하이어가 자유로운 삶을 추구해 주인을 섬기지 않는 것은 아니다. 그보단 세상이 바뀌었기에 어쩔 수 없이 떠도는 경우가 대다수다. 현 프리 하이어 대부분은 구 루스클란 제국군의 잔당인 것이다.

정말 실력 있는 자들이야 과거의 죄를 용서받고 다시 지위를 얻을 수 있겠지만 어중간한 이들에겐 그런 기회가 없다.

기사로 돌아가지도 못하고 함부로 정체를 드러내지도 못한다. 평생 익힌 것이 칼질뿐이니, 선택지라곤 용병밖에 없다.

그래서 알리타도 딱히 테드의 태도를 신경 쓰지 않았다. 따지고 보면 오해도 아니었고.

"프리 하이어 알리타입니다. 투사급입니다."

"프리 하이어 선입니다. 마찬가지로 투사급입니다."

입증을 위해 알리타와 시한이 투기검을 가볍게 시전해 보였다. 두 사람의 칼날에 무형의 기운이 맺히자 테드의 안색이 살짝 굳었다.

"놀랍군, 둘 다 젊은 나이로 보이는데 벌써 투사급의 경지라니⋯⋯"

투기를 다루는 전사, 소드하이어. 이들은 관례상 여섯 단계로 구분되어 있었다.

종자급, 투기를 이용해 신체 능력을 강화하고 인간의 한계를 초월한 움직임을 보이게 되는 입문의 경지다.

기사 후보생인 종자가 되기 위한 조건이기도 하기에 저런 이름이 붙었다.

투사급이 되면 신체 능력 강화는 물론이고 손바닥을 통해 쥐고 있는 금속 무기에 투기를 불어넣을 수 있다. 투기검을 사용할 수 있는 수준으로 대다수의 소드하이어가 여기 해당된다.

기사급의 경지에 오르면 손바닥이 아닌 전신을 통해 금속에 투기를 부여할 수 있다. 무기뿐 아니라 전신 금속 갑옷에도 투기를 넣어 진정한 기사로서의 전투를 구사하는 경지다.

달인급 소드하이어는 금속뿐 아니라 온갖 무기물에 투기를 부여하는 것이 가능하다. 그래서 달인급쯤 되면 대규모 전쟁이 아닌 한 굳이 갑옷을 입고 다니지 않는다.

어차피 몸에 걸친 천에 투기를 부여해도 비슷한 방어력을 얻을 수 있으니까.

차라리 신체 움직임을 극대화하고 감각을 방해받지 않는 것이 전투에 더 유리한 것이다.

그 위에 초인(超人)급이 있다.

투기를 무기물이 아닌 허공에도 응집이 가능하며 무형이 아닌 유형의 투기검을 구사하는 이들이다. 테라노어 대륙을 통틀어도 극히 드문 고수들로 혁명 7영웅이나 옛 루스클란 제국의 육호장 정도가 이 수준까지 오른 자들이었다.

그리고 무신(武神)급 소드하이어.

투기의 모든 것을 터득해 일인군단이나 다름없는 존재로, 테라노어의 오랜 역사 속에서도 몇 없던 궁극의 경지다.

최근엔 이계구원자 성시한과 루스클란 제국 수호 기사였던 론다르크 장군, 그리고 최강의 프리 하이어로 칭송받던 용병왕 바락 정도만이 이 경지에 다다랐다고 전해진다.

제국 시절부터 사용된 이 개념은 세상이 바뀐 지금도 여전히 이어지고 있었다. 그래서 테드는 살짝 부끄러운 표정을 지었다.

"대단하군. 이 몸은 젝센가드 폐하로부터 직접 기사 서임을 받았지만, 부끄럽게도 아직 투사급이거늘……."

그의 나이는 올해로 서른넷이었다. 소드하이어치곤 평범한 재능이란 의미다. 새삼 두 사람, 특히 알리타의 나이가 놀랍다.

"두 사람 다 믿음직하군."

테드의 눈빛이 조금 부드러워졌다. 아무리 상대가 무시받는 프리 하이어라도, 아군인 이상 전력이 높다는 건 반가운 일이니까.

"그럼 우선 여독을 풀게나. 토벌대는 내일 출발할 테니. 레트워드 집사, 이들에게 방을 안내해 주시지요."

"알겠습니다, 테드 님."

세 사람이 집무실을 나갔다. 홀로 남은 테드가 각오의 표정을 지었다.

"좋아, 이번에야말로 그 마수들을 모조리 죽여 버릴 수 있겠군."

*   *   *

카곤 시티 서부, 카르곤 의뢰 알선소.

거구의 청년이 카운터에 걸터앉아 질문을 잇고 있었다.

"정말 모르십니까? 백금발의 소녀랑 다니는 갈렌족 청년입니다. 키는 180센티미터 정도고 20대 중후반 정도로 보일 텐데."

이틀 전 수도 델스트레이를 출발한 제논이었다.

일단 알리타가 소드하이어라는 점에서, 제논은 그녀가 프리하이어로 일하고 있을 거라 쉽게 추측할 수 있었다. 그 정도 힘을 지니고도 그저 술집 작부나 하진 않을 것 아닌가?

그리고 카곤 시티로 도망친 걸 보면 자연스럽게 이 도시 유일의 의뢰 알선소와 거래가 있었으리란 것도 충분히 유추 가능했다.

문제는 의뢰 알선소의 특성상 거래인에 대한 정보를 절대 외부로 노출하지 않을 거란 점이다.

많은 프리 하이어가 과거 루스클란 제국과 인연이 있고, 그중엔 수배범도 상당히 많다. 자신의 정보가 노출된다는 걸 알면 누가 카르곤 알선소를 믿고 찾아오겠는가?

"여기 들락거리는 용병이 얼마나 많은데 그걸 다 외우고 다니겠소?"

과연, 카운터에 앉은 중년인이 컵을 닦으며 딴청을 피웠다. 제논이 난처해하며 머리를 벅벅 긁었다.

"어우, 어쩌지? 여기서 그 친구랑 만나기로 했는데."

"친구라고?"

"네."

"그럼 당신도 젝센가드 왕국에서 온 거요?"

은근슬쩍 중년인이 제논을 떠보았다. 그는 시한이 이나시우스 교국에서 왔다고 알고 있는 것이다.

제논이 고개를 저었다.

"아뇨, 전 릴스타인 왕국에서 왔습니다. 한동안 따로 행동했었거든요. 요새 그 친구가 어디서 일하는지는 모르겠군요."

확실하지 않은 특정 사항을 함부로 아는 체해선 안 된다. 대부분의 함정 질문은 그런 식이니까.

"그럼 그 친구의 이름은?"

"모르죠? 지금은 무슨 가명을 쓰는지. 그쪽도 우리 사정 뻔히 알 거 아닙니까?"

안타까운 듯 제논이 다시 한 번 머리를 긁어댄다.

중년인의 표정이 살짝 풀렸다.

덩치는 곰만 한 사내가 어린애처럼 안절부절못하는 걸 보니 참, 안쓰럽기도 하고 우습기도 하다.

"아우, 어쩌지? 왜 안 가르쳐 주시는지는 저도 이해하는데, 그럼 여기 왔었는지 안 왔었는지만이라도 알려주면 안 됩니까? 아직 도착 안 한 거면 그냥 기다리겠는데 이미 왔다 갔으면 허송세월 보내는 꼴이 되잖아요?"

"거참……"

중년인은 혀를 찼다. 상대의 심정도 이해가 가지 않는 것은 아니었다. 게다가 상대의 우락부락한 체구와 사내다운 얼굴(둔하고 멍청하게 생겼다는 소리와도 일맥상통한다)을 보니 딱히 수상하지도 않은 것 같다. 태도도 말투도, 충분히 자연스럽다.

"알겠네, 원칙적으론 안 되는 일이지만……."

결국 그는 비밀로 하라며 슬쩍 알리타와 시한이 받은 의뢰 내용을 알려주었다.

"다시 카곤 시티로 돌아온다는 보장은 없으니, 아마 서둘러 바켈론 영지로 가면 만날 수 있을지도 모르겠군."

"감사합니다! 정말 감사합니다!"

허리를 90도로 숙이며 제논은 극구 고마움을 표했다. 그 순박한 모습에 카운터의 중년인도 훈훈한 웃음으로 대답해 주었다.

"허허, 감사는 무슨……."

어수룩한 표정을 유지한 채 제논은 알선소를 나섰다. 거리에 발을 디디는 순간, 그의 입가에 교활한 미소가 떠올랐다.

'그래, 바켈론 영지란 말이지?'

Chapter 3

마수 사냥

아침 일찍, 발케론 영지에서 제2차 마수 토벌대가 출발했다. 대장인 테드 바켈론과 영지의 고용 마기언, 두 명의 프리 하이어에 영지병 서른 명으로 꾸려진 대인원이었다.

성을 벗어난 토벌대는 한나절을 이동해 길리언 숲에 도착했다. 바켈론 영지의 절반 이상을 차지하는 이 울창한 숲이 바로 영지를 습격하는 마수, 이그니스 울프들의 본거지다.

성시한은 묘한 감흥에 젖었다.

'거참, 하필 이그니스 울프냐?'

13년 전, 그가 이 세계에 소환되어 버려졌을 때 처음으로 만났던 마수가 바로 저 불을 뿜는 늑대였다. 기이한 우연이라고 해야 할까?

'물론 그때와 처지는 하늘과 땅 차이지만.'

주변 경관을 감상하며 시한은 계속 숲길을 걸었다.

길리언 숲은 테라노어 중남부에서 볼 수 있는 전형적인 침엽수림이었다. 워낙 나무들이 높고 울창해서 지상엔 햇빛조차 잘 들지 않는다.

한국에선 이런 숲을 볼 수가 없다. 원래 테라노어 중남부는 지구의 유럽 중부와 식생이 비슷하다.

하지만 시한에겐 충분히 익숙한 광경이기도 했다.

한때 그가 숨어 살던 마켈른 숲도 이와 같았다.

"이봐, 시한! 누가 많이 잡나 내기할까?"

"저 무식한 마초 같으니! 헛짓하지 말고 안 다치는 걸 최우선으로 해!"

아직 혁명군의 세력이 커지지 않았고, 당연히 혁명 7영웅이라 불리지도 않았던 시절.

비밀 아지트를 만들기 위해서 시한과 동료들은 이미 숲을 선점하고 있는 마수들을 쫓아내야만 했다.

저돌적인 성격의 젝센가드는 수많은 마수를 보고도 오히려 흥분해 날뛰었고, 소심한 릴스타인은 언제나 그런 그를 말리느라 애썼다.

결국 젝센가드는 마수들 사이에 포위되어 '사람 살려'를 연발하는 꼴이 되었고, 릴스타인과 자신이 욕설을 퍼부으며 그를 구했었지.

그리운 추억이었다. 시한은 키득거리며 웃었다.

"하하하……."

그리고 그 그리움은 이내 회색빛 증오로 덧칠해졌다.

"넌 너무 강해졌어, 시한."

"넌 너무 많은 사랑을 받고 있다."

목소리가 들린다.

지겹도록 되새기고 또 되새긴, 차갑고 냉혹한 목소리가.

"이 세계의 미래는 우리가 직접 만들어 나간다. 이방인의 손에 맡길 순 없어."

"그러기에, 좋게 끝났으면 좋잖아?"

자그마치 10년이 지났지만 그 음성은 바로 어제 일처럼 생생히 귓가를 맴돌고 있었다. 시한은 이를 악물었다.

가슴 한구석이 불타는 것 같다. 절로 주먹에 힘이 들어간다. 하지만 그는 이내 긴장을 풀었다.

'서두를 필요 없어.'

지금의 자신은 왕년의 이계구원자가 아니었다. 차원을 넘기 위해 희생한 것이 너무 컸다.

반면 시한의 옛 동료들은 분명 십여 년 전보다 더욱 강해졌을 터, 다시 예전의 힘을 되찾기 전엔 함부로 움직일 수 없다.

'암, 서두를 필요는 없지.'

무려 10년이란 시간을 기다렸다. 이미 인내심은 충분히 길렀다.

그러던 중이었다.

"…시한?"

옆에서 걷고 있던 알리타가 놀란 얼굴로 그를 보고 있었다.

"무슨 일 있어요? 어째 표정이……."

"응? 아냐, 아무것도."

재빨리 시한은 표정 관리를 했다. 그리고 그녀를 빤히 바라보았다.

'그러고 보니 얘한테는 어느 정도 사정을 밝혀둘 필요가 있겠네?'

정체를 숨겨야 함에도 불구하고 그는 알리타에게 자신의 이름을 대놓고 말해주었다. 상대가 루스클란 황족일 거란 확신이 있기 때문이었다.

테라노어가 어떻게 바뀌었는지는 모르겠지만, 적어도 광제의 혈족이 시한의 옛 동료들과 좋은 관계를 유지하고 있을 리는 없으니까.

게다가 현재 알리타는 시한의 마법이 없다면 바로 마기언들에게 위치를 들켜 버린다. 절대 그를 적대하거나 배신할 수 없는 처지인 것이다.

우습게도 가장 증오하던 적의 딸이, 지금은 가장 신뢰할 수 있는 인물이 되었다.

"알리타, 혹시 나를 믿고 무모한 짓을 할까 싶어 미리 말해 두는 건데……"

말하다 말고 슬쩍 시한은 주위를 살펴보았다.

현재 두 사람은 대열 최후방, 토벌대와 조금 떨어진 위치에서 걷고 있었다. 목소리가 들릴 만한 거리는 아니었다. 안심하고 시한이 말을 이었다.

"지금의 난, 예전에 비해 엄청 약해진 상태야."

"예?"

성시한은 자력으로 차원을 넘었다. 그리고 그 방식은 루스클란의 소환술과는 조금 달랐다.

"루스클란의 소환술이 차원의 문을 여는 것이라면, 내 방식은 나 자신을 한 자루 화살로 만들어 차원의 벽을 뚫는 것에 가까워. 열린 문을 통과할 때와 달리 화살이 벽을 뚫는 충격을 버텨줘야 한다는 소리지."

그렇다보니 화살이 부러지지 않기 위해, 그는 대부분의 투기와 마력을 소모하며 스스로를 지켜야 했다.

"덕분에 지금 내 투기량은 왕년의 십분지 일도 안 돼. 대충 투사급과 기사급 중간 정도? 마력도 기껏해야 제4층 마기언 수준이고. 아마 저 노인네와 별 차이 없을걸?"

앞서 가는 50대의 중늙은이, 마기언 나그란을 가리키며 시한이 설명을 마쳤다. 알리타가 납득할 수 없다는 얼굴로 중얼거렸다.

"하지만… 시한은 손가락 하나만으로 간단히 저를 제압했잖아요? 그게 약해진 거라고요?"

"그러니까, 너 따위를 제압하는 데 손가락씩이나 써야 했잖아? 내가 얼마나 약해졌는지 알겠어?"

알리타는 침묵했다.

저 정도로 싸가지 없는 말은 생전 처음 들어보는 것 같았다. 뭐, 별로 오래 살지도 않았지만.

'와, 뭔 말을 해도 저렇게…….'

하지만 틀린 말도 아니긴 하다. 이계구원자의 일대기엔 온갖 허무맹랑한 이야기가 전해져 온다.

일격에 수십 미터에 달하는 용의 목을 베었다든가, 손짓 한

번으로 바다를 갈랐다든가, 홀로 1만의 군대와 맞서 승리했다든가.

그 이야기의 반의반만 사실이더라도, 시한이 알리타를 제압하는 데 손끝 하나 까닥할 필요도 없었을 것이다.

숟가락을 들어야 했을 정도면 진짜 약해진 거 맞지.

"그런데 그 탐색대 기사와 병사들도 쉽게 처리했잖아요?"

"그야 쌓아온 경지와 경험은 그대로니까. PVP 세계 대회 우승자가 저렙 캐릭 조작한다고 같은 저렙들에게 맞아 죽겠냐?"

"PVP? 저렙? 캐릭?"

"아, 미안. 헛소리였어."

무심코 한국식 표현이 튀어나왔구만. 손사래를 치며 시한은 말을 돌렸다.

"하여튼 미리 알아두란 소리야. 동료가 된 이상 서로의 전력은 파악하고 있어야 앞으로 불상사가 없을 테니까."

대충 이해가 갔다. 알리타가 진지하게 고개를 끄덕였다.

"나이 먹고 부실해졌다는 소리죠? 네, 염두에 둘게요."

"아니, 그게 아니라… 에잉, 됐다."

어쨌거나 이해만 했으면 그만이지, 뭘.

그러는 와중에도 마수 토벌대는 계속 숲 속 깊숙이 진군하고 있었다. 갑자기 대열 선두에서 외침이 들렸다.

"전군 정지!"

숲 저편에서 불길한 기운이 일렁였다. 아까부터 기척을 감지하고 있던 시한이 빙그레 웃었다.

"슬슬 시작이네."

*　　　　*　　　　*

숲 여기저기 붉은 안광이 번뜩인다. 숨을 내쉴 때마다 유황 냄새와 함께 불길이 일렁거린다.

전신에 핏빛처럼 붉은 털을 지닌 늑대 형상의 마수, 이그니스 울프였다.

"전원, 습격에 대비하라!"

명령을 내리며 테드 바켈론은 긴장했다.

'드디어 나타났구나!'

포위한 이그니스 울프의 숫자는 20여 마리 정도였다.

보통 늑대가 그러하듯 이그니스 울프도 무리 지어 사냥하는 습성이 있다. 특히 마수들은 투기와 마력 외에 어느 정도 지성도 있어 인간처럼 전술적인 습격도 가능했다.

"방진을 짜고 등을 보이지 마라!"

지시받은 대로 서른 명의 병사가 둥글게 등을 맞댄 뒤 창을 겨눴다. 이그니스 울프들은 거리를 벌린 채 주위를 빙빙 돌며 기회를 노렸다.

"으르르······."

"크르르······."

사방에서 으르렁대는 소리가 요란하다. 테드가 소리쳤다.

"마기언 나그란! 마법을!"

"알겠소, 하이어 테드!"

흑색 상아탑 제3층 마법, 다크 스피어가 숲 저편으로 날아갔다.

검은 마력의 창이 호선을 그리며 세 마리의 이그니스 울프를 노렸다. 두 마리는 피해 버렸고, 한 마리는 다리에 맞았다.

맞은 놈도 쓰러지진 않았다. 오히려 성미를 건드린 듯 포효를 터뜨린다.

"크아아!"

시한이 혀를 찼다.

"쯧쯧, 3층 마법 정도론 저놈들 못 잡지."

사방에서 이그니스 울프 무리가 본격적으로 덤벼들기 시작했다. 테드가 검을 뽑아 들고 호탕하게 외쳤다.

"와라! 이 사악한 어둠의 괴물들아!"

테드가 몸을 날려 정면의 마수를 향해 투기검을 찔러 넣었다. 이그니스 울프가 옆으로 훌쩍 뛰어 공격을 피했다. 그리고 주둥이를 통해 불을 뿜었다.

화르르륵!

테드는 투기검을 맹렬하게 휘둘러 불길을 갈랐다. 갈라진 화염 속에서 그가 의기양양하게 소리쳤다.

"어림없다! 기사의 검 앞에 마물의 불길 따위가 먹힐 쏘냐!"

"도련님! 망토 타는뎁쇼?"

"윽?!"

당황한 테드가 잽싸게 불붙은 망토를 끌렀다. 물론 이그니스 울프들은 그 틈을 놓치지 않았다.

두 마리가 좌우에서 달려들었다. 테드가 좌측으로 투기검을 휘두르는 사이, 다른 놈이 옆구리를 발톱으로 긁었다. 갑옷이 종잇장처럼 찢어지며 신음이 흘러나왔다.

"크윽!"

연달아 이그니스 울프들이 공세를 이어간다.

이빨과 발톱이 강타할 때마다 테드의 풀 플레이트 아머가 점점 너덜너덜해진다.

그만큼 움직임도 더욱 제약된다. 찌그러진 갑옷 부위가 정상적인 움직임을 방해하는 탓이다.

보다 못한 시한이 혀를 차며 끼어들었다.

'진짜 경험 부족이군, 이 양반.'

저 실력으로도 기사 서임을 받을 수 있다니, 확실히 세상이 평화로워지긴 한 모양이었다.

시한은 절묘하게 검을 휘둘러 늑대들을 물러서게 만들었

다. 그리고 테드를 향해 인상을 썼다.

"그러게 갑옷 벗고 오라고 했잖습니까?"

현재 시한과 알리타는 튼튼한 가죽재킷 차림, 반면 테드는 기사답게 전신에 풀 플레이트 아머를 장비하고 있었다. 겉보기엔 테드가 훨씬 중무장이다. 하지만 투기가 실린 검이나 고위 마수의 이빨 앞에 금속 갑옷의 방어력은 별 의미가 없다. 갑옷 때문에 감각도 상당히 제한된다.

알리타가 몸매 못 드러내 환장을 해서 굳이 저런 짝 달라붙은 전투복을 입은 게 아닌 것이다.

기사급 소드하이어라면 모를까, 투사급이라면 거추장스러운 갑옷보단 차라리 시한이나 알리타가 입은 것 같은 기능성 의복이 더 유리하다.

뭐, 대규모 전투라면 이야기가 다르겠지만.

시한의 힐난에 테드가 도리어 성을 냈다.

"어찌 기사가 갑옷도 없이 전투에 임한단 말이냐? 역시 명예도 수치도 모르는 프리 하이어답군!"

왠지 익숙한 반응이라 시한은 쓴웃음을 지었다.

'아, 여전히 이 동네 기사들 이러고 사는구만.'

사실 제대로 갑옷을 활용하는 경지는 기사급 소드하이어부터다. 하지만 투사급도 일단 기사가 되면 어지간해선 전신 갑옷을 포기하지 않는다. 갑옷이 전투에 비효율적이라는 걸 잘 알면서도.

'예전엔 바보도 아니고 왜 저걸 고집하나 싶었는데, 지금 다시 보니 이해가 가네.'

저걸 전투에 임하는 전사의 마인드로 이해하려 하면 안 된다. 그보다는 오히려······.

'하긴, 한국 여자들도 한겨울에 벌벌 떨면서 미니스커트 입고 다니잖아?'

패션이란 때론 합리성을 뛰어넘는 법이지. 이제 와서 전투 중에 갑옷을 벗을 수도 없으니 더 타박하기도 그렇다.

"네, 그럼 수고하세요."

고개를 저으며 시한은 자기 위치로 돌아갔다. 투기검을 휘둘러 마수들의 공격을 적당히 걷어내며 전투를 이어간다.

표정은 시종일관 느긋하기 그지없다.

아무리 약해졌다지만, 그래도 이그니스 울프 무리 정도에 위기감을 느낄 수준은 아니다. 사실 지금도 마음만 먹으면 혼자서 다 쓸어버릴 수 있겠지만······.

'그랬다간 투사급 이상이란 게 들킬 테니 곤란하고⋯ 받은 돈값만큼만 일하면 되는 거 아니겠어?'

물론 느긋한 건 시한 혼자만이고, 나머지는 죽자 살자 사투를 벌이고 있었다.

붉은 늑대들이 사방에서 치고 빠지며 이빨과 발톱을 들이 대고 연신 불길을 뿜어낸다.

"대열을 흩트리지 마!"

"용기를 내라! 소드하이어들이 우릴 지켜줄 거다!"

병사들은 서로를 독려하며 공세에 맞섰다. 마기언도 열심히 마법으로 화염 공격을 막아냈다. 알리타와 테드도 전방에 서서 계속 투기검을 뻗어냈다.

그러나 이그니스 울프들의 숫자는 그리 줄어들지 않았다.

미친 듯이 덤벼들다가도 위험하다 싶으면 용케 몸을 빼거나 동료들의 도움으로 위기를 모면한다. 마치 노련한 지휘관의 명령을 따르는 것 같다.

숲 너머를 바라본 알리타는 그 이유를 깨달았다.

"저건?"

두꺼운 거목과 거목 사이에 공격에 참여하지 않은 이그니스 울프 한 마리가 보였다. 다른 마수들보다 두 배는 거대한 몸집을 지닌 놈이었다.

그녀가 테드에게 소리쳤다.

"저기에 이놈들의 우두머리가 있어요!"

테드는 고민했다. 이 상황을 타파하려면 우두머리 마수부터 처리하는 게 최우선이다. 물론 그만큼 위험한 일이기도 했다. 대열에서 벗어나 가장 강한 적에게 덤벼드는 일이니까.

그래서 그는 두 사람을 불렀다.

"션! 알리타! 당신들은 저 우두머리를 처리하시오!"

그리고 당당하게 말을 이었다.

"난 병사들을 지키겠소."

자신은 안전한 곳에 있을 테니 두 사람보고 목숨 걸고 나가서 싸우라는 소리였다.

일견 어이없는 소리 같겠지만 원래 용병이 받는 대접이란 게 이런 식이었다.

동료도 아니고, 영지민도 아니고, 그저 잠깐 고용했을 뿐인 관계가 아닌가?

용병의 죽음에 도의적 책임을 질 필요도 없으니 당연히 소모품 취급을 하게 마련인 것이다. 딱히 테드가 심성이 악한 자라 할 수만도 없었다.

그래서 알리타는 아무 불만 없이 지시대로 몸을 날렸다.

"알겠어요."

시한도 투덜거리며 그녀의 뒤를 따랐다.

"쳇, 비정규직 서럽네."

두 사람이 빠르게 숲을 돌파했다. 그 사실을 눈치챈 우두머리 마수가 포효를 터뜨렸다.

"아우우우!"

붉은 늑대 무리가 둘로 나뉘었다. 반은 계속 바켈론 토벌대를 공격하고, 나머지 반은 우두머리를 지키기 위해 다시 모여

든다.

상황을 살피며 시한이 알리타에게 말했다.

"알리타, 네가 우두머리를 맡아. 내가 다른 놈들의 접근을 막지."

"네? 하지만 시한이 처리하는 쪽이 확실하지 않을까요?"

"별로 튀고 싶지 않거든."

딱히 무리한 요구는 아니었다.

이그니스 울프 정도면 투사급 소드하이어에겐 그리 위협적인 상대가 아니다. 테드도 멍청하게 갑옷을 입고 오지 않았다면 좀 더 쉽게 이들을 상대했을 것이다.

"알았어요."

납득하며 알리타가 속도를 높였다. 시한도 몸을 돌려 달려오는 다른 마수의 앞을 가로막고 투기검을 날렸다.

"으랏차!"

대기가 찢어지며 맹렬한 기세가 마수의 본능을 자극한다. 우두머리에게 달려가던 붉은 늑대들이 긴장하며 시한에게로 돌아섰다.

"어딜 가? 나랑 놀자고. 오랜만에 네놈들 보니 반가운데 말이야."

검을 까딱거리며 피식 웃는다. 늑대들이 으르렁대며 그를 포위했다.

"으르르르……."

"크허헝!"

포효를 터뜨리며 늑대들이 일제히 시한에게 달려들었다. 웃으며 그도 마주 몸을 날렸다.

그 틈에 알리타가 우두머리 마수의 코앞까지 도달했다. 투기를 뿜어내며 단숨에 마수의 머리 위로 날아오른다.

"타앗!"

이그니스 울프가 주둥이를 벌리고 불길을 뿜어냈다. 다른 놈들보다 두 배는 굵은 불길이었다.

콰아아아!

하지만 그건 이미 그녀도 예상하고 있었다. 허공에 뜬 상대에게 원거리 공격을 날리는 건 대부분의 마수들의 습성이니까.

"타앗!"

기합을 터뜨리며 공중에서 허리를 튕겨 공중제비를 넘는다. 그렇게 불길을 피하며 바로 착지, 손바닥으로 투기를 분출해 대지를 밀며 그대로 앞으로 돌진한다.

"크르?!"

알리타는 놀란 상대의 옆으로 돌며 검을 찔렀다. 투기의 칼날이 붉은 늑대의 옆구리를 가볍게 스치며 피가 튀었다. 늑대가 광분하며 날뛰기 시작했다.

"크허어엉!"

사방으로 화염이 솟구치고 연신 날카로운 발톱이 파공음을 울린다. 그 모든 공격을 알리타는 탄력적인 움직임으로 피해 냈다.

몇 번이나 위치를 바꿔가며 둘은 서로 공격하고 또 공격했다. 마치 개와 고양이가 사투를 벌이는 듯한 광경이 이어졌다. 그러던 중 마수가 잠시 그녀의 위치를 놓쳤다.

"크르?"

알리타가 눈을 빛냈다. 숨통을 끊을 절호의 기회였다.

'좋아!'

장검을 수평으로 겨누며 찌르기 자세를 취한다.

무릎을 굽혀 신체 중심을 낮추며 당장에라도 쏘아질 것처럼 팽팽히 전신을 당긴다. 전신의 투기를 칼끝으로 집중하며 모든 힘을 일거에 폭발시킨다!

"하아앗!"

한 자루 화살이 되어 알리타는 거대한 늑대의 미간을 정확하게 찔렀다. 칼날이 거의 절반 가까이 박히고, 마수의 처절한 포효가 숲 속 가득 울려 퍼졌다.

"크아아아아!"

보고 있던 시한이 감탄사를 흘렸다.

"오? 괜찮은 일격인데?"

이그니스 울프 무리에게 포위된 와중에도 느긋하게 구경할 건 다 하고 있었던 것이다. 수준 차가 어느 정도여야 긴장을 하든 말든 하지?

대충대충 늑대들을 찔러주며 시한이 고개를 끄덕였다. 역시 저 아이, 나이에 비해 상당히 강하고 노련하다.

'별로 걱정할 필요는 없겠네.'

그때였다. 갑자기 알리타가 상대했던 마수의 전신에서 전격이 뻗어 나왔다.

파지지직!

푸른 뇌격이 사방으로 방전되며 알리타를 덮쳤다.

전혀 생각지도 못한 공격이었기에 채 반응할 수도 없었다. 전신을 뒤덮는 통증에 그녀는 두 눈을 부릅떴다.

감전된 탓에 근육이 마비되어 비명조차 나오지 않았다.

"……!"

시한도 놀라 눈을 크게 떴다.

"엥? 뭐야, 저거?"

이그니스 울프가 전격을? 말도 안 되는 일이었다.

산전수전 다 겪으며 테라노어 곳곳을 돌아다녔던 그조차도 저런 경우는 처음 봤다.

마수가 입을 벌려 쓰러진 알리타를 덥석 물었다. 그리고 그대로 그녀를 문 채 숲 저편으로 달려가기 시작했다. 미간 깊숙이 칼이 꽂혀 있는데도 죽기는 고사하고 쌩쌩하게 잘만 달린다.

"이런 젠장!"

욕설과 함께 시한은 투기검을 길게 떨쳤다.

일격에 그를 포위하고 있던 늑대들이 즉사했다. 처음부터 죽이려고 마음먹었으면 얼마든지 죽일 수 있었던 것이다.

도망치는 이그니스 울프를 쫓으며 그가 고함을 터뜨렸다.

"알리타!"

*   *   *

바켈론 토벌대는 용맹하게 싸웠다.

대장 테드의 지휘 아래 모든 병사가 목숨을 아까워하지 않고 잔혹한 마수 무리에 대항했다.

결국 그들은 승리했다.

"다 해치웠다!"

마지막 늑대의 숨통을 끊은 뒤 병사들이 환호를 터뜨렸다.

숲 여기저기엔 마수들의 사체가 널려 있었다. 이십여 마리의 이그니스 울프라면 그들이 파악한 마수 출몰 숫자의 전부다. 토벌을 훌륭하게 성공한 것이다.

테드가 숨을 고르며 외쳤다.

"피해 상황을 보고하라!"

중상이 3명, 경상이 7명이었다. 운 좋게도 사망자는 없었다.

"나쁘지 않은 결과로군."

1차 마수 토벌 땐 휘하 병력도 열 명이었고 주 전력도 그와 마기언 나그란뿐이었다. 반면 이그니스 울프는 스무 마리가 넘었다. 그래서 패배할 수밖에 없었다.

하지만 지금은 병사가 서른으로 늘었고 상대도 열 마리로 줄어든 것이다.

나머지 절반은 두 프리 하이어가 처리해 주었으니까.

역시 비싼 돈 들인 가치가 있다며 테드가 흐뭇해할 때였다.

"가만? 그 프리 하이어들은 어떻게 됐지?"

그리고 보니 시한과 알리타가 보이질 않는다. 분명 마지막으로 본 광경은, 알리타가 우두머리 늑대의 머리에 깊숙이 칼을 꽂는 모습이었는데?

전투의 흥분이 남은 병사들이 하나둘 보고를 이었다.

"보스 늑대가 여자애 물어 가던데요."

"남자가 보스 늑대 쫓아가던데요."

"딴 쫄 늑대들은 다 죽었는데요."

안 듣느니만 못한 보고였다.

'…뭐가 어떻게 됐다는 거야?'

평소 농사일하다 징집되는 이들에게 전투 중 상황을 파악하는 넓은 시야가 있을 리 없는 것이다. 당장 눈앞의 마수와 싸우느라 정신이 없었을 테니까.

'이런, 혹시 위험에 처했을지도 모르니 두 사람을 찾아야 하나?'

그가 아무리 프리 하이어를 무시한다지만, 사람 목숨 하찮게 여길 정도로 악한 성품은 아니었다. 하지만 이쪽도 중상자가 있는데 함부로 움직이기도 쉽지 않았다.

'그래, 훌륭한 영주라면 영지민의 목숨부터 챙기는 게 맞겠지.'

두 사람이 위험에 처했을 거란 보장도 없지 않은가? 인정하기는 싫지만 그들의 실력은 결코 자신의 밑이 아니었다.

그 우두머리 마수도 머리에 칼이 박혔던 깊이를 생각하면 절대 오래 살 수 있을 리 없었다.

'아마도 죽기 직전 마지막 발악을 한 것일 터.'

그렇다면 두 사람도 숲을 좀 헤매다가 금방 영지로 돌아올 가능성이 컸다. 그 정도 실력자들이 숲 속에서 뭔 일 당할 것 같지도 않다.

그렇게 열심히 자기변명을 하며 테드가 명령을 내렸다.

"다들 귀환할 준비를 하게!"

*　　　　*　　　　*

거대한 마수가 숲 속을 바람처럼 달린다. 주둥이에 물린 소녀가 힘없이 팔다리를 흔들거린다.

수풀을 뛰어넘고 대지를 박차며 시한은 늑대의 뒤를 맹렬히 쫓았다. 바위를 타고 넘으며 그가 속으로 혀를 찼다.

'젠장, 투기량이 부족하니 도무지 속도가 안 나네.'

벌써 십여 분 가까이 뒤따라 달렸다.

왕년에 익힌 질주용 투기술, 광풍기까지도 전력으로 전개 중이다. 얼굴에 걸어놓은 천변기도 풀었다. 누가 보지도 않는데 굳이 투기를 낭비할 필요는 없으니까.

덕분에 아직 상대를 놓치진 않았지만, 영 거리가 좁혀지지도 않는다.

장애물이나 험준한 산세는 별문제가 아니다. 그건 갈고닦은 경험으로 충분히 메울 수 있다. 하지만 이동 속도는 아무래도 투기의 절대량에 영향을 받는다. 최단 거리로, 가장 효율적으로 달릴 순 있지만 속도 자체를 높이는 건 불가능하다.

그렇다고 알리타를 포기할 수는 없었다. 이게 어떻게 돌아온 테라노어인데? 무려 십 년을 절치부심하지 않았던가?

'벌건 대낮에 사람들 앞에서 알몸 드러낼 각오까지 했단 말이다! 이렇게 어이없게 귀환당할 거 같아?'

어째 지난 십 년보다 저쪽 트라우마가 더 큰 것 같다만. 하여튼 이를 갈며 시한은 계속 이그니스 울프의 뒤를 쫓았다.

얼마나 달렸을까? 조금씩 늑대의 속도가 느려지기 시작했다. 역시 이마에 칼 꽂고 그리 오래 달릴 수 있을 리가 없었다.

시한이 검을 떨쳤다.

"도룡기(屠龍氣)!"

무형의 투기검이 2미터 가까이 뻗어나갔다. 가공할 예기가 칼날을 타고 흘러내렸다. 투기를 저 길이까지 뻗어내는 건 어지간한 기사급도 힘든 일.

굉장한 능력이었지만 시한은 오히려 실망의 표정을 지었다.

"아우, 고작 이건가?"

원래대로라면 길이 10여 미터가 넘는 거대한 빛의 검이 형성되어야 했다.

찬란하게 빛나는 그 푸른빛은 만물을 절단하는 가공할 권능이 되니, 그 힘으로 시한은 예전 광제가 소환한 수많은 이계의 마물을 사냥할 수 있었다.

그때에 비하면 참 슬플 정도로 초라한 힘이다.

"어서 투기량 좀 늘려야지 안 되겠네."

그래도 보스급 이그니스 울프 정도는 충분히 잡을 수 있는 힘이기도 했다. 도룡기를 전개한 채 시한은 늑대를 앞질러 길목을 막았다.

주춤한 이그니스 울프가 입에 문 알리타를 바닥에 던지더니 주둥이를 벌렸다.

"아우우우!"

하울링과 함께 섬뜩한 송곳니가 시한을 덮친다.

순간 옆으로 뛰어 공격을 피하며 시한은 빠르게 늑대에게 접근했다. 대각선으로 투기검을 내리긋자, 두꺼운 늑대 가죽이 종이처럼 찢어지며 피가 솟구쳤다.

"크오오오!"

비명을 터뜨리며 늑대가 연신 앞 발톱을 휘둘렀다. 어지간한 황소보다 거대한 덩치다 보니 사정거리가 상당했지만, 도룡기를 펼친 시한의 투기검도 리치 면에서 결코 이그니스 울프의 아래가 아니었다.

"타아앗!"

그는 계속 거리를 유지하며 늑대의 좌우를 공략해 갔다.

점점 상처가 늘어나며 붉은 늑대가 더욱 붉게 물들어갔다.

결국 늑대가 우격다짐으로 시한에게 돌진했다. 투기검을 무시한 채 접근한 뒤 우렁찬 포효를 터뜨린다.

"아우우!"

시뻘건 불길이 시한을 노리고 쏟아졌다. 마음만 먹으면 얼마든지 피할 수 있었지만, 시한은 일부러 아무 방어도 하지 않았다.

"미안하다, 안 통한다."

그냥 불길을 향해 몸을 던진다. 폭염이 알아서 갈라지며 좌우로 빗나가 폭발한다.

콰콰콰쾅!

늑대가 당황해 틈을 보였다. 시한이 회심의 미소를 지으며 몸을 날렸다.

"협!"

경악한 마수의 눈동자 위로 날아오른 흑발 청년의 모습이 비쳐졌다. 동시에 도룡기가 굵은 이그니스 울프의 목을 일격에 절단했다.

파아아아!

홍수라도 난 것처럼 거대한 피분수가 솟구쳤다. 목 잃은 늑대의 몸뚱아리가 서서히 무너져 내렸다.

상대를 처리하자마자 시한은 바로 반대편으로 뛰었다. 저 멀리 쓰러져 있는 백금발의 소녀를 향해서.

"알리타!"

쓰러진 그녀를 부축한 뒤 입가에 귀를 대고 유심히 숨소리를 확인한다.

"알리타?"

색색하는 작은 호흡이 들렸다. 심장도 무난히 뛰고 있었다.

"…살아 있군."

전격의 충격으로 기절했을 뿐 큰 부상은 없는 것 같았다. 물론 어느 정도 충격은 받았겠지만 그 정도는 소드하이어의 회복력으로 충분히 감당할 수 있다.

"휴우."

안도의 한숨을 쉬며 시한이 쓴웃음을 지었다.

"앞으론 건방 떨지 말아야지. 괜히 여유 부리다가 집에 갈 뻔했잖아?"

*   *   *

시한은 나무 아래에 알리타를 곱게 뉘여놓은 뒤 모닥불부터 지폈다. 다친 사람이 있으니 역시 온기가 필요할 것 같아서였다.

마법으로 간단히 불을 붙인 뒤 알리타를 다시 살펴본다.

'그래도 마수에게 물렸는데 방심할 순 없지.'

그녀의 상태는 생각보다 좋았다. 입고 있던 전투복이 조금 찢어지고 피부가 상처 난 정도? 근육이나 뼈엔 아무 지장이 없다. 이그니스 울프에게 물려 간 것치곤 지나치게 멀쩡한 편이었다.

"애초에 살려서 물고 가려고 한 건가 보군. 그런데 왜?"

이그니스 울프는 딱히 사냥감을 저장해 놓는 습성이 없다.

하지만 무리 생활을 하는 만큼 우두머리에게 먹이를 상납하는 습성은 있지. 그렇다면 누군가에게 바치기 위해 살살 물고 달린 걸까?

"저놈이 우두머리였잖아? 상납할 상대가 없을 텐데?"

잠시 의아해했지만 시한은 금방 고민을 접었다.

"뭘 상관이냐, 해치웠으면 그만이지."

죽은 마수에게서 신경을 끈 시한은 모닥불을 쬐며 알리타가 깨어나길 기다렸다.

그녀가 깨어난 것은 그 후로도 한참 뒤, 숲 너머로 저녁 해가 뉘엿뉘엿 저물어가기 시작할 때였다,

"으응……."

"아? 깨어났어? 몸은 좀 어때?"

이리저리 몸을 움직여 본 뒤 알리타가 안심하며 대답했다.

"별 부상은 없는 것 같아요. 아직 몸 여기저기가 쑤시긴 하지만."

"날벼락 맞고 그 정도면 양호하네."

시한의 농담에 알리타가 인상을 썼다. 소드하이어씩이나 되어서 이그니스 울프 따위에게 당하다니, 실로 굴욕적인 일이었다.

그녀가 입을 삐죽이며 투덜거렸다.

"아니, 대체 왜 이그니스 울프가 전격을……."

"변종 마수인가 보지. 어쨌거나 멀쩡하다니 다행이군."

대충 받아넘기며 시한은 주위를 둘러보았다. 그리고 난감해했다.

"그나저나 이제 어쩐다?"

알리타가 깨어나길 기다리느라 어느덧 해가 저버렸다. 이미 숲 사방은 모닥불 외엔 암흑뿐이었다.

일반인이든 소드하이어든, 지구든 테라노어든 변하지 않는 진리가 있다.

야밤의 깊은 숲에 지도도 없이 그냥 들어오면 대책 없다는 점이다.

"어쩌죠, 시한? 영지로 돌아갈까요?"

"심야의 숲을 돌아다니는 건 위험해."

데필란 산에서야 알리타가 지리에 빠삭했으니 야밤에도 움직였지만, 여기서는 무리였다.

일단 길을 찾을 수가 없는 것이다.

문명이 발달한 한국이라면 한밤중이라도 도시의 불빛이 있으니 대충 불빛 따라 가다보면 어떻게든 사람 사는 곳이 나올 것이다.

하지만 테라노어는 상황이 다르다. 인간의 거주지도 한국만큼 넓지 않고 또 광량도 차이가 심하다. 설사 나무 꼭대기로 올라가 사방을 훑어본다 해도 불빛 따윈 발견하기 힘들다.

"그럼 내일 아침까지 기다릴까요?"

"깊은 숲 속에서 불 피우고 주저앉아 있는 것도 그리 안전한 일은 아니겠지만……."

시한이 어깨를 으쓱거렸다.

"똑같이 위험하다면 역시 체력을 보존하는 쪽이 낫겠지? 여기서 하룻밤 지내고 해 뜨면 움직이자고."

점점 밤이 깊어진다. 모닥불 앞에 모여 앉은 시한과 알리타는 말없이 불만 쬐었다. 문득 알리타가 어깨를 축 늘어뜨렸다.

"배고프다."

두 사람은 카곤 시티에서 들고 온 여행용 짐을 바켈론 영지에 두고 왔다. 순 전투용 차림으로만 토벌대에 참가한 탓에 따로 비상식량을 챙기지 않았던 것이다.

"설마 영지 내 숲에 들어오는데 일행과 떨어질 일이 생길 줄은 몰랐죠."

투덜대는 알리타를 보며 시한이 슬쩍 턱짓을 했다.

"정 배고프면 저거라도 구워 먹든가."

그가 가리킨 건 목이 뎅겅 잘린 이그니스 울프의 시체였다. 알리타가 눈을 흘겼다. 마수의 피는 인간에겐 맹독이라서 함부로 먹을 수 없었다.

"누굴 골로 보내려고요?"

"사실 처리만 잘하면 먹을 수는 있어."

단지 맛이 무지막지하게 없을 뿐이지.

왕년에 시한과 그 동료들도 너무 굶주린 나머지 한번 먹어 봤는데, 두 명이 기절하고 세 명은 환각을 봤다. 현명한 마기 언인 릴스타인과 사파란은 결국 안 먹었다.

"어우, 한국의 우리 집이 잠깐 보이더라."

"그런 걸 저보고 먹으라고요?"

물론 어디까지나 어색한 분위기를 깨기 위한 농담일 뿐이다. 둘 다 아침, 점심 든든히 챙겨먹었는데 한 끼 정도 굶는 거야 아무 문제없지.

일단 어색한 분위기가 사라지자 알리타는 시한을 빤히 바라보았다. 그리고 조심스레 입을 열었다.

"저기, 시한?"

"응? 왜?"

"궁금한 게 있어요."

"뭔데?"

잠시 머뭇거리다 알리타가 말을 이었다.

"전에는 굳이 알 필요가 없었죠. 곧 헤어질 사이라 생각했으니까. 하지만 이젠 동료가 되었으니, 저도 이유를 알아두어야 한다고 생각해요."

시한은 피식 웃었다. 그녀가 뭘 묻고 싶어 하는지 짐작이

갔다. 그리고 역시나, 알리타는 그가 예상한 질문을 던졌다.

"왜 정체를 숨기는 거죠?"

루스클란 제국은 멸망했다. 과거 성시한이 목숨 걸고 싸우던 적들은 이제 테라노어 어디에도 존재하지 않는다.

있다면 당시의 동료들이 세운 육왕국뿐.

"시한이라면 세상 어딜 가도 국빈 대접을 받을 텐데, 대체 왜 정체를 숨기는 거예요?"

시한이 나직하게 대꾸했다.

"그래, 동료들이었지."

순간 알리타는 흠칫 놀랐다. 모닥불 너머로 보이는 시한의 얼굴 위로, 뭐라 표현할 수 없는 격렬한 감정이 떠올라 있었다.

"함께 목숨 걸고 싸웠던… 참 소중한 동료들이었지……."

알리타는 진실을 알 자격이 있었다. 그래서 시한은 10년 전의 이야기를 담담하게 이어갔다.

"우리는 광제 루스타나드의 심장을 불태웠고, 승리했다."

이야기는 그리 길지 않았다.

딱히 길 것도 없었다. 광제를 죽이고, 동료들이 그를 배신하고, 시한이 지구로 귀환할 때까지는 기껏해야 몇 분 정도밖에 안 되는 짧은 시간이었다.

하지만 시한에겐 그렇지 않았다.

세상 모든 것을 얻은 듯한 기쁨에 젖어 있다가 모든 걸 잃고 지구로 돌아가야 했던 악몽 같던 최후의 날.

십 년이 지났지만 여전히 그 날은 그에게 있어 영원처럼 느껴지는 하루였다.

"…결국 난 그렇게 지구로 돌아가게 되었지."

설명을 마치며 시한이 허탈하게 중얼거렸다.

"아직도 모르겠어. 그들이 왜 날 배신했는지… 왜 그렇게 변해 버렸는지……. 십 년이 지났지만 아직도 이해할 수가 없다……."

허무한 미소 위로 공허한 눈빛이 흔들린다. 알리타는 차분히 고개를 끄덕였다. 그리고 진지하게 물었다.

"왜 그게 이해가 안 돼요?"

"…응?"

"어째서 배신했는지 완전 명확한데요? 시한은 혁명 7영웅 중에서도 유독 강한 사람이었고, 가장 명성도 높았잖아요?"

이계구원자 성시한은 테라노어에 세 명밖에 없던 무신급 소드하이어였고, 궁극의 마기언인 제9층의 플로어 마스터였다. 또한 이계에서 온 탓에 제국민들에게 일종의 메시아, 신이 보내준 구세주처럼 여겨지고 있었다.

비록 혁명 7영웅이라고 한데 묶여 회자되지만, 실제론 능력도 명성도 다른 동료들보다 월등히 앞서 있었던 것이다.

"그런 시한이 있으면 보나마나 나머지 여섯 명은 2인자로 살아야 할 테고. 그럴 바엔 차라리 시한을 처리하고 각자 1인자로 군림하겠다는 거잖아요?"

도리어 알리타가 이해 못 하겠다는 표정으로 되물었다.

"굉장히 평범하고 인간적인 선택인데요? 이게 대체 뭐가 이해가 안 간다는 거예요?"

"……."

시한은 침묵했다. 아니, 지금 제 욕심 때문에 친구 배신 때리는 걸 평범하고 인간적이라고 말하는 건가? 물론 이유만 따지면 틀린 말은 아니다만…….

"그래도 이 분위기에서 그렇게 말하는 건 좀 아니지 않냐?"

"왜요? 논리적인 해답이잖아요?"

분명 논리적이기는 하지만 절대 일반적인 반응은 아니다. 남은 심각한데 초를 치는 것도 정도껏이지…….

그런데 표정을 보아하니, 알리타 딴에는 진심으로 저렇게 생각하는 것 같았다. 기가 막혀 시한이 헛웃음을 흘렸다.

"…너 참 논리적으로 사차원이다."

"사차원이 뭔데요?"

"미안, 한국산 헛소리야. 신경 꺼."

그래도 덕분에 우울하던 기분이 상당히 가셨다. 피식거리며 시한이 말했다.

"그래, 솔직히 말하면 나도 이유를 모르는 건 아니야."

무려 생각할 시간이 십 년이나 있었다. 그러고도 정말로 이유를 모르면 바보지.

"당시의 나 역시 제국을 무너뜨렸다고 재야로 숨어들거나 할 생각은 없었으니까."

시한 역시 왕이 되길 꿈꿨다. 그가 딱히 권력욕이 있어서가 아니라……

"레비나가 원했었거든."

도둑 출신, 밑바닥 인생이었던 그녀는 권력욕과 과시욕이 강했다.

타고난 천재적 재능으로 고작 십 대 후반에 초인급 소드하이어의 경지까지 올랐지만, 그럼에도 여전히 그녀는 태생적 한계에서 벗어나지 못했다.

화려한 궁궐, 수많은 시종들, 눈부신 보석과 금은보화, 사람들의 존경과 경외. 레비나는 그 모든 걸 꿈꿨고 그녀를 사랑한 시한은 그걸 이루어주고 싶었다.

그리고 확실히 그가 왕이 되고자 했다면, 알리타 말대로 다른 동료들은 2인자에 머물러야 했겠지.

"진짜 이해할 수 없는 건 사실 이쪽이지."

시한이 음울하게 중얼거렸다.

"난 대체 뭘 보고 있었던 거였나? 어떻게 수년을 같이 지내면서도 전혀 눈치채지 못할 수가 있지? 어떻게 사랑하는 사람의 마음을 그리 못 알아차린 거지?"

그들이 즉흥적으로 그런 판단을 내렸을 리는 절대 없었다.

애초에 귀환 마법은 하루 이틀 연구해서 만들 수 있는 마법이 아니다. 릴스타인이 오래전부터 시한을 귀환시키기 위해 준비해 두었다는 이야기다.

물론 처음에는 순수하게 시한을 위해서, 그를 고향으로 보내주기 위해 연구를 시작했을 수도 있겠지.

하지만 당시 6영웅들은 신호가 떨어지기 무섭게 손을 합쳤다.

확실하게 미리 이야기되어 있었다는 의미다. 그러고도 어느 누구도 그에게 언질 하나 주지 않았다.

적어도 마지막 전투에 임하기 전, 그들이 시한을 배신하려 했다는 사실은 명확하다.

"후우……."

한숨을 쉬며 시한은 허리를 폈다.

모닥불이 살짝 사그라지려 하고 있었다. 땔감을 추가해 다시 불을 살리며 그가 알리타를 바라보았다.

"뭐, 대충 이런 이야기야."

알리타가 고개를 끄덕였다.

"네. 시한은 복수를 위해 테라노어로 돌아온 거군요. 그렇다면 확실히 정체를 숨겨야겠네요."

말을 마치며 그녀는 다시 모닥불로 시선을 돌렸다. 그 표정이 너무 덤덤해 시한은 당황했다. 나름 심각하게 꺼낸 이야기였는데…….

"이해한 것치곤 표정이 너무 태연한 거 아냐?"

"네? 배신당한 사람이 복수하겠다는 게 뭐가 이상한데요?"

되려 알리타가 어이없다는 표정을 짓는다. 혹시 상황의 중대성을 이해 못 했나 싶어 시한이 말을 이었다.

"그게 아니라, 난 이제부터 육왕국을 적대할 거란 소릴 하고 있는 거거든? 테라노어 전체와 싸우겠다는 소리나 다름없다고, 이거."

그런데, 알리타도 상황을 이해 못 한 건 아닌 모양이었다.

"어차피 육왕국은 전부 제 적이었는데요? 전 십 년 전부터 이미 테라노어 전체와 싸우고 있었어요."

"너 혼자 숨어 다닐 때와는 상황이 전혀 다를 텐데?"

"어차피 전 시한에게 휘말렸고, 선택의 여지도 없잖아요? 그럼 현 상황에 맞춰 최선을 다해야죠. 그럼 죽거나, 살거나 하겠죠."

그녀는 제대로 상황을 이해하고 있었다. 그러면서도 별 동요 없이 차분히 모든 것을 받아들이는데, 요약하자면 이런 식이다.

내 인생은 어차피 엿 됐어.

여기서 더 엿 돼봤자 딱히 달라질 것도 없어.

그러니까 무슨 나쁜 일이 생기든 다 이해하고 하루하루 충실히 살아야겠다!

이제야 알리타의 저 괴상한 성격이 좀 이해가 간다. 시한이 혀를 내둘렀다.

"…참 낙천적으로 부정적인 성격이구나, 너."

알리타가 놀란 표정으로 대꾸했다.

"와, 우리 아빠도 똑같은 소리 했었는데."

"루스타나드가?"

"그 미친놈 말고 진짜 아빠. 케란요."

알리타의 얼굴에 부드러운 미소가 떠올랐다. 확실히 케란은 그녀를 진심으로 아끼고 사랑해 준 것 같았다. 자기도 모르게 시한도 온화한 표정을 지었다.

그러던 중이었다. 갑자기 시한이 안색을 굳혔다.

"음?"

"왜 그래요, 시한?"

알리타가 당황해 물었다. 눈을 매섭게 뜨며 시한이 어둠 저편을 노려보았다.

"누군가가 다가오는데?"

이 깊은 숲속에 자신들 말고 다른 사람이 있다? 알리타는 긴장하며 검을 쥐었다. 그리고 물었다.

"적일까요?"

무턱대고 경계심부터 품는 모습에 시한이 혀를 찼다.

"넌 세상 모든 사람이 다 적이냐?"

"네."

단호한 대답이었다. 하긴, 알리타 입장에선 세상 모든 사람이 전부 잠정적인 적이긴 할 것이다. 그녀의 정체가 밝혀진다면 말이지.

시한이 고개를 저었다.

"에이, 설마 이런 곳까지 추적대가 쫓아왔을까? 그냥 낙오된 바켈론 영지 병사가 아닐까 싶은데."

"그래도 조심해서 나쁠 건 없죠."

긴장을 늦추지 않은 채 알리타는 시한이 가리킨 방향을 노려보았다.

"거리는요?"

"음, 대충 300미터 정도?"

"…잠깐? 30미터가 아니라 300미터요?"

알리타는 기겁했다. 저게 인기척을 느낄 수 있는 거리인가?

시한이 어깨를 으쓱였다.

"내가 누군 줄 아는 거야? 이래 봬도 왕년엔 잘나갔다고."

"잘나간 줄이야 저도 알죠. 관련 책자가 몇 개인데?"

"켁? 책도 나왔어?"

"엄청 많아요. 나중에 기회 되면 찾아보는 것도 재밌을걸요?"

"크, 별로 보고 싶지 않은데……."

그렇게 두 사람이 농담을 주고받는 동안에도 상대는 점점 접근하고 있었다. 20미터 이내까지 다가오자 알리타도 기척을 느낄 수 있었다.

이윽고 나무들 사이로 상대의 모습이 드러났다. 하프 플레이트 아머를 걸친 20대 사내였다.

"저기, 실례합니다만……."

갈색 머리에 살짝 주근깨가 난 흰 피부, 그리고 흑청색 눈동자. 전형적인 테라노어 서부 슬로커스 인종의 특징을 지닌 청년이었다. 얼굴도 그냥저냥 평범한 수준, 고지식해 보이긴 하지만 특별히 기억에 남을 정도의 외모는 아니었다.

단, 목 아래만큼은 전혀 전형적이지 않았다.

신장이 2m에 달하고 어깨 넓이도 무지막지하다. 전신이 우락부락한 근육으로 뒤덮인 것이 갑옷 위로도 선명히 드러난다.

"길 좀 물어도 될까요?"

두 사람을 향해 청년이 질문을 던질 때였다. 갑자기 그가 눈을 휘둥그레 떴다.

"어?"

알리타도 비슷한 표정이 되었다.

"당신은?"

상대는 바로 데필란 산에서 그녀를 추적했던 거구의 기사, 제논이었다. 화들짝 놀라 알리타가 검을 뽑아 들었다.

"릴스타인의 추적대!"

동시에 그녀가 매서운 살기를 터뜨리며 돌진했다.

"타아앗!"

투기검이 바람을 가르며 날아든다. 제논은 당황하며 뒤로 물러섰다. 두 사람의 자취를 쫓아 이 숲까지 오긴 했지만, 설마 이렇게까지 정면으로 딱 마주칠 줄은 예상 못 했다.

"아, 자, 잠깐만!"

애써 손을 내저으며 제논은 자신이 적의가 없음을 알리려 했다. 하지만 알리타는 전혀 신경 쓰지 않았다.

순식간에 연속으로 참격이 날아든다. 척 봐도 대화 따위 나눌 생각이 없음이 확고해 보인다.

'크, 어쩔 수 없군.'

제논이 혀를 차며 등의 검을 뽑았다.

"허어업!"

우렁찬 기합과 함께 거대한 양수검에 투기가 피어올랐다. 투기검을 전개한 채 제논도 맞서 공세를 펼치기 시작했다.

투기와 투기가 충돌하며 요란한 굉음이 숲의 어둠 사이로 울려 퍼졌다. 일단 제논이 본격적으로 검을 쓰자 도로 알리타가 밀리기 시작했다.

아무래도 실력 차가 현격한 것이다.

게다가 제논의 검술은 묘하게 괴상해 스피드 위주인 그녀가 상대하기 극히 까다로웠다.

정신없이 공격을 피하며 알리타가 치를 떨었다.

'이 작자, 뭔 검술이 이렇지?'

원래 검술은 자연스럽게 궤도를 바꿔 연격을 넣는 것이 상식, 그래서 원을 그리는 검세를 이상으로 삼는다.

그런데 제논은 달랐다.

검이 빗나갈 때마다 바로 각도를 바꿔 다음 공격에 나서는데, 그 모든 궤적이 직각으로 꺾인다. 관성을 싹 무시하고 그냥 팔 힘, 손목 힘으로 다음 공격을 이어가는 것이다.

보통 저런 식으로 검을 다루면 당연히 손목이 작살나게 마련인데, 얼마나 힘이 좋은 건지 저 무거운 대검을 무슨 수수깡처럼 휘두르고 있다.

알리타가 이를 갈았다.

'무식한 근육돼지 같으니!'

화려한 공방이 이어진다. 제논이 연신 그녀를 압도하며 밀어붙인다.

그럼에도 알리타는 쓰러지지 않았다. 다급한 순간마다 제논이 일부러 검을 거둔 덕이었다.

"난 싸울 생각이 없소!"

알리타의 투기검을 튕겨내며 소리치고.

"물론 그대가 왜 그렇게 나오는지는 충분히 이해하나……."

반격의 기회가 와도 일부러 포기하면서.

"잠깐만 말할 기회를 주지 않겠소?"

철저히 방어 일변도로 검을 휘두른다.

옆에서 지켜보던 시한이 미간을 찌푸렸다.

'저거, 어째……'

사실 그도 바로 알리타를 도와 손을 쓸 생각이었다. 그런데 영 보다 보니 상황이 이상했다.

알리타는 틀림없이 제논의 상대가 아니었다.

일단 투사급과 기사급인 것부터가 격차가 크다. 완력도 투기량도 방어력도, 소드하이어로서의 경지도 모두 뒤처진다.

그나마 제논이 워낙 덩치가 크다보니 스피드는 좀 떨어지는데 그것도 어디까지나 전신 몸놀림의 경우일 뿐이다.

핸드 스피드는 결코 알리타의 아래가 아니고, 검의 속도 자체는 오히려 위다.

검술 동작이 큰 것도 어디까지나 갑옷의 방어력을 최대한 활용하기 위한 선택일 뿐, 강격 사이에 단타로 들어오는 검속은 여느 소드하이어 못지않게 빠르다.

그런데도 알리타는 용케 아무 부상 없이 계속 싸우고 있었다. 그렇다는 건…….

'…저 녀석, 진짜로 싸울 생각이 없어 보이잖아?'

일단 제압하고 말을 좀 들어봐야 할 것 같았다. 시한이 잠형기를 전개했다.

투기를 전신에 감싸며 어둠 속으로 녹아든다. 그 상태로 소리 없이 제논의 등 뒤로 돌아가 손바닥치기를 옆구리에 날린다. 처음 제논에게 먹였던 바로 그 수법이다.

콰앙!

폭음과 함께 제논의 거구가 공중으로 떠올랐다. 동시에 시한도 상대의 머리 위로 날아올랐다. 예전과 똑같은 광경, 그런데 제논의 대응이 달랐다.

"역시!"

이럴 줄 알았다는 듯 허공에서 몸을 틀며 제논이 전신 갑주에 걸린 투기를 폭발시켰다. 그리고 바로 두 팔을 교차해 내려치는 시한의 발꿈치를 막았다. 공중에 뜬 두 사람이 양쪽으로 튕겨 나갔다.

"크윽!"

추락한 제논이 바닥을 나뒹굴었다. 자세를 바로잡아 착지하며 시한이 눈을 치켜떴다.

"어라?"

원래대로라면 상대가 대지에 푹 파묻혀야 정상이었다.

"중압기를 풀었어?"

"잠깐! 잠깐만 기다려 주십시오!"

애써 몸을 일으키며 제논이 다시 소리쳤다.

"난 당신들과 싸울 생각이 없습니다!"

"흥! 헛소리!"

일고의 가치도 없다는 듯 알리타가 몸을 날렸다. 상대가 빈틈을 보인 지금이 목숨을 끊을 절호의 기회인 것이다.

그런데 시한이 그녀의 검을 가로막았다.

타앙!

알리타와 시한의 투기검이 뒤엉켜 방전한다. 힘에 밀린 알리타가 물러서며 인상을 썼다.

"무슨 짓이에요?"

"잠깐 확인 좀 하자."

소강상태가 되자 제논이 호흡을 고르기 시작했다. 그를 노려보며 시한이 진지하게 물었다.

"이봐, 방금 어떻게 알고 해제한 거지?"

중압기 자체는 딱히 시한의 고유 투기술이 아니다. 하지만 중압기로 '비살상 조건을 만족시키며 상대를 제압하는' 수법은 틀림없이 그만의 오리지널 용법이었다.

"우연이라기엔 너무 깔끔하게, 정석으로 풀던데?"

시한의 눈빛이 더욱 매서워졌다.

"마치 이 수법에 대해 잘 아는 것처럼 말이지."

이 비살상용 중압기는 옛 동료들이나 혁명군 내에서도 아는 사람이 거의 없다. 그들과 만나기 전에나 썼던 방식이니까.

경지에 오른 이후엔 굳이 이런 쓸데없는 잡기를 쓰지 않아도 어지간한 상대는 다치지 않게 제압할 수 있었던 것이다. 지금이야 투기량이 도로 바닥을 치는 바람에 써먹고 있었지만.

'거참, 설마 이걸 아는 사람은 없을 거라 생각했는데……'

싸늘한 눈빛으로 시한이 제논을 노려보았다.

"너, 누구냐?"

제논의 시야가 흐려졌다.

'아아……'

가슴 한구석이 벅차오른다.

'역시……'

진정하고 찬찬히 상대를 뜯어본다. 흑발, 흑안에 저 단정한 얼굴. 12년 전의 기억이 뇌리를 정신없이 헤집는다.

틀림없었다. 비록 좀 더 나이가 들고, 좀 더 성숙해지긴 했지만 틀림없이 그때 그 얼굴이었다.

'아아!'

머릿속이 텅 비는 기분이다. 그토록 꿈꿔왔던 전설의 영웅이 진정 눈앞에 있는 것이다.

뭐라고 말해야 할까? 뭐라고 입을 열어야 할까?

"그러니까 저는……."

제논은 애써 뛰는 심장을 진정시켰다.

일단 확실하게 물어봐야 했다. 당신이 바로 그 전설의 영웅, 이계구원자 성시한이냐고.

동시에 자신이 얼마나 그를 숭배하고 있었는지도 알리고 싶었다. 그가 남긴 흔적과 이야기들이 자신에게 있어 얼마나 귀하고 소중한 보물이었는지, 어떤 마음으로 그것들을 모으고 아껴왔는지를.

감사의 말도 건네야 한다. 당신 덕분에 검을 들었고, 당신의 뒷모습을 꿈꾸며 검을 휘둘렀고, 투기에 눈떠 이런 어엿한 기사가 되었다고.

머릿속이 복잡하다. 사고가 마구 건너뛴다. 천 가지 말과 만 가지 생각이 교차한다.

확인하고 싶다. 인정받고 싶다. 자랑하고 싶다.

그래서 그는 이 모든 걸 동시에 진행해 버렸다.

"자, 잠시만 기다려 주십시오!"

손을 내저은 뒤 제논이 허겁지겁 가방을 뒤졌다. 시한과 알리타가 멍한 표정을 지었다.

"뭐야? 가방은 갑자기 왜 뒤져?"

"그러게요?"

가방 속에서 제논이 곱게 갠 네모반듯한 천 조각을 꺼냈다. 시한과 알리타의 멍한 표정이 더욱 짙어졌다.

"……?"

그것의 정체는 팬티였다. 그것도 네모난 남자 팬티. 갑자기 제논이 손을 불쑥 내밀었다.

그리고 감격에 겨워 질문했던 것이다.

"이 팬티가 진정 당신의 팬티입니까?!"

                    *   *   *

이 세계, 테라노어에 떨어져 많은 것을 경험한 성시한이다. 온갖 가공할 마물도 만나봤고, 온갖 사악한 인간도 상대했으며, 별의별 기상천외한 일들도 다 겪었다.

그래서 시한은 내심 자부하고 있었다.

어지간한 일은 전부 경험했다고, 이제 더 이상 그를 놀라게 할 일은 세상에 거의 없다고.

하지만 단언컨대 이런 경우는 처음이었다.

신장 2미터의 근육질 거구가, 얼굴을 붉게 물들인 채, 부끄러워하며 남자 팬티를 다소곳이 내미는 상황 따위는 말이지.

시한은 말없이 제논을 바라보았다.

"……."

감동한 눈으로 제논도 시한을 바라보았다.

"……."

시한이 뒷걸음질을 치기 시작했다.

슬금.

슬금슬금.

슬금슬금슬금슬금!

그것도 대단히 맹렬히 뒷걸음질 치기 시작했다.

제논도 그제야 눈치챘다. 뭔가 상황이 굉장히 요상해졌다는 것을.

"아, 그게 아니라 저……."

시한은 듣지 않았다. 단호하게 고개를 돌리며 입을 연다.

"알리타."

"네?"

"죽여."

"넵!"

알리타가 다시 살기를 터뜨렸다. 시한도 눈을 부라리며 투기를 끌어 올렸다.

"난 가까이 가기 싫다. 대신 전력으로 원호하지!"

"좋아요!"

"자, 잠깐만요!"

넘실거리는 살기 앞에 제논이 격렬하게 손을 휘저었다. 이 손짓에 생사가 걸려 있었으니 격렬하지 않을 수 없었다.

"실수입니다! 말이 헛 나온 겁니다, 말이!"

쌍심지까지 켜가며 시한이 고함을 질렀다.

"헛 나온 건 말이 아니라 팬티겠지! 알리타, 죽여."

뭐, 저것도 헛 나온 건 사실이지. 기겁한 제논이 손을 흔들었다. 지구와 테라노어, 양쪽 모두 통용되는 제스처다.

"항복! 항복입니다!"

물론 시한은 받아들일 생각이 전혀 없었지만.

"항복하려면 백기를 흔들어야지 왜 남의 팬티를 흔들어? 알리타, 죽여."

"제발 해명할 기회를 좀 주십쇼!"

"변태에게 그딴 기회는 필요 없다. 알리타, 죽여."

알리타가 고양이처럼 눈을 빛내며 재차 공격해 갔다. 허겁지겁 제논도 두 팔을 들어 공격을 막았다. 투기검이 갑옷에 실린 투기와 충돌해 굉음을 일궜다.

그녀가 검의 궤적을 바꿔 재차 연격을 날렸다. 우연히 제논이 쥐고 있던 팬티 쪽으로 투기의 칼날이 날아갔다.

"이건 안 돼!"

기겁하며 제논이 팬티를 감싸고 대신 어깨갑주로 공격을 막았다. 전격이 튀며 그가 뒤로 물러섰다. 충격을 이기지 못한 것이다.

알리타는 감탄했다. 자기 몸까지 희생하며 남자 속옷 따위를 저리 열심히 지키다니?

"와, 진짜 변태다……."

"아니라오!"

억울하다는 듯 제논이 눈을 부라렸다. 그런데도 검을 다시 쥘 생각은 하지 않고 그저 연신 피하기만 할 뿐이었다.

그러는 와중에 제논이 쥔 팬티가 살짝 까뒤집어지며 안쪽이 조금 보였다.

막 원거리에서 도룡기를 날리려던 시한이 고개를 갸웃거렸다.

"…어?"

갑자기 시한이 그녀의 앞을 또 가로막았다.

"왜 또 말려요?"

"아니, 저기 나도 지금 상황이 굉장히 이상하다는 건 알겠는데……."

기막히단 얼굴로 시한은 제논을 손가락질했다. 정확히는 그가 쥐고 있는 팬티 안쪽을.

"저기 쓰인 글자, 혹시 너도 보여?"

알리타는 눈을 깜빡였다. 그리고 보니 실로 대충 뭔가 수놓아진 것이 보였다. 굉장히 작은 글자였지만 소드하이어쯤 되면 시력도 좋아지기 때문에 충분히 파악할 수 있었다.

단지, 읽을 순 없었지만.

"아스틴어가 아닌데요? 뭐라고 쓰여 있는지는 못 읽겠어요."

"그렇겠지."

시한이 찜찜한 표정을 지었다.

"저건 한글이야. 대한민국이라고 적어놓은 거지."

"엥?"

알리타가 눈을 깜빡였다. 한글? 대한민국?

"인정하기 정말 싫지만……."

시한의 안색이 굳어졌다.

"저거, 진짜 내 팬티 맞는 것 같은데?"

시한은 일단 제논의 이야기를 듣기로 했다. 모닥불을 사이에 둔 채 제논이 숨을 골랐다. 그리고 진지하게 물었다.

"이계구원자, 성시한 님이 맞으시죠?"

그의 눈빛에 담긴 동경이 너무 적나라해 시한은 어색해했다. 누군가가 자신을 저런 눈으로 보는 건 거의 십여 년 만이었다.

"뭐, 그렇긴 한데……."

제논이 고개를 끄덕이며 혼잣말을 했다.

"역시 내가 잘못 보지 않았어……."

시한은 무심코 얼굴을 매만졌다. 그제야 알리타 구하러 달릴 때 천변기를 풀어버린 게 기억났다. 지금은 원래 그의 얼굴인 것이다.

'어, 정말 구면인가?'

제논이 재차 물었다.

"혹시 저를 기억하지 못하십니까?"

애써 태연을 가장하고 있었지만 눈빛에 숨길 수 없는 기대감이 가득 차 있었다. 그래서 시한은 머쓱해했다. 솔직히 말해서, 전혀 기억 안 난다.

제논의 목소리가 격해졌다.

"당신이 구해주셨던 제논입니다! 베란 마을의 제논이요!"

알리타가 슬쩍 물었다.

"맞아요?"

"모르겠는데? 내가 구했던 사람이 한둘이어야지."

그 말에 제논의 표정이 시무룩해졌다. 곰만 한 덩치로 어깨를 축 늘어뜨리는데, 마치 주인에게 버림받은 대형견 같다. 워낙 안쓰러워 보여서 시한도 태도가 좀 부드러워졌다.

"음, 그러니까 그게 언제 어디서 있었던 일이지? 그걸 알면 좀 기억이 날지도⋯⋯."

제논이 차분히 이야기를 시작했다.

"그러니까⋯ 12년 전의 일입니다."

*   *   *

마을 곳곳에 불길이 치솟는다. 수많은 사람이 비명을 지르며 죽어간다.

"으아악!"

"커헉!"

담벼락 아래 숨어 아이는 벌벌 떨었다. 울먹거리며 재 묻은 손으로 눈물을 닦고 또 닦는다.

"흑, 흐윽⋯⋯!"

사방에서 성난 병사들의 목소리가 아우성쳤다. 루스클란의 문장을 가슴에, 등에 새긴 이들이었다.

"모두 죽여라!"

"단 한 놈도 살려두지 마라!"

"모조리 불을 질러라!"

평범한 농촌이던 베란 마을이 광제 루스타나드의 진노를 사게 된 이유는 별것 없었다. 그저 반란군의 수괴 중 하나가 이 마을 출신이었던 것뿐이었다.

반란군은 모두 진압되어 목이 매달렸지만 황제의 광기는 그걸로 그치지 않았다.

반역죄는 곧 연좌제.

수괴들이 나고 자란 출신 마을까지 모두 불태우라 명했다. 그에 제국군 3군단이 출동했고 아무것도 모르던 베란 마을 주민들만 날벼락을 맞게 되었다.

물론 이제 10살이 된 어린 제논은 이런 사실을 몰랐다. 그저 공포 속에서 숨죽이고 울먹거릴 뿐이다.

"흑, 흐윽……."

그나마 다행인 건 숨죽이고 있는 덕분에 아직 제국병들에게 들키지 않았다는 점이었다. 다른 마을 아이들은 대부분 이미 죽었다. 분명 숨어 있으라 했음에도 마냥 엄마를, 아빠를 찾아 울부짖다가.

하지만 고아인 제논에겐 찾을 부모가 없었다.

맡아 키워주었던 촌장 부부는 부모라 하기엔 너무 가혹하게 어린 제논을 대했으니, 이런 상황에서도 감히 찾아다닐 엄두가 나지 않았다.

그래서 다른 아이들처럼 어른을 찾지 않고, 홀로 담벼락 그늘 아래 숨어 꼼짝도 않고 있었다. 그것이 어린 제논을 아직까지 살게 해주었다.

하지만 그 행운도 그리 길진 않았다.

"여기에도 한 놈 있군!"

담벼락 너머로 사나운 목소리가 들리며 한 무리의 병사가 모습을 드러낸다. 아이가 눈동자를 크게 뜬 채 멍한 소리를 흘렸다.

"아… 아아……."

병사들의 안색이 변했다. 기껏 찾은 아이는 워낙 못 먹고 살았는지 비루하기 그지없었다. 병사 중 한 명이 치를 떨었다.

"이런 어린아이까지 죽여야 합니까?"

대장으로 보이는 중년인이 무심하게 대꾸했다.

"황제 폐하께선 단 하나의 생명도 남기지 말라 하셨다."

무심한 목소리 속에 떨리는 기색이 느껴진다. 이들도 결코 원해서 이런 살육을 벌이는 건 아닌 것이다.

"황명을 거역하면 우리가 처벌을 받을 게다……."

그리고 그 처벌은 무조건 사형이다. 명령불복종으로 반역자들 옆에 나란히 목이 매달리게 되겠지.

"빌어먹을……."

"내가 살자고 이런 어린아이까지 죽여야 하다니……."

자괴감에 빠져 제국병들이 이를 갈았다. 대장이 앞장서 검을 뽑았다. 이런 참혹한 죄악을 부하들에게 시킬 순 없었다. 어차피 죄를 짓는다면 대장인 자신이 지어야 했다.

"미안하다……."

아이를 향해 대장이 막 검을 찌르려던 때였다. 병사들 등 뒤로 우울한 목소리가 들렸다.

"그래, 당신들도 결국 똑같은 신세겠지."

병사들이 화들짝 놀라 뒤를 돌아보았다.

"누구냐?"

흑발에 흑안, 상당히 곱상한 인상의 십 대 후반 소년이 그 곳에 서 있었다.

평범한 여행자 차림이었지만 유독 튀는 부분이 있었으니, 그는 오른손에 커다란 클레이모어를 들고 있었다. 소년의 덩치를 생각하면 어색한 모습이었다. 클레이모어는 어지간한 거한들도 쉽게 다루지 못하는 대형 검이다.

침울한 눈빛으로 병사와 어린 제논을 번갈아 보며 소년이 고개를 저었다.

"어딜 가도 이런 광경인가? 너무하잖아, 제기랄!"

다수의 제국병을 앞에 두고도 소년은 전혀 긴장한 기색이 없었다. 뭔가 믿는 구석이 없다면 나올 수 없는 태도였다. 그리고 여기 모인 병사들은 모두 그쯤은 파악할 수 있는 베테랑이었다.

'저거……'

'보통 놈이 아니다!'

제국병들이 일제히 전투태세를 갖췄다. 검을 돌려 소년을 겨누며 대장이 소리쳤다.

"정체를 밝혀라!"

소년이 나직하게 말을 이었다.

"죽이진 않겠어. 그래도 댁들은 살육에 미친 다른 놈들보단 좀 나아 보이니까."

대장이 명령을 내렸다.

"처치해! 절대 방심하지 말고!"

병사들이 빠르게 소년을 포위했다. 사방에서 창칼이 날아들었다. 제자리에 서서 소년은 중얼거렸다.

"죽이진 않겠지만……."

갑자기 소년이 땅을 박찼다.

"죽고 싶을 만큼 아플 거다!"

아이는 멍하니 눈앞의 광경을 바라보았다.

"으악!"

"크억!"

"으아악!"

사람들이 날아다니고 있었다. 그냥 날아다니는 정도가 아니라 건물이며 땅바닥이며 여기저기 무자비하게 처박히는 중이다.

그리고 그때마다 소년의 날카로운 고함이 들려왔다.

"죽지는 않을 거다!"

아이는 생각했다.

'…죽은 거 같은데?'

10살짜리 어린아이의 눈에도, 저건 도저히 사람이 살 수 있는 상황으로 보이지 않았다.

인간은 전신이 건물에 처박히거나 상반신이 통째로 땅에 파묻히고도 살아날 만큼 튼튼한 생물이 아니다.

병사 전원이 쓰러지는 데는 채 몇 분 걸리지도 않았다. 소년이 손을 털며 어린 제논에게 다가와 물었다.

"괜찮냐, 꼬맹아? 다친 덴 없고?"

벌벌 떨며 제논이 물었다.

"모두 죽었나요?"

"아무도 안 죽었어."

태연자약한 소년의 대답에 제논은 다시 한 번 쓰러진 병사들을 보았다. 그리고 확신했다.

"…다 죽었는데요?"

아이는 혼란에 빠졌다.

대놓고 죽이겠다고 날뛰는 제국군과, 버젓이 눈앞에서 살인을 저지르고 안 했다고 잡아떼는 놈 중 과연 어느 쪽이 더 위험한 걸까?

슬금슬금 아이가 뒷걸음질을 쳤다. 소년이 코웃음을 치며 말했다.

"죽인 거 아니거든? 중압기를 응용해서 기절만 시킨 거야."

그리고 돌 하나를 주워 담벼락에 처박힌 병사 하나에게 던진다. 다리에 돌을 맞자 병사가 신음을 흘렸다.

"으으으……."

참고로 병사의 상반신은 담벼락에 박혀 있었다. 즉, 담 안쪽에서 신음이 들렸단 소리다.

"거봐, 안 죽었지?"

"에에엑?!"

놀라 제논이 눈을 크게 떴다. 소년이 변명하듯 말을 이었다.

"중압기는 원래 투기로 상대의 전신을 압박하는 기술이거든. 그런데 난 이걸 응용해서 상대의 주위에 씌워 버릴 수 있어. 투기로 코팅을 해버리는 느낌이랄까? 그리고 그 상태로 두들기면 모든 충격이 덧씌워진 투기에 골고루 분산되지."

말하자면 돌멩이나 투척 무기에 투기를 감싸 쏘는 것과 비슷한 이치였다.

투기를 덧씌우면 평범한 나무나 종이로도 강철을 벨 수 있다. 여기서 나무나 종이가, 사람이 되는 게 소년의 수법이었다.

"그런 다음 마음껏 날려 버리는 거지. 투기 덕분에 아무데나 처박기도 쉽고. 충격이 분산되어 온몸을 두들기니까 아프 긴 더럽게 아프겠지만 죽을 만큼의 부상은 피할 수 있고. 게 다가 겉보기엔 요란하니까 사기 꺾기도 참 좋고. 나름 비살상 용으로 신경 써서 만든 수법이야, 이거."

그러니 살인마 취급 하지 말라며 설명을 잇다가 소년은 쓴 웃음을 지었다.

"…라고 떠들어봤자 이런 어린애가 뭘 알겠냐? 나도 웃기는 놈이네."

어린 제논은 멍하니 고개만 끄덕였다. 잘은 모르겠지만, 어 쨌든 눈앞의 소년이 자신을 구해준 것만은 틀림없었다.

"구해주셔서 감사합니다……."

그제야 자신이 살아났다는 실감이 든다. 다른 아이들은 모 두 비참하게 죽었는데.

가슴 한구석이 이상할 정도로 벅차올라 제논은 숨을 헐떡 였다. 그리고 고개를 한껏 들어 상대의 얼굴을 바라보았다.

또래 아이들보다도 작은 제논에게, 저 소년은 그야말로 태 산처럼 거대해 보였다.

자신의 감정이 감격이란 것도 모른 채, 제논이 물었다.

"생명의 은인의 이름을 물어도 될까요?"

"헤, 꼬맹이가 은인 같은 어려운 단어도 다 아네?"

소년이 신기하다는 듯 아이를 내려다보았다. 그리고 잠시 고민하다 입을 열었다.

"내 이름은 시한이야. 성시한. 원래는 가명 쓰고 다니지만 이런 애한테까지 거짓말할 필요는 없겠지."

특이한 이름이었다. 적어도 루스클란 제국식은 아니다.

제논은 연신 그 이름을 되뇌었다. 시한, 성시한, 성시한.

갑자기 소년이 마을 저편을 바라보았다. 난감한 얼굴로 저 멀리를 응시하더니 클레이모어를 도로 등에 찬다.

"아, 이러고 있을 때가 아니다. 다른 쪽도 처리해야지."

소년이 몸을 날렸다. 마치 날쌘 산양처럼 달려가며 순식간에 멀어진다. 멍하니 서 있던 아이가 고함을 질렀다.

"저, 전 제논이라고 해요!"

하지만 그의 모습은 이미 시야에 사라지고 없었다.

*　　　*　　　*

그날 이후 제논은 베란 마을의 생존자에게 거두어졌다. 그리고 화전민 마을에 숨어 살았다.

1년 뒤, 운 좋게 혁명군 소속의 한 소드하이어가 제논의 재능을 알아보고 제자로 거두었다. 그때 제논은 자신을 구해준 소년이 이계구원자라 불리며 루스클란 제국의 공적이 되었다는 사실을 알았다.

"투기를 터득하고, 소드하이어가 되고 나서야 시한 님께서 말씀하셨던 게 무슨 의미인지 깨달았지요. 그래서 중압기를 막을 수 있었습니다. 전신을 감싼 중압기를 똑같이 전신 투기로 떨쳐내면 그 후엔 평범한 공격일 테니까요."

제논이 투기를 익힌 건 그 일이 있고서도 몇 년 뒤, 15살 때의 일이다. 하지만 상당한 시간이 흘렀음에도 그는 당시 시한의 말을 기억하고 있었다.

결코 잊을 수 없었다. 너무도 강렬한 경험은 이해를 불문하고 뇌리에 깊숙이 박히는 법이다.

제논의 이야기를 전부 들은 시한이 애매한 표정을 지었다.

"…베란 마을이라. 그러고 보니 그런 일도 있긴 했었네."

솔직히 말해서 마을 이름 따윈 모르겠다. 하지만 저 사건은 기억이 났다.

제논을 구해줘서가 아니라, 갓 만든 '비살상용 중압기'의 첫 시연 장소였기 때문이었다.

'겨우 만든 신기술, 어딘가에 자랑은 하고 싶고 그렇다고 함부로 밑천 드러낼 수도 없고 해서 웬 꼬맹이에게 주절주절 떠들긴 했었는데.'

임금님 귀는 당나귀 귀~ 같은 심보였달까? 지금 생각해 보니 참 철없는 짓이다.

"그래, 기억나네."

제논의 표정이 환하게 밝아졌다. 혀를 차며 시한이 말을 이었다.

"응, 분명히 그때 꼬마 하나를 구해주긴 했었어. 기억은 나는데……."

그리고 진지한 얼굴로 제논을 올려다보았다.

"당신이 그때 그 꼬맹이?"

"네! 그게 접니다, 시한 님!"

"분명 당시 그 제논이란 꼬마는 내 허리춤에 오던 요만한 애였는데?"

반면 눈앞의 제논은 떡 벌어진 어깨에 시한보다 머리 하나는 더 큰 체구, 전반적으로 우람하기 그지없는 사내였다. 어찌나 상체가 광활한지 땡볕 내리쬘 때 가림막으로 써도 될 것 같다.

"성장기가 왔거든요."

"너무 컸잖아! 어떻게 그 꼬맹이가 당신 같은 거구가 돼?"

"스승님께서 잘 먹이셨거든요."

"아니, 그걸 감안해도 회상이 너무 이상하지 않아? 저거 12년 전이라며?"

그럼 시한이 대충 16살 정도일 때의 이야기란 소리다. 그리고 눈앞의 이 청년은 아무리 봐도 20대 후반이었다. 절대 시한보다 연하로 보이지 않았다.

"…설마 그럴 리는 없다고 생각되지만, 지금 나이가 어떻게
되나?"

"올해로 22살입니다. 당시엔 10살이었지요."

얌전히 듣고만 있던 알리타가 기겁하며 소리쳤다.

"에엑? 그럼 당신, 저보다 다섯 살밖에 안 많아요?"

시한과 알리타는 멍하니 제논을 바라보았다.

듬직한 체구와 경륜이 철철 흐르는 원숙한 외모, 전신에서
흘러나오는 전사의 풍모까지. 적어도 전장에서 십여 년은 굴
러먹은 것 같은데 이제 고작 22살이라고?

"당신, 진짜 노안이군……."

기가 차 시한이 중얼거렸다. 제논이 전혀 개의치 않는다는
듯 가슴을 폈다.

"그런 소리 많이 듣습니다. 하지만 외모는 한낱 껍데기일
뿐, 그 안의 내면이야말로 진실된 것이 아니겠습니까?"

"그딴 헛소리는 또 누가 했는데?"

"이계구원자께서 남기신 말씀입니다만."

"윽……."

시한은 머리를 벅벅 긁었다. 그러고 보니 예전에 저딴 소릴
하며 돌아다녔던 것 같기도…….

어쨌거나 이 제논이란 청년이 당시 그가 구해주었던 어린아

이가 맞긴 한 것 같았다. 정황도 맞고 이야기도 시한의 기억대로였다.

무엇보다 제논이 그를 숭배하고 있다는 것만큼은 의심의 여지가 없었다.

'어지간하지 않고서야, 십 년 묵은 사내놈 팬티 따위를 보물처럼 보관하고 있을 리가 없잖아?'

한편 알리타는 여전히 경계심 가득한 눈으로 제논을 바라보고 있었다.

제논이 왜 싸우려 하지 않았는지는 이해가 간다. 왜 시한을 찾았는지도 이해할 수 있다.

하지만 그녀와는 아무 상관이 없는 이야기인 것이다. 알리타 입장에서 여전히 제논은 적이었다.

경계하며 알리타가 제논에게 물었다.

"상황은 알겠는데, 그래서 당신은 뭘 원하는 거죠?"

"그게 무슨 말인가?"

제논이 의아해했다. 알리타가 다시 물었다.

"시한을 찾은 이유는 알겠어요. 그럼 이제 뭘 하고 싶은 건가요?"

제논의 표정이 멍해졌다.

솔직히 말하면 거기까진 생각 안 해봤다. 그냥 확인해야 한다는 집착만 머릿속에 가득했지.

"…글쎄?"

'이 사람, 바보?'

어이가 없어 알리타가 눈을 치켜떴다. 시한도 혀를 차며 말했다.

"당신 말대로 난 성시한이다. 내가 어릴 때 당신을 구해준 것도 사실인 것 같군. 그래서 내게 바라는 게 뭐지?"

"그, 그것이……."

제논은 잠시 말을 더듬었다. 하지만 당황은 길지 않았다. 그는 어릴 적부터 자신의 영웅을 대상으로 온갖 상상의 나래를 펼쳐왔었다.

무엇을 바라냐고? 이미 십 년 전부터 바라는 건 정해져 있었다!

정색한 제논이 정중히 무릎을 꿇었다. 그리고 양손으로 검을 들어 앞으로 내밀었다.

"제 이름은 제논 스트라이드, 하이어 그라트에게 사사하고 기사급 소드하이어에 머물고 있습니다. 부디 이 검으로 시한 님을 모시게 해주십시오!"

시한의 표정이 기묘해졌다. 지금 제논은 시한의 기사가 되어 그를 섬기겠다고 말하고 있는 것이다.

"당신, 릴스타인의 기사가 아니었나?"

"국왕 폐하께서도 이해하실 겁니다."

흔들림 없는 대답이었다.

하긴, 기사들 중엔 주군의 허락 아래 다른 영주를 섬기는 경우도 있다.

휘하 기사가 생명의 은인을 만나 그를 섬기겠다는 경우는 의외로 흔히 볼 수 있고, 그럴 땐 영주도 어지간해서는 충성 계약을 풀어준다.

속 좁은 주군이란 평을 받고 싶진 않을 테니까. 딱히 기사도에 어긋나는 것도 아니다.

"제가 왕궁으로 모시겠습니다, 시한 님. 국왕 폐하께서도 크게 기뻐하실 겁니다."

들뜬 얼굴로 말하다 말고 제논이 알리타를 보며 흠칫했다. 저 소녀, 루스클란의 후예를 시한이 보호한 것이 생각난 탓이었다.

어째서 이계구원자가 저주받을 광제의 핏줄을 비호하는지는 모르겠지만, 적어도 현 상황에서 그녀가 시한의 일행인 것은 확실해 보인다. 심지어 시한의 정체도 알고 있는 것 같다.

'자비를 베풀어 저 소녀를 거두신 건가?'

멋대로 판단하며 제논이 말을 이었다.

"시한 님이 원하신다면 저 소녀의 정체에 대해선 비밀을 지키겠습니다. 믿으셔도 됩니다."

아무리 그래도 아직까진 릴스타인 왕가의 기사일 텐데, 국왕을 속이겠다는 말을 쉽게도 꺼내는 제논이었다. 어이가 없어 시한이 비아냥거렸다.

"릴스타인이 참 충성스러운 기사를 두었군."

제논이 빙그레 웃었다.

"제가 릴스타인 왕가에 충성을 맹세한 것은, 국왕 폐하께서 시한 님의 동료였기 때문이니까요."

시한은 빤히 제논을 내려다보았다. 그는 여전히 무릎 꿇은 채 검을 내밀고 있었다. 시한이 검을 받아줄 때까지 저 자세를 유지할 셈인가 보다.

"그럼 만약……"

문득 궁금해져 시한이 물었다.

"내가 릴스타인을 적대한다면 그땐 어찌할 텐가?"

"예?"

제논이 눈을 동그랗게 떴다. 이건 생각도 못 해본 모양이었다.

'뭐, 그야 그렇겠지.'

시한이 쓴웃음을 지을 때였다.

"그럼 그 역시 제 적입니다!"

제논이 무섭도록 정색하며 단언했다. 시한의 안색이 흔들렸다. 타오르는 듯한 눈빛, 꽉 다문 입술. 제논의 전신으로 강렬한 의지가 느껴진다.

'이거, 진심인가?'

어차피 자신의 정체가 드러난 이상 돌려보낼 순 없었다. 그렇다고 어릴 적 구해준 사람을 제 손으로 다시 죽이는 것도 찜찜하다.

"좋아, 그렇다면……."

시한이 제논을 향해 손을 뻗었다.

"그대의 검을 받도록 하지."

양수검을 들어 시한은 제논의 어깨를 가볍게 두들겼다. 그로써 의식이 끝났다. 제논은 정식으로 시한의 기사가 되었다.

검을 받아 다시 등에 차며 제논이 흥분한 얼굴로 말했다.

"충성을 다하겠습니다, 시한 님. 절대 실망하지 않으실 겁니다."

시한이 알리타에게 했던 말을 반복했다.

"님 자 붙이지 마. 그냥 시한이라고 불러."

"네? 아니, 제가 어찌 감히……."

"명령이다."

"아, 알겠습니다, 하이어 시한."

성시한이 수하 기사들을 거둔 건 이번이 처음이 아니다.

혁명군의 리더로 활동할 때도 많은 소드하이어가 그에게

검을 바쳐 왔지만, 그때도 시한은 결코 존칭을 허락하지 않았다. 아무래도 한국적 감성이 남아 있었던 것이다.

아, 그렇다고 무슨 계급의식 타파 같은 고상한 이유가 있어서는 아니고…….

'시한 님, 시한 님 하면 어째 인터넷에서 만난 사이 같잖아.'

덕분에 이계구원자 성시한이 굉장히 겸손하고 만민을 평등하게 여긴다는 요상한 소문도 돌긴 했는데, 이거야 뭐 상관없는 이야기다.

"왜 내가 릴스타인을 적대하는지 궁금하진 않나, 제논?"

"제 충성이 증명되면, 분명 알려주시리라 믿습니다."

"기사다운 모범 답안이군."

"과찬이십니다."

여하튼 현 시점에서 제논이 신뢰할 만하다는 건 인정해도 될 것 같다. 시한이 피식 웃었다.

"이렇게 말하니까 웃긴데, 저 팬티 없었으면 이렇게까지 믿진 않았을 거야."

"그래서 저도 일부러 들고 온 겁니다."

제논도 마주 웃었다. 귀한 보물(?)이 제 쓰임새를 찾았으니 나름 뿌듯하기도 했다. 팔뚝을 걷어붙이는 시늉을 하며 그가 호들갑을 떨었다.

"이래 봬도 릴스타인 왕국에서는 제법 실력을 인정받고 있습니다. 바로 제 능력을 증명하겠습니다, 하이어 시한!"

뚱한 표정으로 알리타가 중얼거렸다.

"바로 어떻게 증명하시려고요? 대련이라도 뭘 셈인가?"

상황이 영 마음에 들지 않는지 그녀는 내내 뿌루퉁한 얼굴이었다. 시한과 달리 제논은 이 세계의 인간, 잠재적인 적인 것이다. 알리타 입장에선 여전히 긴장을 풀 수 없는 상대다.

제논이 알리타를 바라보았다.

"소녀여."

"알리타."

"알았다, 하이어 알리타."

그녀의 이름을 부르며 제논이 눈을 내리깔았다. 살짝 무시하는 어조였다.

"그대 실력으론 아무래도 하이어 시한께서 안심하실 수 없지 않겠나? 하지만 나라면 이그니스 울프 우두머리 따위는 충분히 처리할 수 있지!"

"…쳇."

알리타는 입을 삐죽이며 고개를 돌렸다. 뭔가 반박은 하고 싶은데, 조금 전 기절한 채 덜렁덜렁 물려 다니다 시한에게 구조받았으니 할 말이 없었다.

승자의 미소를 지으며 제논이 시한을 돌아보았다.

"그러니 걱정 마십시오. 이제부터는 저 혼자 처리하겠습니다."

시한과 알리타의 표정이 기묘해졌다. 시한이 물었다.

"응? 이제부터 뭘 처리한다고?"

"네? 이 숲에 자리 잡은 마수 놈들의 우두머리 말입니다만?"

"뭔 소리야? 저기 죽어 있는 거 안 보여?"

"예, 그러니까 이제부터는 저 혼자 상대하겠다고……."

시한과 알리타, 제논은 서로를 바라보며 눈을 깜빡였다. 뭔가 대화가 핀트가 안 맞고 있었다.

제논이 고개를 갸웃거리며 목이 잘린 이그니스 울프의 시체를 가리켰다.

"지금 저거, 미끼로 놔두신 것 아닙니까? 이 숲의 우두머리를 유인하기 위해서."

"…미끼?"

"예, 그래서 수컷 시체를 놔두고 암컷을 유인하고 계신 거잖습니까?"

"잠깐!"

알리타가 놀라며 제논에게 물었다.

"지금 이 숲에 암컷이 하나 더 있다고요?"

"저놈보다 두 배는 더 크더군. 멀리서 봐서 제대로 확인은 못 했지만……."

그때였다.

기다렸다는 듯이 숲 저 멀리에서 우렁찬 하울링이 울려 퍼졌다.

아우우우우!

어두운 숲 사이로 늑대의 포효가 메아리쳤다. 알리타가 멍하니 중얼거렸다.

"타이밍 끝내주네요."

울음에서 느껴지는 기운이 아까 본 수컷 이그니스 울프보다도 더욱 크다. 틀림없이 보스급 마수였다. 시한이 머리를 벅벅 긁었다.

"어, 생각해 보니 맞는 말이네. 왜 까먹고 있었지?"

이그니스 울프는 보통 암수가 같이 다니는 습성이 있다. 당연히 우두머리급도 암수 두 마리겠지. 알리타가 이해 못 하겠다며 물었다.

"시한 정도로 노련한 사람이 그런 기본적인 걸 놓치나요?"

"그럴 수도 있지. 나이 먹은 판검사들한테 미적분 내밀면 풀 수 있을 것 같아? 시간 지나면 잊어버리는 건 똑같다고."

게다가 시한은 무려 십 년이나 테라노어를 떠나 있었던 것이다. 고개를 끄덕이며 그녀가 다시 물었다.

"그런데 미적분이 뭐예요?"

"미안, 한국산 헛소리. 아니지, 테라노어에도 미적분은 있던가?"

벌써 몇 번이나 반복한 대화 패턴이었다. 알아서 신경 끄며 알리타는 생각했다.

'원래 시한은 헛소리를 즐기는 성품인가 보다.'

그러는 와중에도 암컷 이그니스 울프는 빠르게 접근하고 있었다. 시한 일행을 중심으로 원을 그리며 점점 더 거리를 좁힌다. 제논이 흥분해 등에 멘 검을 뽑아 들었다.

"저 혼자 처리하게 해주십시오! 제 실력을 보여 드리겠습니다, 하이어 시한!"

"어, 그러든지."

워낙 제논의 태도가 열정적이라 시한은 살짝 당황했다.

'왜 굳이 저렇게까지?'

사실 제논 입장에선 나름 필사적이었다. 바라던 영웅과 조우하고, 검을 바치는 영광마저 얻었다. 그런데 정작 그 영웅 앞에서 그동안 보인 거라곤…….

'땅에 두 번 처박힌 것밖에 없잖아!'

이번 기회에 진짜 실력을 어필해 시한의 총애를 얻어야 하는 것이다. 검을 쥔 채 제논이 투기를 터뜨렸다.

"타아아앗!"

그를 중심으로 광풍이 불며 나뭇잎이 화려하게 소용돌이쳤다. 그 광경에 알리타는 감탄했다.

'괴, 굉장한 투기!'

그녀보다 월등히 강렬한 기운이었다. 역시 한 급수 높은 소드하이어라는 실감이 났다. 뭐, 시한은 어이없어 하고 있었지만.

'쟤, 왜 오버하냐?'

이윽고 마수가 모습을 드러냈다.

수컷보다 두 배는 거대한 체구, 털빛도 훨씬 짙어 검붉은색에 가깝다. 두 눈에서 붉은빛이 섬뜩하게 흘러나온다. 시한 일행을 노려보던 이그니스 울프가 그 너머, 목 잘린 늑대 시체를 보더니 처절한 울음을 터뜨렸다.

"아우우우!"

분노를 담아 늑대가 전신의 털을 빳빳하게 세웠다. 투기를 드러낸 것이다. 가공할 압력이 시한 일행의 어깨를 짓눌렀다.

제논이 검을 겨누며 투지 어린 외침을 터뜨렸다.

"선량한 사람들을 괴롭히는 사악한 마수여, 그 대가를 받을 때가 왔다!"

순간 시한의 얼굴이 일그러졌다.

"켁! 뭔 대사가 저따위야?"

"어머? 저거 시한이 한 말 아니었어요?"

"난 저런 소리 한 적 없거든?"

"이상하다? 광제의 마물들 해치울 때마다 저랬다던데. 책에서 봤어요."

"…어떤 놈이 그딴 책을 쓴 거야? 만나기만 해봐라…… 인데 책에서 봤다니, 알리타 너도 혹시 내 관련 책자 모으고 있냐?"

"그, 그냥 몇 번 본 게 다예요. 난 저 사람처럼 남자 팬티 보관하는 변태가 아니라고요!"

"야, 제논 들으면 울겠다……"

둘이 아웅다웅하는 동안에도 제논은 시종일관 진지하게 마수를 노려보고 있었다. 마수와 인간 사이의 투기가 점점 짙어진다. 어느 순간, 제논이 우렁찬 기합을 터뜨리며 몸을 날렸다.

"허어업!"

거대한 마수와 거대한 인간이 허공에서 격돌했다.

그 전투는 알리타가 보인 것과는 전혀 양상이 달랐다.

빠른 스피드로 마수 주위를 공략하던 알리타와 달리 제논은 태산처럼 굳건히 제자리를 지킨 채 거검을 휘두르고 있었다.

결코 물러서지 않고, 결코 밀리지 않으며, 자신보다 몇 배나 거대한 마수를 오히려 힘으로 밀어붙인다.

늘대의 앞발을 검으로 튕겨내며 제논이 호쾌한 웃음을 터뜨렸다.

"어림없다! 하하하핫!"

전투를 지켜보며 알리타가 혀를 내둘렀다.

"저 사람, 진짜 강하다……."

용케 저런 괴물을 상대로 자신이 그만큼 버텼다는 생각마저 들었다. 역시 제논이 많이 봐주긴 봐준 모양이었다. 시한도 감탄하며 중얼거렸다.

"알리타, 너도 나이에 비해 강한 편이지만 저 친구는 상당한데? 제법 재능이 있군."

"…저게 제법 재능이 있는 정도인가요?"

알리타는 황당해했다. 22살에 기사급 소드하이어가 되었다면 실로 엄청난 재능의 소유자다. 34살에 아직도 투사급인 테드 바켈론만 봐도 알 수 있다.

저 정도면 어딜 가도 천재 소리 들을 수 있는 것이다.

그런데 시한은 어째 그러려니 하는 반응이었다.

"그게, 예전 내 주위엔 진짜 천재들밖에 없어서……."

당시 혁명 7영웅은 대체로 2, 30대의 나이들이었다. 제일 나이 많은 하이어 테오란트가 30대 후반이었으니까.

그런데도 이미 달인급을 넘어 초인급 소드하이어의 경지에 올랐었다. 그 정도 됐으니까 혁명군을 이끌고 제국을 무너뜨릴 수 있었던 것이다.

"전국구 천재들만 봐서 그런지, 지역구 정도로는 딱히……?"

알리타가 샐쭉해하며 시한을 노려보았다.

듣자하니 참 재수 없는 소리다. 하긴, 시한 본인부터가 고작 3년 만에 아무 힘도 없던 지구의 일반인에서 무신급 소드하이어에 제9층 플로어 마스터까지 된 재수 없는 천재 아니던가?

"그야 시한이 보기엔 죄다 그놈이 그놈이겠죠. 흥흥!"

"에이, 당시 내가 그렇게 진도 빨리 뽑은 건 천재라서가 아냐. 그냥 지구인이라서지."

"……?"

알리타가 고개를 갸웃거렸다. 하지만 시한은 설명해 주지 않았다. 대신 묘한 회한에 잠긴 표정을 짓는다.

"진짜 천재는 레비나 쪽이었지……."

당시 레비나는 19살. 시한보다 1살밖에 많지 않았다.

지금의 알리타 또래였다는 소리다. 그런데도 그녀는 이미 초인급 소드하이어의 초입에 들었다. 혁명 7영웅 중에선 제일 약했지만 나이를 감안하면 재능은 최고라고 봐도 무방했다.

단지, 같은 또래이면서 무려 무신급 소드하이어인 이계구원자 성시한이 존재한 탓에 아무도 그녀의 재능을 알아봐 주질 않았을 뿐이지.

'그래서 레비나가 날 배신한 걸까? 자존심 때문에?'

시한의 안색이 어두워진다. 그래서 알리타도 더 캐묻지 않았다. 대신 고개를 돌려 전투를 바라보았다.

제논은 여전히 우위를 유지한 채 마수를 상대하고 있었다.

"하하핫!"

웃음을 터뜨리며 투기검을 휘두른다. 투기가 대기를 찢을 때마다 마수의 거죽에서도 피가 솟구친다. 늑대가 고통으로 포효하며 주둥이를 벌려 붉은 불길을 토해냈다.

콰아아아!

거대한 불기둥이 제논의 전신을 덮쳐 간다. 그는 피하지 않았다. 대신 검을 높게 쳐든 뒤 크게 내려쳐 불길을 좌우로 갈랐다.

폭음과 함께 폭염이 사방으로 흩어져 잔불이 되어 사라졌다. 제논이 의기양양하게 소리쳤다.

"이까짓 불길로 어찌 이 몸을 해할쏘냐!"

참으로 사내다운 호방한 외침이었다. 그래서 시한은 두려워 떨었다.

"…설마 그 책에 저런 대사도 적혀 있진 않았겠지?"

"저건 제논 씨 오리지널 같네요."

"다행이다."

믿었던 불길마저 무용지물이 되자 마수가 숨을 헐떡이기 시작했다. 상당히 지친 것이다. 제논이 자신만만하게 마수에게 접근하며 말했다.

"그럼 이대로 목을 베어주마!"

2미터의 거구가 땅을 박차고 날아올랐다. 거대한 양수검이 늑대의 목을 노리고 내려쳐진다. 그 순간 시한과 알리타가 눈을 깜빡였다.

"어?"

"저거……."

왠지 익숙한 광경이었다. 아까 알리타가 수컷 우두머리를 상대할 때 저 포지션 아니었던가?

아니나 다를까…….

파지지직!

"으갸갸갹!"

푸른 전격이 허공의 제논을 정확히 강타했다. 괴상한 비명을 지르며 제논이 뒤로 튕겨 나갔다. 꼬락서니가 마치 파리채에 정통으로 채인 파리 같은데, 역시나 익숙한 광경이다.

시한이 무심코 중얼거렸다.

"오, 데자뷰."

알리타가 얼굴을 붉혔다.

'내가 저런 꼴사나운 모습으로 나가떨어졌었단 말이야?'

나가떨어진 제논이 바닥을 데굴데굴 굴렀다. 잔여 전격이 남았는지 손발을 파르르 떨며 이를 간다.

"아으윽! 이거 뭐야? 왜 이그니스 울프가 전격을……."

알리타보다 급수가 높은 덕에 말도 못할 정도로 마비되진 않은 듯했다. 그래도 당장 전투를 재개하긴 힘들 것이다. 알리타가 검에 손을 가져갔다.

"이번에야말로 제가 처리할게요!"

"아니, 됐어. 내가 끝내지."

시한이 그녀를 만류하며 앞으로 나섰다. 저 암컷은 수컷보다 훨씬 강한 마수였다. 투사급인 알리타에게도 그리 녹록한 상대가 아니다.

카곤 시티에서 푼돈 주고 산 철검을 뽑아 들며 마수에게 다가간다. 시한을 본 늑대가 경계하며 으르렁대기 시작했다. 그리고 이내 주둥이를 벌려 불길을 토했다.

콰아아아!

날아오는 불길을 시한은 빤히 바라보기만 했다. 그의 대처 방식은 제논이나 알리타와는 전혀 달랐다.

그냥, 아무것도 하지 않았다.

"미안하지만 안 통하거든?"

불길이 저절로 갈라져 엉뚱한 데로 빗나갔다. 마치 알아서 시한을 피해 버린 듯한 광경이었다.

뭔가 깨달았는지 알리타가 손뼉을 쳤다. 책에서 읽은 기억
이 있었다.

"아! 그렇구나!"

광제 루스타나드의 마물 군단이 그토록 공포의 대상이 된
이유는 마물 자체도 강력했지만, 그것들이 이계의 존재였기
때문이었다.

이계의 존재에겐 테라노어의 법칙이 적용되지 않는다. 존
재를 허락받은 이상 정상적인 법칙, 물리력이나 중력 등은
먹히지만 왜곡된 법칙의 결과물, 마법은 결코 통용되지 않았
다.

그렇기에 아무리 강력한 마기언이라도 이계의 존재 앞에선
평범한 일반인이나 다름없었다.

그리고 그것은 이계의 인간인 성시한도 마찬가지였다.

"처음 이놈 만났을 때, 나한테 이런 능력이 없었으면 바로
잡아먹혔을걸?"

십여 년 전을 떠올리며 시한은 웃었다.

당시 아무 힘도 없던 그는 무리에서 떨어진 이그니스 울프
한 마리에게 생사를 위협당했고, 정말 죽기 직전까지 갔다.

그런데도 용케 살아남았던 건 바로 이 '마법 절대 무효화'
능력 덕분이었다.

테라노어의 마수는 투기나 마법을 본능적으로 구사하는 존재다.

즉, 이그니스 울프의 불길 역시 근본적으로는 마법과 전혀 다를 바가 없는 것이다.

"크르르?"

당황한 마수가 몇 번 더 불길을 토했다.

결과는 똑같았다.

시한은 아무것도 하지 않았고, 불길은 알아서 그를 피해 빗나갔다.

"토벌대랑 있을 때야 보는 눈이 있어서 피하는 척했지만, 지금은 굳이 신경 쓸 필요 없으니까."

시한이 검을 빼 들고 몸을 날렸다. 수컷을 해치울 때처럼 간단히 목을 베어버릴 셈이었다. 과연 암컷 늑대도 똑같이 푸른 전격으로 반격했다.

파지지직!

무시하며 시한이 검을 찔러 넣었다.

"미안하다, 안 통한……."

순간 푸른 전격이 정확하게 그의 전신을 덮쳤다.

"으갸갸각!"

비명을 지르며 시한이 통통 뒤로 튕겨 나갔다. 지켜보던 알리타가 멍하니 중얼거렸다.

"오, 데자뷰."

"…따라 하지 마!"

치를 떨며 시한은 벌떡 일어났다. 제논이나 알리타와 달리 전격에 강타당하는 순간 투기로 전신을 감싸 용케 일어날 수 있었다.

오랜 경험이 반사적으로 몸을 방어한 것이다.

늑대가 전격을 파직거리며 달려들기 시작했다. 한번 재미를 보고 났더니 아주 본격적으로 전격을 날린다. 인상을 쓰며 시한도 마주 돌진했다.

"거, 방심해서 당한 거지 애초에 피하려면 못 피할 것도 없거든?"

날아드는 전격을 피하며 순식간에 늑대의 코앞까지 들이닥친다. 시한이 투기검을 전개했다.

"도룡기!"

그대로 시한은 검을 올려 그었다. 섬광이 번뜩이며 마수의 머리가 허공으로 날리며 피가 솟았다. 처절한 비명이 숲을 가득 울렸다.

"크아아아아아!"

일격에 마수를 처리한 뒤 시한이 인상을 찡그렸다.

"뭐지? 왜 나한테 마법이 통하는 거야?"

＊　　　＊　　　＊

단련 수준이 다르기도 하고 남녀의 신체 내구도 차이도 있는지라, 알리타와 달리 제논은 금방 몸을 일으켰다. 얼굴을 붉히며 그가 고개를 숙였다.

"부끄러운 모습을 보여 드렸습니다……."

"그 부끄러운 모습, 우리도 한 번씩 보였다네, 친구."

"그럼요, 사람이 살다 보면 그럴 수도 있죠."

시한과 알리타는 관대하게 제논의 실수를 넘어가 주었다. 자신들도 똑같은 꼴을 당했는데 어찌 타박할 수 있을까? 죽은 암컷 늑대를 보며 세 사람이 투덜대기 시작했다.

"대체 왜 이그니스 울프가 전격을 쓰는 건지 모르겠군요?"

"그리고 어째서 마법이 나한테 먹히지?"

"이해할 수 없는 일이네요."

묘한 공감대가 형성된 덕분에 분위기는 꽤나 화기애애해졌다. 그런데 이해할 수 없는 일이 또 일어났다.

파사사삭…….

죽은 암컷 늑대의 시체가 갑자기 빛을 발하더니 가루가 되어 사라지기 시작한 것이다.

시체가 통째로 입자화되며 점점 삭더니 어느새 완전히 자취를 감춘다. 남은 것은 핏자국과 빠진 털 몇 개가 전부.

어리둥절하며 제논이 주위를 둘러보았다.

"이건 또 무슨 일이지요?"

시한의 안색이 심각해졌다.

"어, 이거……."

그는 이런 광경을 본 적이 있었다.

바로 이계의 마물들이 자신의 세계로 되돌아갈 때 일어나는 현상이었다.

"하지만 그건 소환자의 심장이 불탈 때나 일어나는 일인데?"

과거 광제의 마물 군단이 모두 루스타나드가 직접 소환한 것은 아니었다. 루스클란 황족 중에도 이계 소환술사들은 제법 많았고, 그들은 광제의 명에 따라 이계 마물들을 소환해 부리곤 했다.

아직 혁명군의 힘이 약하던 시절엔 마물보단 소환술사를 노려 역소환으로 마물들을 처리하는 경우도 흔했다.

그래서 이 현상 자체는 알아볼 수 있었다. 하지만…….

"지금 우리는 소환술사를 쓰러뜨린 게 아니잖아?"

이계의 마물도 죽을 땐 그냥 죽는다. 이 세계에 시체를 남긴 채.

"…이계의 존재 같지는 않았는데요."

알리타가 자신 없는 목소리로 말했다. 그녀는 이계의 존재를 느낄 수 있는 것이다.

하지만 여태 그 감각을 느껴본 게 시한과 만났을 때 한 번뿐이어서 확신할 수는 없었다. 심지어 그때도 시한이 자기 정체를 밝힌 다음에나 그 감각이 그 감각인 줄 알았었으니, 더욱 자신이 없다.

"하지만 이계의 마물이었다면 말은 돼."

시한은 뺨을 긁었다. 테라노어의 마법이 통하지 않는 그였지만, 이계 마물들의 특수능력은 별개의 이야기였다.

이계 마물들이 내뿜는 불길이나 전격 등은 시한에게도 통용되었다.

그리고 시한이 다루는 마법일 경우엔, 같은 테라노어의 마법이더라도 다른 마기언들과 달리 이계 마물에게 먹혔다.

그러니 이 늑대가 이계의 마물이었다면 시한이 그 전격에 당한 것도 납득이 가지만…….

"아니지? 그럼 처음에 불길도 먹혔어야 하잖아?"

이그니스 울프가 내뿜었던 불길은 또 잘만 무효화시킬 수 있었다. 게다가 이그니스 울프는 누가 뭐래도 틀림없는 테라노어의 마수였다. 절대 이계의 마물이 아니었다.

머릿속이 복잡해져 시한은 인상을 썼다.

"모르겠네, 뭐가 어떻게 된 거야?"

                    *   *   *

숲에서 마저 하룻밤을 보낸 뒤 시한 일행은 일단 바켈론 영지로 돌아갔다.

답이 안 나오는 문제를 붙잡고 낑낑대고 있어봐야 뭐가 해결되지는 않으니까. 그리고 테드 바켈론에게 착수금을 제외한 나머지 의뢰비 지불을 요구했다.

테드는 흔쾌히 대금을 마저 지불했다.

"그대들이 무사해서 다행이군. 걱정했다네."

기사도에 집착하는 만큼, 돈을 떼먹는 그런 졸렬한 짓도 생각하지 않는 것이다. 덕분에 거래는 깔끔하게 끝났다.

적지 않은 액수다 보니 돈 건네는 집사의 손이 좀 떨리긴 했지만.

성을 나선 뒤 알리타는 금액부터 확인했다.

"맞네요, 두(頭)당 젝센 은화 300닢."

시한이 은화 하나를 들고 떨떠름한 표정을 지었다. 은화에 새겨진 얼굴이 참 낯익었다. 바로 젝센가드 왕국 국왕 폐하의 용안이었다.

"거참, 이런 걸로 그 친구 얼굴을 다시 볼 줄은 몰랐어……."

젝센 은화 600닢이라면 대충 4인 가족이 석 달 정도 생활

할 수 있는 금액이었다.

넉넉하다면 넉넉한 금액이지만, 일국의 왕이 된 옛 동료들에게 접근하려면 시간과 자금이 얼마나 필요할지 모른다.

그걸 감안하면 이 정도론 부족하다.

은화 주머니를 든 채 시한이 미간을 찌푸렸다.

"의뢰 몇 번 더 받아서 좀 더 모았으면 좋겠는데."

알리타가 고개를 저었다.

"일이 그렇게 바로 바로 생길 리가 없잖아요? 이번에는 진짜 운이 좋았던 거지."

의뢰 한 건에 은화 몇 백을 버는 용병들을 보며 일반인들은 그들이 굉장히 돈 많이 버는 줄 아는데, 알고 보면 그렇지만도 않다.

일단 일거리가 있어야지. 아무리 실력이 출중해도 그 실력을 발휘할 건수가 계속 생기진 않는 것이다.

"역시 그렇겠지?"

시한이 난감해하며 혀를 찼다. 말없이 듣고만 있던 제논이 대화에 끼어들었다.

"혹시 돈이 필요하신 겁니까?"

"왜? 돈 좀 있나?"

기대하며 시한이 물었다. 제논이 머리를 긁었다.

"은화 백 닢 정도……."

그동안 기사 월급 알뜰살뜰 저축해 놓았던 걸 여행 경비로 챙겨 온 것인데, 솔직히 말해서 큰돈은 아니었다.

"제가 이래저래 돈을 좀 쓰는 편이어서요."

사실은 '특정인물 관련 프리미엄 상품'을 구입하느라 특히 많이 썼다.

"뭐, 급할 건 없으니까."

시한이 피식거리며 고개를 돌릴 때였다.

"하지만 하이어 시한께서 원하신다면……."

침을 꿀꺽 삼키며 제논이 말을 이었다.

"돈을 마련할 방법은 있습니다."

뭔가 필사의 각오를 다지는 듯한 표정이라 시한과 알리타가 의아해했다.

'응?'

'대체 뭘 하려고?'

*   *   *

사흘 뒤, 카곤 시티 서남부의 한 귀중품 경매장.

화려한 인테리어로 장식된 건물 안쪽에서 두 사내가 진지한 얼굴로 대화를 나누고 있었다.

"오오! 이것이 정녕?"

"확인해 보시죠."

"물론이오, 이런 기물을 어찌 허투루 다룰 수 있을까?"

거구의 사내가 '물건'을 건넸다. 경매장 주인이 정교한 돋보기안경을 꺼내 쓴 뒤 '물건'을 유심히 살피기 시작했다.

"음."

생사대적을 만난 듯 진중하고 차분한 눈으로 모든 것을 철저히 확인한다.

"이 모양, 안쪽에 새겨진 자수의 형태와 획수, 그리고 재질까지……. 모든 것이 전설 그대로군요."

또한 고개를 끄덕이며 서류철도 열심히 뒤진다.

"텔크란 경매소에서의 귀하의 거래 사실 역시 확인되었습니다."

마침내 안경을 벗으며 주인이 확신에 차 말했다.

"진품이군요."

거구의 사내가 당연하다는 표정을 지었다. 경매장 주인이 감별 서류에 도장을 꾹 찍었다.

"이계구원자, 성시한의 유품이 틀림없습니다!"

감별서를 받아 들고 거구의 사내, 제논이 네모난 사각 팬티를 내밀었다. 주인이 조심스러운 동작으로 팬티를 받아 들었다. 이제 이 팬티는 경매장 가장 깊숙한 강철 금고로 옮겨져 철통같은 경비 속에서 지켜질 것이다.

하인에게 지불할 금화를 가져오라 시킨 경매장 주인이 감탄하며 제논에게 물었다.

　"놀랍구려, 어찌 젊은 나이에 이런 보물을 손에 넣으셨소? 가격이 결코 만만치 않았을 것이거늘."

　"후우……."

　제논이 깊은 한숨을 내쉬었다. 그리고 머뭇거리다 입을 열었다.

　"한 푼 한 푼 모아 프리미엄 상품만을 사들였습니다. 가격이 오르길 기다려 그 상품을 팔고 다른 걸 구매했습니다. 그렇게 모은 이계구원자 동상 여덟 개를 명화 한 장과 바꾸었습니다. 그러기를 여섯 번을 하여 겨우 이 귀한 팬티 한 장을 얻게 되었습니다. 이 팬티를 얻느라고 여섯 달이 걸렸습니다."

　제논의 뺨에 눈물이 흘렀다. 경매장 주인이 감동하며 물었다.

　"왜 그렇게까지 애를 써서 그 팬티를 샀단 말이오? 그 팬티로 무얼 하려고?"

　제논이 다시 머뭇거리다가 대답했다.

　"…그저 이 팬티 한 장이 갖고 싶었습니다."

　경매장 주인의 눈시울도 붉어졌다.

　"그대야말로 진정 마니아의 귀감이로구려!"

한편, 시한과 알리타는 경매장 반대편에서 최대한 일행이 아닌 척 딴청을 피우고 있었다.

"난 저런 사람 몰라……."

"저도요……."

제논이 두툼한 금화 주머니를 건네받음으로써 모든 거래는 끝났다. 경매장을 나서는 시한 일행의 뒤로 종업원의 우렁찬 인사가 들려왔다.

"감사합니다, 손님! 안녕히 가십시오!"

*　　　*　　　*

금화 자루를 들어 보이며 시한이 떨떠름한 표정을 지었다.

"이게 내 속옷값이란 말이지?"

기쁨과 아쉬움이 뒤섞인 얼굴로 제논이 말했다.

"그새 가격이 많이 올라 괜찮은 값을 받을 수 있었습니다."

이계구원자의 성유물은 무려 젝센 금화 100닢이라는 거액에 팔렸다. 제논이 샀을 때보다 30퍼센트나 오른 가격이었다. 요새 카곤 시티 경기가 좋아 찾는 사람이 많다는 것이었다.

생각지도 못한 거액이 생겼으니 응당 기뻐해야겠지만, 시한은 여전히 애매한 얼굴로 금화 자루를 바라보고 있었다.

"살다 살다 이렇게 기분 더럽게 돈 벌어보긴 또 처음일세."

뭐랄까, 지구의 어느 열도에서 속옷 내다 파는 원조교제 여고생이 된 기분이랄까?

한편 알리타는 시한의 하체를 유심히 노려보는 중이었다.

"흐음……."

고작 팬티 한 장에 저 정도의 거액이 나왔다.

그럼 저 바지를 홀랑 벗겨 내다 팔면?

"알리타, 내 바지 보지 마라. 이거 벗어준다고 이 돈 벌리는 거 아니다."

저 팬티는 단순히 왕년 성시한이 입던 물건이라 저리 대단한 취급을 받는 것이 아니다. 광제 루스타나드와의 최종 전투에서 사용한, 게다가 그가 지구로 돌아가며 마지막으로 남긴 물건이라서 보물 취급을 받는 것이다.

말하자면 유명 야구 선수의 홈런볼 같은 거랄까?

아무리 전설적인 선수라도 그냥 평소 연습하던 야구공에 저런 가격이 붙진 않는 법이다.

제논이 한숨을 푹푹 내쉬었다.

"후, 이젠 다시 구할 수도 없는 물건인데……."

아무리 시한을 위한 것이긴 하지만, 역시 아깝긴 굉장히 아까운 모양이었다. 알리타가 그런 제논을 보고 고개를 갸웃거렸다.

"정 아쉬우면 시한보고 또 벗어달라고 하면 되잖아요?"

제논과 시한이 동시에 성을 냈다.

"그런 게 아니거든?"

"안 벗어줄 거거든?"

알리타는 마냥 눈만 깜빡거렸다. 아무래도 그녀는 콜렉터의 심리를 전혀 이해 못 한 듯했다. 시한이 금화 자루를 옆구리에 차며 중얼거렸다.

"하여튼 자금은 생겼네, 음."

출처야 어찌 되었든 돈은 돈이다. 그것도 상당한 거액이다. 이미 알리타에게 물어 젝센 금화의 시세도 알아두었다. 젝센 금화는 순금이 아니라 은과의 합금이라서 실제 무게만큼의 가치는 없지만, 그래도 100닢이면 여행자 세 명이 족히 1년은 풍족히 쓸 액수였다.

아쉬움을 떨치고 제논이 시한에게 물었다.

"이제 어찌하시겠습니까?"

시한은 잠시 고민했다. 상당한 시간을 잡아먹을 거라 예상한 자금 확보가 엉뚱한 이유로 해결되어 버렸다. 이렇게 된 이상 좀 더 계획을 앞당겨도 될 것 같다.

"그리운 옛 동료들이 요새 뭐하고 사는지 알아봐야겠지?"

장난스럽게 말했지만 제논은 그 목소리에 담긴 반어법을 놓치지 않았다.

그가 분노를 죽이며 대꾸했다.

"그들은 응당한 벌을 받게 될 겁니다."

이왕 정체가 들킨 이상 별로 숨길 일도 아니고 해서, 시한은 제논에게도 과거 이야기를 들려주었다.

상황을 들은 제논은 광분했다. 어찌나 흥분했는지 오히려 시한이 그를 말려야 했을 정도였다.

"아니, 어떻게 세상에 그렇게 지독한 작자들이 있을 수가 있습니까!"

"뭐, 세상이 그렇더라고."

"간악한 자들! 아, 제가 어리석었습니다! 그런 악당에게 충성을 맹세했었다니!"

"모르면 그럴 수도 있지. 진정해, 진정."

"어찌 진정할 수 있단 말입니까! 진정한 영웅이 더러운 협잡에 의해 비참하게 죽어갔는데!"

"…야, 나 아직 안 죽었어."

덕분에 제논이 충분히 신뢰할 만하다는 건 재확인할 수 있었다. 테라노어 대륙 내 카곤 시티의 위치를 떠올리며 시한이 중얼거렸다.

"가만 있자, 그럼 여기서 세 방향이 있는데……."

서쪽의 릴스타인 왕국.

동쪽의 이나시우스 교국.

북쪽의 젝센가드 왕국.

"누구부터 찾아봐야 하나?"

한 명은 온갖 마법을 구사하는 현명한 마기언이고 한 명은 여신을 섬기는 지혜로운 성직자인 최고위 프린이다. 그리고 남은 한 명은 강대한 투기를 발하는 초인급 소드하이어.

어느 누구나 두고 볼 수 없는 입장이지만, 저 중 제일 만만한 작자를 고르라면 답은 정해져 있었다.

시한이 금화 하나를 집어 들었다. 젝센 금화에 새겨진 강인한 사내의 옆얼굴을 햇살에 비추며 그가 섬뜩한 미소를 떠올렸다.

"역시 젝센가드지."

*   *   *

테라노어 서부, 릴스타인 왕궁의 한 실험실.

커다란 대접에 맑은 물을 붓는다. 평범한 물이 아니라 마수 가탈란의 피와 강력한 마력초인 혼돈의 뿌리, 그리스틸 열매를 뒤섞은 마법 시약이다.

그렇게 물을 부어 수경(水鏡)을 만든 뒤 릴스타인이 가볍게 손을 휘저었다.

"공허를 뛰어넘어, 그 뜻과 꼴을 연결하라."

수경을 통한 장거리 통신 주문이었다. 테라노어의 수많은 마기언 중에서도 극히 일부, 최소 8층 이상의 실력을 지닌 이들만이 가능한 강력한 마법이다. 하지만 릴스타인은 너무도 쉽게 그 마법을 성공시켰다.

수경에 늙은 노인의 얼굴이 비쳤다. 수면이 흔들리며 노인의 목소리가 대접을 통해 들려왔다.

[릴스타인 폐하.]

릴스타인이 거만한 태도로 대꾸했다.

"오랜만이군, 마기언 트란덴."

[예, 폐하.]

마기언 트란덴, 대륙 4대 마탑 중 하나인 청의 상아탑의 대표자가 정중하게 고개를 숙였다.

꽤나 어색한 광경이었다. 노인이 나이도 월등히 많고, 또 마기언으로서는 적의 상아탑을 대표하는 릴스타인과 동등한 위치였으니까.

하지만 마기언 트란덴은 감히 자신을 릴스타인과 동격으로 놓을 수가 없었다. 단지 상대가 일국의 국왕이라서가 아니었다.

문득 수경 표면이 미세하게 흔들린다. 트란덴 쪽에서 수경 컨트롤을 제대로 하지 못하고 있다는 증거다. 릴스타인이 노인을 향해 물었다.

"그대는 아직도 9층에 입문하지 못한 건가?"

[제 실력이 모자라서…….]

노인이 부끄러워하며 대꾸했다. 릴스타인이 혀를 찼다.

"예전처럼 문이 잠겨 있는 것도 아니고, 자네 혼자라면 얼마든지 열람할 수 있는데도 말인가? 쯧, 재능 없는 사람들은 힘들겠군."

[허허허…….]

노인이 어색하게 웃었다. 플로어 마스터인 릴스타인과 달리 트란덴은 아직 청의 상아탑 8층 수준이었다.

비록 청의 상아탑에 그보다 강한 마기언이 없어 마탑을 대표하곤 있지만, 탑의 모든 것을 장악한 진정한 마스터는 아니었다.

천 년의 세월을 지닌 테라노어 4대 마탑, 적백청흑(赤白靑黑)의 상아탑.

아홉 층으로 이루어진 이 거대한 탑들은 루스클란 제국의 초대 황제가 설립한 마법의 총본산이다.

역사상 최강의 마기언이기도 했던 루스클란 대제는 대륙을 통일한 뒤 테라노어 전역에 흩어져 있던 마법의 지식과 지혜를 통합, 정리하고 대륙 전역에 네 개의 탑을 세워 그 성과물을 저장했다.

그리고 마법의 난이도와 위력에 따라 등급을 매긴 뒤 상아탑 각 층마다 분산시켰다.

이후 테라노어의 마기언들은 더 이상 세상을 떠돌아다니며 지식의 파편을 주워 담을 필요가 없었다.

4대 상아탑 중 하나를 선택하면 각자의 수준과 탑의 공헌도에 따라 그 층의 마법을 익힐 자격이 주어졌다. 그리고 자격이 인정되면 위층으로 올라가 더욱 강력하고 뛰어난 마법을 배울 수 있었다.

마기언의 지식이 몇 층에 머무르고 있느냐가 곧 그의 마법 실력을 가늠하는 척도가 되었다. 천 년이 지난 지금은 굳이 상아탑 출신이 아니더라도 '몇 층의 마기언이다'라는 식으로 분류하는 것이 보편적이었다.

그리고 제9층의 모든 마법에 통달한 자는 플로어 마스터라 불리며 마법의 극에 다다른 자로 인정받았다.

대륙에서도 이 경지에 이른 자는 극히 드물어, 제국 시절엔 4대 상아탑의 탑주들과 이계구원자 성시한뿐이었고 현재는 적색의 릴스타인과 백색의 사파란 둘뿐이었다.

청색의 트란덴과 흑색의 브륜딜은 아직 8층 끝자락 수준이다.

이 둘은 루스클란 제국에 충성을 다하던 전대 상아탑주들이 모두 처형당한 뒤 어부지리로 그 자리를 차지한 터라, 실력이 지위를 따라가지 못한 것이다.

무시하는 눈빛으로 트란덴을 바라보다 릴스타인이 질문했다.

"그래, 왜 정규 보고 때도 아닌데 연락을 한 거지?"

[실험체 11호와 12호의 뒤처리 때문입니다.]

노인이 조심스럽게 말을 이었다.

[굳이 따로 사람을 쓸 필요가 없어졌습니다. 아무래도 바켈론 영지에서 자체적으로 해치운 모양입니다.]

"그런가?"

릴스타인은 조금 놀란 표정을 지었다. 그가 듣기로, 바켈론 영지의 주요 전력은 투사급 소드하이어 한 명에 제4층 마기언밖에 없었다.

"그 정도론 전력이 부족했을 텐데?"

[프리 하이어를 고용했다고 합니다. 둘 다 투사급이었다더군요.]

"투사급이 셋? 그럼 그럴 수도 있겠군."

애초에 실험체 11호와 12호는 그리 강력한 마물도 아니었다. 지방 영지에서 알아서 해치웠다고 이상해할 것도 없지.

그래서 릴스타인은 의아해했다. 고작 이 정도 일로 트란덴이 굳이 긴급 보고를 할 리가 없었다.

[그리고…….]

역시나, 트란덴이 두려워하며 말을 이었다.

[…실험체 1호도 놓쳤습니다.]

"뭐?"

릴스타인의 안색이 무섭게 굳었다. 실험체 1호라면 11호, 12호와는 준비한 기간도, 연구의 중요도도 완전히 차원이 다르다.

"이런 미친! 자네들 도대체 일처리를 어떻게 하는 건가?"

극도로 분노한 릴스타인을 보며 트란덴이 안절부절못했다. 연신 고개를 조아리고 또 조아린다.

[죄, 죄송합니다.]

릴스타인은 화를 애써 가라앉혔다. 일이야 이미 터진 것이고, 중요한 것은 수습이다. 냉정한 성품인 그는 분노보다 우선해야 할 일을 잘 파악하고 있었다.

"마지막 기회를 주지. 빠른 시일 내에 실험체를 처리하고 최대한 흔적을 지워."

트란덴이 연신 고개를 끄덕였다.

[모두 준비해 두었습니다! 이번엔 절대 실수하지 않을 겁니다!]

"물론 그렇겠지."

음성을 낮추며 릴스타인이 싸늘한 눈빛을 보냈다.

"8층 수준의 마기언은 세상에 얼마든지 있다, 트란덴. 자신의 등 뒤에 새로운 탑주 후보가 줄을 서고 있다는 사실을 염두에 둬야 할 것이야."

[예, 폐하.]

릴스타인이 수경 표면을 가볍게 훑었다. 그걸로 통신 주문이 멈췄다. 도로 평범한 수면이 된 물그릇을 보며 노인이 한숨을 깊게 내쉬었다.

"휴우, 일단 한 번 더 기회는 주시는군."

Chapter 4

세상이 바뀌면 인간도 바뀐다

젝센가드 왕국은 테라노어 중부, 서빌라엔 강이 발원되는 테론 산맥과 센벨트 분지를 중심으로 세워진 내륙 국가였다.

혁명 7영웅의 일원인 젝센가드 라텐베르크는 자신의 고향이기도 한 이 땅에 나라를 세우고 국민들 앞에서 약속했다.

더 이상 가혹한 압제와 폭정은 없다고.

더 이상 굶주리는 자도, 억울하게 죽어가는 자도, 강제 노역에 끌려 나와 노예로 살아가는 자도 없을 것이라고.

국민들은 환호하며 위대한 혁명 영웅에게 무한한 지지를 보냈다.

그리고 십 년이 지난 지금······.

영웅의 약속은 이루어지지 않았다.

화려한 궁궐이었다. 대리석으로 올린 벽과 화강암으로 다져진 지붕 아래 넓은 전당이 펼쳐져 있었다.

사실 대리석이나 화강암 정도로 딱히 호사스럽다고 할 순 없다. 젝센가드 왕국이 위치한 테론 산맥은 광대한 대리석과 화강암의 산지다.

다른 왕국에서야 대리석 건축물이 부와 사치의 증명이겠지만 이곳에선 그냥 발밑의 석재 캐다 쓴 것에 지나지 않는 것이다.

그러나 그 대리석이 번쩍이는 황금 장식으로 치장되고 값비싼 태피스트리와 어울려 휘황찬란한 광경을 연출한다면, 분명 호사스러운 것이 맞다.

호화스러운 전당 안에서 한 사내가 호탕하게 웃었다.

"하하하하!"

40대 초반의 건장한 남자였다. 흑갈색 머리에 검은 눈동자, 떡 벌어진 어깨와 탄탄한 구릿빛 근육, 거대한 육체 위로 아로 새겨진 오래된 흉터 자국들이 그가 산전수전 다 겪은 강인한 전사임을 증명하고 있었다.

그 앞에 온갖 산해진미가 가득한 테이블이 보였다. 만찬을 앞에 두고 남자가 연신 술을 들이켰다.

"이 술은 맛이 각별하군!"

곁에 앉은 금발 미녀가 아양을 떨었다.

"사파란 왕국의 명주라 하옵니다, 폐하. 이번에 특별히 옛 우정을 기리며 선물했다고 하더군요."

"그래? 허허! 사파란 그 친구, 예전엔 깐깐하더니 요샌 많이 둥글어졌나 보구나."

남자, 이 나라의 국왕이자 혁명 7영웅의 일원이었던 젝센가드는 갈색 수염을 매만졌다. 그리고 곁에 앉은 미녀들을 돌아보았다.

"귀여운 것들, 너희도 한잔하겠느냐?"

다양한 외모의 여인들이었다. 백금발의 브리안인, 대륙 서부의 슬로커스인, 남부의 라한 민족은 물론이고 심지어 보기 드문 검은 피부의 네칸 민족 미녀도 보인다.

삼십여 명 정도의 여인이 요염한 복장으로 젝센가드를 시중들고 있었다. 모두 그의 후궁이었다.

"성은이 망극하옵니다, 폐하."

"감사합니다, 폐하."

미녀들이 하나같이 간드러진 목소리로 애교를 떤다. 여인의 목소리와 맞물려 아름다운 음악이 흐른다. 홀 한쪽에 위치한 왕궁 악사들이 연주하는 음악이다.

젝센가드는 더욱 즐거워했다.

"하하, 좋구나!"

맛있는 술과 음식이 있고, 아름다운 미녀가 있으며, 아름다운 음악이 있다.

사내로 태어나 이보다 더 행복한 순간이 과연 있을까?

젝센가드가 술잔을 기울이며 중얼거렸다.

"하하, 제국에게 쫓기던 그 순간이 꿈처럼 느껴지는구나."

그때 한 목소리가 산통을 깼다.

"폐하, 오늘도 파티를 여셨습니까?"

깔끔한 흰옷을 걸친 육십 대 사내가 홀로 들어섰다. 그를 보며 젝센가드는 눈살을 찌푸렸다.

"무슨 일인가, 시종장?"

난잡한 홀의 분위기를 보며 시종장은 한숨을 쉬었다. 그리고 조심스레 입을 열었다.

"술자리가 너무 잦은 게 아니신지……."

젝센가드가 눈을 껌뻑이더니 물었다.

"술 떨어졌나?"

"그건 아닙니다만……."

"돈 떨어졌나?"

"그것도 아닙니다만……."

"그럼 뭐가 문젠가?"

젝센가드가 안심하고 다시 만찬을 즐기기 시작했다. 늙은 시종장은 한 번 더 한숨을 내쉬었다.

"허어……."

마음 같아선 크게 호통을 치고 싶었지만 상대는 국왕이었다. 그것도 바른말 잘 들어주는 좋은 국왕이 아니라, 귀에 거슬리는 직언은 크고 아름다운 주먹으로 응답해 주는 난폭한 왕이었다.

그렇다고 그냥 두고 볼 수만도 없다. 목숨을 걸고 시종장이 충언을 날렸다.

"요즘 들어 너무 사치를 즐기시고 국정을 멀리하시는 것 같아서 걱정입니다, 폐하. 이러다간 어리석은 백성들이 폐하에게서 광제의 모습을 보지 않을까 염려되어……."

대놓고 말해 버리면 목숨이 오락가락할 테니 살짝 돌려 말하는 시종장이었다. 그리고 그 조심스러움 덕분에 아쉽게도 그는 바라던 결과를 얻지 못했다.

"음? 광제? 하하하! 걱정 말게나! 난 그런 어리석은 군주가 아니니까!"

저 멍청한 국왕 폐하께선 돌려서 말하면 알아듣지를 못하시는 것이다. 시종장은 속으로 한탄을 터뜨렸다.

초인급 소드하이어인 젝센가드는 난세의 영웅이 되기에 충분한 자였다. 적을 베고, 병사들을 이끌고, 가로막는 모든 것을 부수는 데 그 누구보다도 특화되어 있었다.

그는 분명 훌륭한 전사이자 장수였다.

하지만 이 모든 재능은 훌륭한 국왕이 되는 것과는 아무런 상관이 없었다.

십 년의 세월 동안 영웅은 암군이 되었다. 광제가 그랬던 것처럼 젝센가드 역시 미녀를 끌어모으고, 세금을 과하게 부과하고, 반항하는 백성들을 억누르고, 거대한 왕궁을 짓게 했다.

그런데도 젝센가드는 자신이 광제와는 전혀 다른, 올바른 국왕의 길을 걷고 있다고 믿어 의심치 않았다.

'돈 안 모자라다며? 그런데 내가 무슨 사치를 즐긴다는 거야?'

그야 모자랄 리가 없었다. 왜냐면 젝센가드 왕국은 자그마치 국민 재산의 절반에 달하는 액수를 세금으로 걷고 있었으니까.

이 정도면 역사적으로 봐도 상당히 과중한 세금이다.

하지만 그는 진심으로, 자신이 관대하고 자비롭게 세금을 걷는다고 여겼다. 왜냐면 광제 루스타나드 시절에는 60퍼센트 이상 뜯어 갔었거든.

'무려 10퍼센트나 깎아줬구먼.'

다른 것 역시 마찬가지였다.

광제는 무려 1만의 후궁을 거느렸지만, 그는 고작 천여 명 정도였다.

광제는 수백 개의 마을과 도시를 불태웠지만 그는 고작 수십 개만을 벌했다.

광제는 수십만 명을 노역에 부려먹었지만 그는 고작 수만 명만을 징집했다.

'충분히 훌륭한 왕이잖아?'

이 정도도 못하고 살 거라면 뭐하러 왕이 됐단 말인가? 그 고생해서 이 자리에 오르고, 다른 이들을 지배한 것도 다 떵떵거리며 호사를 누리기 위한 것이 아닌가?

백성들의 불만이 쌓여가고 있었지만 젝센가드는 무시했다.

'하여튼 어린놈들은 옛날이 얼마나 참혹했는지도 모르고 배부른 소리만 하고 있다니까?'

나름 근거도 있었다. 나이 든 자들은 여전히 젝센가드를 지지하고 있었던 것이다.

그래도 지금이 옛날보단 나았으니까.

여전히 굶주린 자가 있고, 억울하게 죽어가는 자가 있고, 비참하게 살아가는 자가 있지만… 그래도 그 숫자가 예전보다는 '조금' 줄어들었으니까.

"알아들었으니 이만 물러가게, 시종장."

젝센가드가 귀찮다는 듯 손을 내저었다. 소용없다는 걸 깨닫고 노인도 포기했다.

"예, 폐하."

그렇게 다시 파티가 이어질 때였다. 넓은 홀 안에 다른 사십 대 남자가 모습을 드러냈다. 상당히 왜소하고 삐쩍 마른 염소수염의 사내였다.

그가 넙죽 바닥에 엎드리더니 외쳤다.

"위대한 혁명의 영웅, 젝센가드 폐하를 알현하옵니다!"

"오, 켈테론 공. 무슨 일인가?"

"긴히 고할 것이 있어 이렇게 무례를 범하였나이다. 부디 용서를."

켈테론은 고개를 들지 않은 채 용서부터 빌었다. 아무리 국왕 앞이라지만 지나치게 비굴한 태도였다.

하지만 젝센가드는 흡족해했다. 역시 왕 앞에 선 신하라면 저런 태도를 보여야 하는 것이다. 저 노시종장이 너무 꼬장꼬장한 거지.

'그 양반, 슬슬 은퇴시킬까?'

딴생각을 하는 동안 켈테론이 서류 하나를 건넸다. 그걸 대충 훑어보더니 젝센가드가 인상을 썼다. 뭔가 복잡해 보이는 행정 서류였다.

'귀찮게 뭐 이런 걸 굳이.'

제대로 훑어보지도 않고 젝센가드가 서류를 도로 던졌다.

"자네가 알아서 처리하게."

자신은 위대한 왕이었다. 세계를 구한 영웅 중의 영웅이었다. 그런 자신이 저런 '하찮은' 업무까지 신경 쓸 이유가 어디 있단 말인가?

'무릇 왕의 책무는 연약한 백성들을 보호하는 것!'

그러니까 이런 잡다한 서류 따윈 신경 쓰지 않아도 된다. 젝센가드는 스스로의 판단에 만족했다.

서류를 받아든 켈테론이 다시 한 번 고개를 넙죽 숙였다.

"명대로 행하겠습니다, 위대하신 젝센가드 국왕 폐하!"

*　　　　*　　　　*

카곤 시티를 떠난 지 보름째. 계속 북쪽으로 이동한 성시한 일행은 마침내 젝센가드 왕국의 수도, 라텐셀에 도착했다.

센벨트 분지 내에 위치한 이 도시는 그야말로 천혜의 요새다. 험한 산세와 좁은 진입로로 이루어진 철통같은 방어선……. 만약 다른 나라에서 라텐셀을 도모하려 한다면 최소 10만의 군세가 필요할 것이다.

높은 성벽, 투박한 망루, 그리고 그 안에 펼쳐진 거리와 건물들을 바라보며 시한이 혀를 찼다.

"…일국의 수도치곤 생각보다 작은데?"

애초에 적이 쳐들어오기 힘들다는 건 유동인구나 물자가 오가기 어렵다는 소리도 되는 것이다.

도시가 성장하려면 외부와 교류가 활발해야 할 텐데 문 꼭 꼭 걸어 잠그고 구석에 콕 처박혀 있으니 커질 리가 있나?

상식적인 행정가라면 굳이 수도로 정하지 않을 위치였다. 하지만 시한은 오히려 납득했다.

'하긴 그 무식한 젝센가드 놈 머릿속에야 사람 사는 곳=요새라는 개념밖에 없겠지.'

그래도 명색이 수도는 수도인지라 상당수의 인파가 성문을 통해 드나들고 있었다. 인파에 섞여 시한 일행은 도시 안으로 들어갔다.

거리 이모저모를 살피며 시한이 중얼거렸다.

"차라리 카곤 시티가 훨씬 일국의 수도답군."

왕도 라텐셀의 규모는 카곤 시티의 십분지 일 정도밖에 되지 않았다. 알리타가 어깨를 으쓱였다.

"에이, 원래 카곤 시티보다 큰 도시는 대륙에 거의 없어요."

카곤 시티는 구 사우스 클라니움, 제국 4대 지방 수도 중 하나로 수백 년에 걸쳐 증축된 곳이다. 그런 카곤 시티와 생긴 지 십 년밖에 안 된 신생 도시와 비교하긴 좀 그렇지.

제논도 첨언했다.

"현재 테라노어에선 릴스타인 왕국의 수도 델스트레이와 이나시우스 교국의 리자테리움, 사파란 왕국의 아올라드 정도만 카곤 시티와 규모가 비슷할 겁니다."

"어, 그럼 그 도시들은 카곤 시티만큼 크단 말이야?"

듣고 있던 시한이 놀란 표정을 지었다. 십 년밖에 안 지났는데 다른 나라는 그 정도로 큰 도시를 세웠나?

알리타가 고개를 저었다.

"그야 그곳이 왕년의 웨스트 클라니움, 이스트 클라니움, 노스 클라니움이니까요."

"아, 그냥 기존 제국 4대 도시를 그대로 수도로 바꾼 건가."

"황도 클라틸이야 상징적인 의미로 불태웠겠지만, 굳이 다른 도시까지 싹 다 밀어버릴 이유는 없지 않겠습니까?"

그렇게 대화를 나누며 시한 일행은 계속 거리를 걸었다. 문득 제논이 물었다.

"여관을 잡을까요, 하이어 시한?"

시한은 고개를 저었다.

"이왕이면 조용한 거처를 마련하고 싶군."

차원을 넘느라 잃은 힘을 되찾으려면 조용한 수련 장소가 필요하다.

알리타의 신분상 남의 눈에 띄는 것도 별로 좋은 일은 아니다. 그런데 여관에 장기 투숙할 경우 아무래도 불특정 다수와 자주 마주칠 수밖에 없다.

"적당히 외진 데에 머무를 곳을 구했으면 좋겠는데."

"옳은 말씀입니다."

제논도 그 의견에 동의했다. 그리고 난처한 표정을 지었다.

"그런데, 외지인이 집을 구하려면 보통 어떻게 해야 하죠?"

"…나도 모르지?"

제논이 눈을 껌뻑였다. 시한도 눈을 껌뻑였다.

릴스타인 왕국의 기사로 살아온 제논이 타국에 집 장만할 일이 언제 있었겠나? 그리고 시한도 물론 왕년에 많은 경험을 쌓았지만, 정식으로 부동산을 구입한 적은 없다.

그런 건 다른 동료들이 알아서 처리했었으니까.

"어, 어쩌지?"

"글쎄요?"

그때 의외로 알리타가 수완을 발휘했다. 언제 도망쳐 새 보금자리를 찾아야 할지 모르는 만큼, 어릴 적부터 케란이 교육을 시켜놓았던 것이다.

"일단 중개인부터 찾아요. 교역인들을 상대하는 이들이 있을 거예요."

알리타 덕분에 시한 일행은 라텐셀 서부 외곽에 허름한 집 한 채를 구입했다. 중개인과의 거래를 떠올리며 그녀가 의아해했다.

"생각보다 깔끔하게 끝났네요? 외지인이라 바가지 씌우려 할 줄 알았는데."

이 집을 시한 일행에게 소개한 중개인은 적정가만을 요구했다. 딱히 돈을 올려 받으려 하거나 계약을 이용해 추가금을 요구하지도 않았다.

시한이 쓴웃음을 지었다.

"그야 깔끔하겠지."

중개인이 저렇게 군 이유는 간단하다. 바로 알리타 뒤에서, 두꺼운 강철갑옷 차림에 거대한 검을 등에 찬 신장 2미터의 우락부락한 근육질 전사가 눈을 부라리고 있었던 것이다.

"한탕 하고 이 도시 뜰 것도 아닐 텐데 문제 생길 일을 굳이 만들려 할 리가 없잖아?"

그래서 결정된 금액이 금화 50닢, 적은 돈은 아니지만 수도의 집값치고는 굉장히 저렴하다. 하지만 집이 위치한 거리를 보면 충분히 납득이 가는 가격이기도 했다.

주변 거리에 온통 작고 낡은 건물들밖에 없다. 오가는 주민들의 행색도 남루하다. 이곳은 라텐셀에서도 가장 가난하고 낙후된 지역인 것이다.

거리를 둘러보며 제논이 한탄했다.

"아, 하이어 시한께서 이런 누추한 곳에 머무르셔야 하다니!"

반면 시한은 오히려 즐거워했다.

"난 좋은데? 고향에 돌아온 기분이야."

밑바닥을 전전하던 시한이었다. 혁명군과 합류한 후에도 항상 어둠 속에 숨어 살았다. 혁명 7영웅이라 불리던 때에도 호의호식 따윈 누려본 기억이 없다.

그런 시한의 추억 속, 테라노어의 거처는 항상 이런 분위기였다.

누추하고 허름한 숙소를 전전하던 시절, 하지만 그곳엔 신뢰할 수 있는 동료가 있었고 사랑하는 여인이 있었지…….

"으음……."

가슴 한구석이 아려와 시한은 무심코 주먹을 쥐었다. 알리타가 그의 눈치를 보았다.

"시한?"

"아니, 아무것도 아냐."

애써 표정을 관리하며 시한은 고개를 들었다.

어쨌거나 집은 꽤 마음에 든다. 방 2개에 다락이 있는 목조건물, 크기는 작지만 뒤에 마당이 있고 다른 건물로 시야가 가려져 수련을 하기에도 좋은 위치다.

뭐, 제논은 여전히 불만인 것 같지만.

"이럴 줄 알았으면 제 집도 팔아버릴걸 그랬습니다. 그랬다면 하이어 시한께 좀 더 근사한 거처를 마련해 드릴 수 있었을 텐데."

열심히 장만한 집일 텐데 일말의 미련도 없는 듯한 말투였다. 시한이 손을 내저었다.

"에이, 그럴 필요까진 없고."

어차피 릴스타인 왕국도 언젠가는 가야 할 곳이다. 미리 거점을 마련해 둔 셈이니 나쁜 일이 아니지.

현관을 향해 시한이 걸음을 옮겼다.

"그럼 들어가 볼까?"

집 안은 생각보다 더럽지 않았다. 그러니까⋯ 벽마다 곰팡이에, 천장엔 거미줄이 가득하고, 바닥엔 쥐똥이 데굴데굴, 먼지가 수북하게 쌓인 건 애교로 봐줄 수준?

전셋집 찾는 한국인이라면 기겁하고 도망갈 폐가겠지만, 테라노어 기준에서 이 정도면 적당히 살 만한 수준이다. 알리타도 집 안을 훑어보며 말했다.

"대충 청소 좀 하면 괜찮겠네요?"

"그렇지? 여기서 평생 살 것도 아닌데."

어차피 젝센가드와의 일이 해결될 때까지만 머물 임시 숙소다. 시한과 알리타는 만족스러운 듯 웃었다.

그러나 제논은 신음했다.

"으으⋯⋯."

신음과 동시에 얼굴이 새빨개진다. 이마에 혈관도 돋는다.

제논이 고함을 터뜨렸다.

"으아아아!"

"뭐, 뭐야?"

"갑자기 왜 그래요?"

시한과 알리타가 놀라 그를 바라보았다. 하지만 제논은 반응하지 않았다. 살기마저 띠며 집 안을 한 차례 훑어보더니…….

"참으로 저주받은 곳이로다!"

그대로 부리나케 집밖으로 뛰쳐나가 버렸다.

"……?"

황당해하며 시한과 알리타도 따라나섰다. 제논은 어느새 맹렬히 질주해 거리 저편으로 달려가고 있었다. 뒷모습을 바라보며 시한이 멍하니 중얼거렸다.

"저 친구 왜 저래?"

제논이 보인 분노의 질주, 그 이유는 곧 밝혀졌다.

잠시 후 다시 나타난 그의 손에 대걸레와 먼지털이, 그 외 온갖 청소용품이 가득 들려 있던 것이다.

"비키십시오, 시한! 알리타! 이런 곳을 그냥 놔둘 순 없습니다!"

그리고 장갑을 끼고 입을 천으로 가리더니 바로 빗자루를 뽑아 든다. 딱 봐도 청소하겠다는 폼인데, 왠지 풍기는 기세는 대군을 맞이한 군대의 장군과도 비견될 지경이다.

"아니, 청소하는 것 가지고 뭘 그리……."

어이없어하면서도 시한과 알리타는 먼지털이를 하나씩 집어 들었다. 이왕 사 온 거, 같이 청소나 해야지.

그런데 제논이 둘을 향해 눈을 부라렸다.

"나가시오! 문외한은 방해만 될 뿐이니!"

단호하기 그지없는 목소리였다. 감히 범접할 수 없는 기운마저 느껴진다. 자기도 모르게 고개를 끄덕이며 두 사람은 순순히 집 밖으로 나갔다. 그리고 안을 바라보며 기막혀했다.

"웬 문외한? 그럼 자기는 전문가라는 거야?"

"기사면서 무슨?"

제논은 숨을 고르며 집 중앙에 섰다. 그리고 기합을 터뜨리며 투기를 전력으로 끌어 올렸다.

"타아아앗!"

광풍이 불어 집안의 먼지를 싹 다 날렸다. 창문이며 문을 통해 오래된 먼지가 뭉게구름이 되어 피어올랐다. 밖에서 안을 살피던 알리타가 어이없어하며 말했다.

"투기의 폭발로 먼지를 털겠다는 건 대체 어디서 나온 발상이래요?"

"그래도 효과는 진짜 좋은데?"

제논의 투기를 감지하며 시한은 혀를 내둘렀다. 광풍이 휘몰아치고 있는데도 집 자체엔 거의 손상을 주지 않고 정확하게 먼지만 날아가고 있었다. 투기 제어가 굉장히 세밀하다는 증거다.

'어째 굉장히 익숙한 게 한두 번 해본 짓이 아닌 것 같기도 하고.'

뒤이어 요란한 굉음이 울려 퍼진다. 우르릉거리는 뇌성에 창문마다 빛이 번쩍번쩍하고, 먼지가 날리고, 광풍이 분다.

창밖으로 계속 쓰레기가 날아오는 걸 보면 분명 청소를 하고 있긴 한 것 같은데…….

"뭔 청소가 저렇게 풍운조화를 동반해?"

왠지 끼어들기 무서워 시한과 알리타는 뒷마당으로 향했다. 거기서 적당히 몸이나 풀며 청소가 끝나길 기다린다. 그렇게 반나절이 지나고서야 겨우 제논이 출입 허가를 내주었다.

"들어오십시오, 하이어 시한, 알리타."

두 사람은 황당해하며 다시 안으로 들어갔다. 그리고 집 안을 둘러보며 더욱 황당해했다.

"야, 이거?"

"우와……."

입을 쩍 벌린 채 말문을 잃은 둘을 향해 제논이 겸연쩍은 표정을 지었다.

"여전히 초라하지만 그래도 몸 뉘일 정도는 될 겁니다."

비록 겸손하게 말하긴 했지만, 그의 얼굴엔 뿌듯함이 가득 차 있었다. 자신의 솜씨가 자랑스러운 모양이었다. 그리고 시한과 알리타는 그 뿌듯함에 일말의 토도 달 생각이 없었다.

더러운 흔적 하나 없는 깔끔한 천장, 새하얀 벽, 매끈한 바닥, 구석구석마다 거미줄은 고사하고 먼지 한 톨 보이지 않는다. 반나절 전까지만 해도 폐가였던 곳이 무슨 모델하우스가 되어버렸다!

알리타가 진심 어린 감탄을 흘렸다.

"정말 전문가였구나, 제논 씨……."

왜 소드하이어이자 일국의 기사가 전문가급 청소 실력을 가지고 있는지는 모르겠지만 말이지.

정말 무시무시할 정도로 집이 싹 달라졌다. 특히나 오래된 얼룩으로 더럽혀져 있던 벽과 천장은 무슨 수로 깨끗하게 만들었는지 짐작조차 가지 않는다. 한국이라면 벽지를 바르거나 페인트를 칠하거나 했겠지만 그런 것도 없이 어떻게?

"투기검으로 표면을 깎고 걸레질한 뒤 메탈 나무 수액으로 마감했지."

"그게 돼요?"

알리타가 기겁했다. 제논이 왜 놀라냐는 듯 대답했다.

"투기검으로 포를 뜨는 감각으로 하면 된다. 별로 어려운 일도 아니다."

"투기검으로 포를 뜨는 것부터가 엄청나게 어려운 거잖아요!"

어쨌든 대단한 솜씨였다. 그것도 참 쓸데없이 대단한 솜씨였다.

시한이 허탈한 표정을 지었다.

"아니, 평생 살 집도 아닌데 뭘 이렇게까지……"

어차피 이곳은 임시 거처인 것이다. 그런데도 제논은 성에 차지 않는지 연신 집 안 구석구석을 살피는 중이다.

"제논 너, 혹시 결벽증 있냐?"

"지저분한 걸 싫어하는 것뿐입니다. 앗! 저기 미처 닦지 않은 얼룩이?!"

그토록 숭배하던 시한의 말조차 씹고 맹렬히 창가로 달려가 걸레질을 하기 시작한다. 하긴, 아까도 영웅이고 나발이고 바로 집에서 쫓아내 버렸었지?

시한은 납득했다.

"…결벽증 맞구만."

알리타도 납득했다.

'아, 그래서 그때!'

왜 제논이 그녀가 토한 피 정도에 집중이 흩어졌는지 이유를 알았다. 알리타는 속으로 회심의 미소를 지었다.

'나중에 제논 씨랑 싸울 일 생기면 침부터 뱉어야겠다.'

이팔청춘 십 대 소녀 주제에 잘도 더러운 전술부터 세우는 알리타였다. 저 검은 속을 아는지 모르는지, 마저 걸레질을 마친 제논이 집을 둘러보며 말했다.

"이제 적당히 가재도구를 갖추면 한동안 거주하기엔 부족함이 없을 겁니다."

"그렇군. 수고했어."

시한은 기분 좋게 웃었다.

실제로 기분이 좋았다. 테라노어로 귀환해서 마련한 첫 거점인 것이다. 그것도 엄청나게 깨끗하고 산뜻한!

"시작이 좋은데?"

턱을 매만지며 시한이 미소를 떠올렸다.

"그럼 이제 어떻게 젝센가드에게 접근을 해야 하려나?"

＊ ＊ ＊

성시한 일행이 새 집에 머무른 지도 1주일이 지났다.

그동안 시한은 바닥난 투기와 마력을 회복하는 데 전념했다. 그 와중에 틈틈이 알리타와 제논을 통해 현 대륙의 정세에 대해서 파악하는 것도 게을리하지 않았다.

현재 테라노어 대륙을 지배하는 육왕국.

이는 각자의 국력에 따라 2강, 2중, 2약으로 나뉘어 있었다.

처음에는 서로 격차가 크지 않았던 육왕국이다. 시한을 제외한 다른 혁명 6영웅은 다들 비슷한 실력에 비슷한 명성, 비슷한 세력을 지니고 있었으니까.

하지만 십 년이 지나며 아무래도 국력이 꽤나 차이가 나게 되었다.

적색의 릴스타인이 세운 릴스타인 왕국과 크론 리자테의 여교황, 카렌 이나시우스가 세운 이나시우스 교국이 2강이었다. 현재 이 두 나라는 테라노어에서 가장 많은 인구와 재력을 지니고 있었다.

백색의 사파란이 세운 사파란 왕국과 은형의 레비나가 건국한 팔로스 왕국은 2중에 속했다. 이들 역시 상당한 국력을 지니고는 있지만, 아무래도 위의 두 나라보단 한 수 처진다는 평을 받고 있었다.

마지막으로 뇌화(雷火)의 테오란트와 대지 파괴자 젝센가드의 나라가 2약이었다.

둘 다 소드하이어 출신이라 그런지 정책이 합리적이지 못해 십 년 동안 그리 큰 발전을 꾀하지 못했다.

그렇다고 육왕국의 국력이 서로 몇 배씩 차이 날 정도는 아니다.

2약인 테오란트 왕국과 젝센가드 왕국이 손을 잡으면 2강인 릴스타인 왕국이나 이나시우스 교국도 단독으론 감당하지 못하는 수준이다.

그러다 보니 현재 육왕국 사이엔 꽤나 알력이 많다고 한다.

"최근 크게 터진 건 역시 카곤 전쟁이죠."

2년 전을 떠올리며 알리타가 말했다.

카곤 시티의 지배권을 두고 일어난 카곤 전쟁, 당시 릴스타인 왕국과 이나시우스 교국은 서로 카곤 시티를 차지하려 군사를 일으켰다.

결국 대규모 전쟁으로 이어질 것을 우려한 남은 왕국들이 중재에 나섰고, 그 중재 방식은 꽤나 난폭한 것이었다.

사파란은 젝센가드를 부추겨 어느 쪽이든 카곤 시티를 차지하면 젝센가드 왕국은 반대편에 붙을 것이라 선포하도록 만들었다.

젝센가드 입장에서도 전혀 나쁜 이야기가 아니었다.

슬쩍 한발 얹는 것만으로 부유한 카곤 시티의 일부를 얻게 될 테니까.

결국 이러지도 저러지도 못하게 된 릴스타인과 카렌 이나시우스는 협정을 맺었고, 젝센가드와 함께 카곤 시티의 지배권을 나눠 가졌다.

"다들 티격태격하고 있다는 이야기군."

시한은 차갑게 웃었다.

그의 입장에선 나쁜 이야기가 아니었다. 만약 여섯 명이 똘똘 뭉쳐 있었다면 아무리 시한이 왕년의 힘을 되찾아도 복수가 결코 쉽지 않았을 테니까.

'보나마나 사이좋을 리가 없을 거라 예상은 했지만.'

피를 나눈 형제조차도 권력이 생기고 추종자가 늘어나면 이해득실에 따라 사이가 갈리게 마련이다.

괜히 역사적으로 왕실에서 그토록 피바람이 분 게 아닌 것이다. 심지어 피도 통하지 않은 동료 사이라면 볼 것도 없다.

물론 역사적으론 정말 위대하고 훌륭한, 왕다운 왕도 있어서 정의로운 통치를 하는 경우도 없지는 않았지만…….

'그 정도로 제대로 된 인간들이었으면 애초에 날 지구로 쫓아냈겠냐?'

비릿한 웃음을 띠우며 시한은 알리타를 바라보았다.

"그나저나 연습은 잘돼가?"

현재 두 사람은 집 뒷마당에 나와 수련 중이었다. 시한은 평소처럼 투기와 마력을 회복시키고 있었고, 알리타는 새로 익힌 투기술을 연마하는 중이다.

"끙, 그게… 아우! 또 실패네."

낑낑대던 알리타가 인상을 썼다. 예쁘장한 그녀의 얼굴이

기이하게 일그러지며 흉해지더니 이내 원래 모습으로 돌아간다.

"이거 어렵네요."

"너무 서두를 필요 없어. 레비나도 기초 잡는 데만 한 달 넘게 걸렸으니까."

그녀는 지금 시한에게서 전수받은 천변기를 수련하고 있었다.

안 그래도 탐나던 기술이었다.

예전에야 곧 헤어질 사이라 생각해 미련을 갖지 않았지만 지금은 상황도 변했다. 여유가 생기자 알리타는 시한에게 천변기를 가르쳐 달라고 졸랐다.

시한 입장에서도 그녀의 정체가 드러나면 좋을 것 없으니 흔쾌히 승낙했다.

시한이 한 번 더 천천히 설명했다.

"너무 성급하게 굴지 말고. 마음을 가라앉히며 얼굴 전체에 보이지 않는 손이 있다고 생각해. 그리고 뭔가를 덧씌운다는 느낌으로 투기를 스며들게 해봐. 투기로 얼굴을 바꾼다기보다는 보이지 않는 기운으로 화장을 한 다음, 그걸 투기로 고정시킨다는 감각이 더 정확할 거야."

알리타는 한 번 더 시도해 보았다. 그리고 실패했다.

"…어우, 그래도 너무 어려운데. 뭔가 다른 설명은 없어요?"

천변기에 대한 시한의 설명은 할 때마다 전부 똑같았다. 항상 같은 표현, 같은 비유뿐이었다. 보통 스승이 제자를 가르칠 땐 좀 더 다각적으로 설명해 주는 법이다.

시한이 쓴웃음을 지었다.

"사실 나도 이게 뭔 소리인지는 몰라. 난 저런 식으로 천변기를 만든 게 아니라서."

"엥? 그럼 그 설명은 대체 뭔데요?"

"저건 레비나가 천변기를 익힌 다음 심복들에게 가르칠 때 했던 설명이야. 나도 그걸 그냥 앵무새처럼 반복할 뿐인지라……."

어처구니없어 하며 알리타가 눈을 흘겼다.

"그럼 시한이 익힌 대로 가르쳐 주면 되잖아요?"

"그게 불가능한 게……."

시한이 머리를 긁적였다.

"난 테라노어인이 아니라 지구인이잖아?"

지구인과 테라노어인은 흡사한 신체 형질을 지니고 있다. 선례는 아직 없지만, 아마 둘 사이에 자손도 생길 것이다.

하지만 유독 극명하게 차이가 나는 부분도 있었다.

"난 테라노어인이랑 투기나 마력을 느끼는 방식이 전혀 달라."

성시한이 예전 테라노어에서 투기술과 마법을 배울 때의 일이었다.

그가 딱히 천재적인 두뇌나 육체를 지닌 것은 아니었다. 당연히 무술을 익히고 몸을 움직이고 마법 술식을 외우는 데는 상당히 고생을 했다. 학교 공부와 달리 목숨이 걸린 일인 만큼 게으름을 피우거나 하진 않았지만, 그래도 몇 번이나 반복하며 겨우겨우 익혔다.

그런데 투기와 마력을 느끼고 운용하는 것만큼은 황당할 정도로 쉬웠다.

"알리타, 넌 투기를 어떤 식으로 느끼고 운용했어? 아마 오랜 시간 공들여 집중하고 감각을 발달시키며 차근차근 단계를 밟아나갔겠지?"

"네, 당연한 것 아닌가요?"

투기란 모든 생명체가 타고 태어나는 생명기와 세상 전체에 퍼진 자연기를 내외 동조시켜 만들어내는 제3의 힘이다. 처음부터 가지고 태어난 기운이 아닌 만큼 감지하는 데도 공을 들여야 하고 그것을 다루기 위해선 더욱 고도의 감각이 필요하다.

비유하자면, 눈을 감은 채 거대한 창고 안을 더듬어 하나하나 살펴가며 필요한 물건만을 고르는 행위와 비슷하달까?

"난 안 그랬어. 그냥 자연스럽게 인지할 수 있었지."

지구인인 성시한에겐 그냥 창고 자체가 뻔히 보였다. 더듬을 필요도, 살펴볼 필요도 없이 그냥 슥 보고 물건을 들고 오면 되었다.

그에게 있어 투기란 감지하기 위해 정신을 집중할 필요조차 없을 정도로 '세상에 자연스럽게 존재하는 기운'이었다.

"마력도 마찬가지였고."

마력이란 세상의 자연기에 직접적으로 개입해 현세의 법칙을 왜곡시키는 정신 에너지의 일종이다.

명상을 통해 고도화되는 이 기운 역시 시한 입장에선 투기와 별다를 게 없었다. 똑같이 당연히 존재하는 것으로 느껴졌다. 또한 존재를 명확하게 인식할 수 있는 만큼 그것을 운용하는 것도 월등히 쉬웠다.

테라노어인 입장에선 아무리 투기나 마력을 느끼게 되었다 해도 그것을 다루기 위해 별개의 감각을 발달시킬 필요가 있다. 그러나 시한은 그럴 필요가 없다.

그냥 팔다리 움직이듯 의식만 하면 되는 것이다.

알리타가 기가 막혀 입을 쩍 벌렸다.

"뭐예요, 그게?"

저 개념 자체는 그녀도 알고 있었다. 마음이 일면 바로 기운이 움직이는, 일명 초인급 소드하이어의 경지가 저것이다.

그게 아예 기본으로 탑재되어 있는 기능이라고?

"완전 사기잖아요!"

시한이 피식거리며 웃었다.

"사기 맞지. 그래서 말했잖아? 내가 딱히 천재인 건 아니라고."

이것이 시한이 고작 3년 만에 투기와 마법의 극한까지 도달하게 된 이유다. 남들은 눈 감은 채 기다란 젓가락으로 한 알, 한 알 콩을 집어먹을 때, 그는 두 눈 빤히 뜨고 맨손으로 콩들을 쓸어 담아 입에 넣을 수 있는 것이다. 진도가 빠르지 않을 수 없지.

"와, 지구인 너무한다……."

허탈한 듯 알리타가 중얼거렸다. 그러다 문득 물었다.

"그런데 그게 꼭 지구인이라서인지는 모르잖아요? 그냥 시한이 유독 천재일 수도 있지 않아요?"

모든 지구인이 저런 재능을 가지고 있다면 이제껏 수련한 기간이 너무 억울하다. 차라리 성시한 한 명이 재수 없는 천재라서 그렇다고 여기는 쪽이 마음이 편하다.

시한이 고개를 저었다.

"그건 아닐걸? 릴스타인의 연구에 의하면, 저게 바로 이계의 마물들이 그토록 강력한 이유거든."

혁명 7영웅 중 루스클란의 이계소환술을 가장 깊숙이 연구한 이가 바로 릴스타인이었다.

광제의 약점을 찾기 위해 그는 저 초월적인 마법의 메커니즘에 깊이 파고들었고, 나름 성과도 올렸다.

"나라는 실험 대상도 있었으니까 아무래도 다른 마기언들보다 유리한 입장이었지. 사파란은 소환계나 환수계보단 직접적인 공격 마법에 더 강했고."

릴스타인은 이계 마물의 비정상적인 강함에 대한 합리적인 가설을 세웠다.

투기나 마력은 테라노어의 생명체에겐 새롭게 깨달아야 하는 미지의 기운이다. 반면 이계의 존재에겐 투기와 마력뿐 아니라 테라노어의 모든 것이 전부 미지 그 자체다. 그래서 차원을 넘어오며 그들의 육체와 감각은 테라노어의 현실에 맞게 재정립된다.

그 과정에서 투기나 마력 역시 이계의 존재에겐 '당연한 테라노어의 현실'로 인식되는 것이다.

"이계의 마물들도 자기 세계에서는 그렇게까지 강하진 않아. 테라노어로 차원 이동하며 이 세계의 투기나 마력을 손에 넣어 그 정도의 힘을 발휘하는 것이지."

즉 성시한의 재능은 타고난 것이 아니라 차원을 넘으며 생긴 일종의 부작용이라는 소리였다.

"그렇군요. 그럼 시한의 능력은 정확히는 지구인이라서가 아니라, 이계인이라서 생긴 거네요?"

"응, 나도 지구에 돌아간 뒤 몇몇 지인에게 투기를 가르쳐 보려고 했는데 다들 전혀 감도 못 잡더라고."

납득한 알리타가 고개를 끄덕였다. 그래도 역시 억울한 감정은 쉽게 가시지 않았다.

"그래도 차원만 넘으면 저런 초인적인 재능이 떡하니 생긴 다는 거잖아요? 부럽다아……"

"덕분에 난 처음 보는 세계에 알몸으로 뚝 떨어져 춥고 굶 주린 채 항시 목숨의 위협을 받아가며 악착같이 살아야 했지. 이래도 부럽냐?"

"어, 그건 그러네요."

알리타 역시 십 대란 나이에 투사급 소드하이어에 다다른 재능의 소유자다. 일반 평민들이 보기엔 충분히 동경의 대상 이겠지.

하지만 그녀의 실력은 항상 쫓겨 다니고, 마음 졸이며 숨어 살고, 목숨을 위협받는 과정에서 눈물과 피땀으로 이루어진 것이다.

이게 부럽다고?

알리타보고 그녀의 투기와 일반 평민의 삶을 바꾸자고 한 다면 당장에라도 승낙할 것이다.

"여하튼 저런 이유로 천변기, 방법을 가르쳐 줄 수는 있지 만 설명은 못 해준다. 알아서 터득해. 대신 감 잡은 뒤엔 내가 투기 흐름을 유도해 줄 순 있어."

"입문은 무조건 자기 힘으로 해야 한다는 거네요."

시한의 말에 알리타도 포기하고 다시 천변기 수련에 매달렸다. 열심히 낑낑대더니 또 한숨을 푹푹 쉰다.

"아우, 어렵다."

역시 시한의 능력이 부럽긴 부럽다. 그를 빤히 바라보다 말고 알리타가 고개를 갸웃거렸다.

"혹시 말이에요, 테라노어인을 지구로 한 번 보냈다가 도로 돌아오게 하면 그 사람도 시한 같은 능력이 생길까요?"

시한이 멍한 표정을 지었다.

"글쎄? 그것까진 생각 못 해봤는데……."

어쩌다 보니 잡담이 너무 길어졌다. 둘은 대화를 멈추고 각자 하던 수련으로 돌아갔다.

알리타는 열심히 얼굴을 실룩거리고 시한도 조용히 명상에 잠긴다. 집에선 오늘도 나무 깎는 소리가 살짝살짝 들린다. 제논이 뭔가 하고 있는 듯했다.

"…저 친구는 수련 안 하나?"

시한의 의문에 알리타가 어깨를 으쓱거렸다.

"새로 사 온 가구들이 너무 지저분하대요. 처리 좀 하고 시작하겠다던데요?"

돈 아끼느라 시한 일행은 망한 여관에서 쓰던 중고 가구 위주로 가재도구들을 장만했다. 그러다 보니 가구 여기저기에 묵은 때가 끼어 있었다.

당연하지만 제논은 그걸 용납하지 않았다. 벌써 1주일째 가구 청소한다고 난리다.

"또 투기검으로 포 뜬대?"

"종잇장처럼 얇게 잘도 뜨던데요?"

"하긴, 저것도 수련은 수련이네."

신경 끄고 시한은 다시 명상을 시작했다. 알리타도 말없이 천변기의 용법대로 투기를 운용한다.

한동안 뒷마당에 적막이 흘렀다. 소리 없는 바람만이 마당을 쓸어가던 중이었다.

"어?"

갑자기 시한이 고개를 들어 허공을 바라보았다. 알리타가 놀라 물었다. 시한의 안색이 딱딱하게 굳어 있었다.

"왜 그래요?"

이해할 수 없다는 듯 시한이 주위를 둘러보았다. 물론 사방이 담장과 옆 건물로 막혀 있으니 뭐가 보일 리는 없다. 하지만 지금 그가 감지하는 것은 그 너머, 수백 미터 떨어진 거리의 상황이다.

"뭐지? 왜 도시 안에서 마수의 기운이 느껴지는 거야?"

거리 저편에서 상당히 맹렬한 마수의 기척이 느껴지고 있었다. 숫자는 거의 서른 정도, 심지어 하나하나가 예전 만났던 보스급 이그니스 울프 수준이었다.

알리타가 못미덥다는 표정을 지었다.

"설마요? 아무리 작아도 일국의 수도인데요?"

이곳은 왕도 라텐셀, 인적 드문 변경 마을이 아니다. 심지어 각별히 방어에 신경 쓴 요새 도시이기도 하다. 제대로 된 정규군도 감히 침략하지 못할 정도인데 마수 따위가 나타날 리가 없는 것이다.

"그렇겠지?"

계면쩍어하며 시한이 머리를 긁었다.

아무리 시각처럼 명확하게 기운을 감지할 수 있는 시한이라도 이 정도 거리라면 충분히 착각할 수 있었다. 당장 두 눈 달린 사람도 수백 미터 밖의 물건은 잘못 볼 수 있지 않은가?

"나도 정신 차려야겠다. 너무 오랜만이라 감각이 오락가락하나 봐."

멋쩍어하며 시한이 고개를 돌릴 때였다. 거리 저편에서 희미한 음성이 들려왔다.

"으아악!"

작긴 해도 틀림없는 비명이었다. 알리타가 눈을 깜빡였다.

"…진짠가 본데요?"

빈곤의 흔적이 오래 묵은 때처럼 깊게 배어 있는 라텐셀의 빈민가. 그곳에서 서른 마리 정도의 마수가 포효하고 있었다.

"크아아아!"

대기가 흔들리며 누런 갈기가 요동을 친다. 동시에 칼날 같은 발톱이 피를 머금고 날아든다.

신장 3미터의 거대한 괴물들이 골목골목을 누비며 빈민들에게 잔혹한 이빨을 들이댔다. 사방에서 비명과 절규가 터졌다.

"으아악!"

마수의 정체는 레오칸, 사자와 침팬지를 섞어놓은 듯한 외형을 지닌 이족보행 마수였다. 이그니스 울프처럼 특수 능력은 따로 없지만 대신 무시무시한 괴력을 지니고 있다.

그런 레오칸 무리가 달려들자 빈약한 건물들이 무너지며 흙먼지가 피어났다.

"사람 살려!"

살아남은 이들이 정신없이 도망친다. 이미 거리 곳곳엔 피와 시체가 즐비하다.

뒤늦게 수도 경비대가 출동했지만 별 대응은 하지 못했다.

레오칸은 이그니스 울프보다도 한 급수 높은 마수.

투기의 힘이 없는 일반병들은 감히 덤벼들 엄두조차 내지 못하는 괴물이었다. 그저 방패를 높이 올리고 제자리를 유지하기만도 벅찼다.

"진형을 유지해!"

"화살을 쏴라!"

그야말로 혼돈의 도가니였다. 레오칸들의 살기와 사람들의 공포, 죽어가는 이들의 절규가 뒤섞여 탁해질 대로 탁해진 공기가 멀리서도 여실히 느껴진다.

거리를 질주하며 시한이 미간을 찌푸렸다.

"아니, 이렇게 튼튼한 요새 세워놓고 마수의 침입을 허용한 거야? 군기가 얼마나 개판이기에……."

뒤를 따르던 알리타도 고개를 갸웃거렸다.

"어떻게 레오칸이 여기까지 내려온 거죠? 저놈들, 보통은 산맥 깊숙한 곳에서 잘 움직이지 않는데?"

대검을 움켜쥐며 제논이 눈을 부라렸다.

"고민은 나중에 하지, 알리타. 지금은 사람들을 구하는 것이 우선 아닌가?"

알리타가 잠시 주저했다. 입장상 되도록 사람들 앞에서 튀고 싶지 않은 것이다. 반면 성시한은 전혀 부담 없는 표정이었다. 이미 얼굴을 바꾼 후니까.

'아, 나도 천변기부터 빨리 익혀야겠네. 그럼 이런 고민 따위 안 해도 되는데.'

어쨌든 눈앞에서 죄 없는 이들이 죽어가는데 그냥 두고 볼 순 없다. 알리타도 검을 뽑아 들었다.

그렇게 열심히 달리다 보니, 저 멀리 십여 마리의 레오칸 무리가 사람들을 뒤쫓는 것이 보였다.

시한이 제논에게 한마디 했다.

"방심하지 마라, 제논. 너 지금 갑옷 안 입었다."

시한과 알리타는 수련 중이어서 제대로 전투복을 갖춰 입은 반면, 제논은 집에서 청소하다 바로 뛰쳐나왔다. 덕분에 맨몸에 대검 하나만 달랑 들고 있는 것이다.

하지만 제논은 전혀 개의치 않는 얼굴이었다.

"갑옷을 입어야만 기사가 되는 것은 아니지요. 진정한 기사는 검 한 자루로 자신을 증명하는 법! 바로 하이어 시한께서 하신 말씀 아닙니까?"

"…그러니까 난 그런 말 한 거 기억 안 난다니까?"

제논이 앞장서 몸을 날렸다. 2미터의 거구가 허공을 가르며 육중한 대검을 뻗어냈다.

"타아앗!"

제논은 파산기를 발동해 레오칸의 머리통에 일격을 날렸다. 레오칸도 발톱을 교차해 막아보려 했지만 무의미했다.

파산기의 거력이 실린 투기검이 단숨에 마수의 두개골을 쪼개고 가슴께까지 깊숙이 파고들었다.

"크아아악!"

처절한 절규와 함께 마수 하나가 간단히도 참살되었다. 통상적으로 일반적인 레오칸의 전투력은 보스급 이그니스 울프 수준, 기사급 소드하이어인 제논의 상대는 되지 못하는 것이다.

"잘했어, 제논!"

"감사합니다!"

시한과 알리타도 투기검을 떨쳤다. 또다시 마수 두 마리가 피를 뿌리며 뒤로 물러났다. 갑작스레 나타난 세 사람 때문에 빈민들을 쫓던 다른 레오칸 무리도 고개를 돌렸다.

합류한 레오칸 무리가 세 사람을 포위했다.

열 마리가 넘는 마수가 으르렁대며 다가오기 시작했다.

"좋아, 일단 눈길은 돌렸고."

시한은 여유로운 얼굴로 주위의 기척을 감지했다. 저 멀리 세 명의 소드하이어가 달려오는 게 느껴졌다. 투기의 수준을 보니 셋 다 족히 기사급이었다.

'더 이상의 피해는 없겠군.'

저들과 합류하면 굳이 시한이 진짜 실력을 드러내지 않더라도 이 정도 레오칸 무리쯤은 간단히 해치울 수 있을 터다.

안심하며 시한 일행이 다시 레오칸에게 덤벼들었다.

달려온 기사 중 하나가 고함을 질렀다.

"멈춰라!"

시한 일행은 계속 마수들을 향해 투기검을 휘둘렀다. 자신들에게 한 말일 거라 생각지 않았기 때문이었다. 눈앞에서 사람들이 죽어가는데, 설마 이 상황에서 멈추라고 할 리가 없잖아?

그런데 그 설마가 맞았다.

"멈추라 하지 않았느냐!"

기사들이 투기검을 뽑아 들고 시한 일행의 앞을 가로막았다. 투기와 투기의 충돌로 대기가 뇌성을 울렸다.

콰쾅!

그 틈에 레오칸 무리가 별 상처 없이 물러났다. 황당해하며 제논이 소리쳤다.

"이게 무슨 짓이오?"

무뚝뚝한 얼굴로 기사 중 한 명이 뇌까렸다.

"이 자리는 이제 흑사자 기사단이 통제한다! 민간인은 물러나라!"

어이가 없어 알리타도 외쳤다.

"우린 프리 하이어예요! 도우려는 거라고요!"

하지만 기사들은 전혀 신경 쓰지 않는 듯했다. 그저 앵무새처럼 했던 말을 반복할 뿐이다.

"민간인은 물러나라! 이는 왕명이다!"

어이가 없어 시한 일행은 말문을 잃었다. 그러자 다른 기사가 고함을 꽥 터뜨렸다.

"물러나라면 물러날 것이지 무슨 잔말이 그리 많은가? 왕명을 거역할 셈이냐!"

시한의 안색이 굳었다.

뭔가 상황이 이상했다. 상식적으로 볼 때, 시한 일행 정도의 전력이 가담한다는데 반대할 이유가 전혀 없었다.

'무슨 꿍꿍이인 거야, 이거?'

"이보시오! 이대로 물러나라니?"

"말이 되는 소리예요, 그게?"

상황을 납득하지 못한 제논과 알리타가 따지려 했다.

하지만 시한이 둘의 말을 가로막았다. 그리고 고개를 숙이며 순순히 기사들의 말에 따랐다.

"그럼 기사님들께 맡기겠습니다, 무운을!"

기사 중 한 명이 얼굴을 붉혔다. 시한이 말한 무운이란 단어에 반응한 것이다. 뭔가 부끄러워하는 표정으로 그가 소리를 빽 질렀다.

"어서 물러서기나 해라!"

골목으로 후퇴해 시한 일행은 전황을 지켜보았다. 세 명의 기사가 마수들을 포위한 채 전투를 시작했다.

마수들 사이를 누비며 기사들이 맹렬히 투기검을 휘두른다. 무거운 갑옷을 입고 있음에도 움직임이 바람처럼 빠르다.

하나같이 레오칸 무리에게서 한 치도 물러서지 않고 팽팽히 전투를 전개하고 있다.

역시 국왕 직속의 흑사자 기사단, 젝센가드 왕국 최강다운 실력이었다.

그래서 시한은 더더욱 수상해했다.

'역시 이상해.'

돌아보며 시한이 질문했다.

"제논, 자네라면 레오칸 열댓 마리를 상대하는 데 얼마나 걸리겠나?"

"지금이라면 갑옷이 없으니 시간이 좀 걸리겠죠. 한 십여 분 정도?"

상황을 상정한 제논이 진지하게 대답했다.

한 마리 처리하는 데 30~40초면 충분하다는 소리인데, 그가 기사급 소드하이어인 걸 생각해 보면 전혀 오만한 말이 아니었다.

제대로 갑옷을 갖춰 입었다면 굳이 움직일 필요도 없이, 그냥 제자리에서 일격일살로 척척 썰어버리고 상황 종료다.

시한도 동의했다.

"그래, 갑옷이 없어도 시간만 조금 걸리는 정도지, 위험할 수준은 아니지."

알리타 역시 마찬가지였다. 이리저리 몰고 다니며 각개격파를 노린다면 그녀 혼자서도 저 정도쯤은 충분히 상대할 수 있었다. 제논보다 시간은 더 걸리겠지만 딱히 위험에 처하거나 할 리는 없다.

제논이나 알리타가 보스급 이그니스 울프에게 당했던 것은 어디까지나 전혀 예상 밖의 전격 공격 때문이지, 결코 실력에서 밀린 것이 아니다.

"그런데 기사급 소드하이어 셋이서, 무장도 완전히 갖추었는데 저 숫자의 레오칸을 상대로 저렇게 시간을 끌고 있다고?"

그러자 제논과 알리타도 상황을 눈치챘다. 알리타가 굳은 얼굴로 말했다.

"저 사람들, 제대로 싸울 생각이 없는 걸까요?"

제논도 어이없어하며 뇌까렸다.

"저 인간들, 대체 뭐하는 거지?"

그때였다. 갑자기 시한이 안색을 딱딱하게 굳혔다.

"윽?"

거리 저편, 멀리서 누군가가 다가오고 있었다.

무시무시한 스피드로 도로를 질주하며 삽시간에 거리를 좁히는, 당장에라도 눈앞의 모든 것을 파괴해 버릴 듯한 거대하고 흉폭한 기운!

'이 투기는!'

시한의 두 눈에 핏발이 섰다.

느껴진다. 십 년이란 세월 동안 느껴본 적이 없는, 하지만 바로 어제 만났던 것처럼 생생하게 떠오르는 '그'의 투기가!

"고작 미물들 주제에!"

우렁찬 음성이 라텐셀의 하늘을 쩌렁쩌렁 울렸다.

"감히 짐의 백성들을 건드리느냐?"

지붕 쪽에서 눈부신 빛이 솟구쳐 허공을 갈랐다.

빛의 원반 두 개가 호선을 그리며 맹렬한 기세로 레오칸 무리에게 날아들었다.

레오칸 두 마리가 정수리부터 사타구니까지 일격에 쪼개지며 사납게 선혈을 뿌려댔다. 그러고도 기세가 죽지 않았는지 빛의 원반이 대지에 처박혀 요란한 굉음을 울렸다.

콰콰쾅!

원반의 정체는 회전하는 거대한 배틀액스였다. 너무도 강력한 투기가 무형을 넘어 유형의 빛으로 화한 것이다.

땅에 박힌 채 백열하던 배틀액스 두 자루가 진동하며 저절로 떠올라 지붕 위로 돌아갔다. 굳건한 두 팔이 날아온 배틀액스를 움켜쥐었다.

도끼를 쥔 사내를 보며 공포에 떨고 있던 시민들이 환호성을 터뜨렸다.

"오오!"

"국왕님이시다!"

"살려주십시오, 우리의 왕이여!"

"저 사악한 마수를 해치워요!"

수많은 경외의 눈빛과 목소리가 배틀액스를 쌍수로 쥔 근육질 사내에게 쏟아진다.

사내가 호탕한 외침을 터뜨렸다.

"걱정 말거라, 나의 백성들아! 그대들을 이 몸이 가호하노니!"

시한의 눈동자에 불꽃이 튀었다.

"…젝센가드!"

젝센가드는 지붕을 박차고 날아올랐다. 레오칸들 앞을 가로막으며 그가 호통을 쳤다.

"흑사자 기사단! 백성들을 지켜라!"

기다렸다는 듯이 기사들이 뒤로 물러서며 일사불란하게 대답했다.

"예! 국왕 폐하!"

갑작스레 나타난 초월적인 기세에 레오칸들이 움찔거리며

물러선다.

양손에 든 배틀액스를 강하게 움켜쥐며 젝센가드가 히죽 웃었다.

"요 근래 몸이 찌뿌둥했는데 마침 잘됐군!"

배틀액스가 재차 눈부신 백색으로 빛나기 시작했다. 찬란한 투기광을 펼치며 그가 땅을 박차고 돌진했다.

"모조리 죽여주마, 미물들아!"

젝센가드는 흑갈색 머리칼을 휘날리며 순식간에 레오칸 무리 가운데로 뛰어들었다. 두 자루 배틀액스가 화려한 빛의 춤을 추기 시작했다.

젝센가드가 다루는 배틀액스는 도끼날만도 1미터에 손잡이까지 합치면 근 2미터에 달한다.

어지간한 소드하이어라도 양손으로 다뤄야 할 거대한 도끼를 쌍수로 쥔 채, 마치 수수깡이라도 되는 양 가볍게 휘두르는 것이다.

"가소롭다!"

일격에 3미터의 마수가 둘로 쪼개진다.

"하찮은 마수 따위가 이 몸의 상대가 될 성싶으냐!"

이격에 레오칸 세 마리의 머리통이 허공으로 떠오른다.

"으하하하!"

호탕한 웃음과 함께 다섯 마리의 허리가 일도양단된다.

레오칸들도 어떻게든 이빨과 발톱을 들이댔지만 씨도 먹히지 않았다. 섬광이 공간을 가를 때마다 마수의 피가 사방으로 흩뿌려졌다.

순식간에 스무 마리 가까이 되던 레오칸 무리가 고작 세 마리만 남게 되었다. 공포에 질린 레오칸들이 바닥을 박차고 저마다 다른 방향으로 도망치기 시작했다.

젝센가드가 눈을 부라렸다.

"이것들이 감히 도망을 가?"

아무리 초인급 소드하이어라도 몸이 하나인 이상 세 방향을 모두 쫓아가진 못한다. 그리고 그는 그럴 생각도 없었다.

"흥!"

코웃음을 치며 젝센가드가 오른발로 땅을 굴렀다.

콰앙!

바닥이 깨지며 석재로 마감된 거리의 도로에 거미줄처럼 금이 갔다. 이내 뻗어 나간 금이 빛을 발하며 커다란 문양을 그린다. 동시에 문양으로부터 강대한 기운이 뻗어 이 일대를 모조리 장악한다.

"저건!?"

제논이 경악해 눈을 깜박였다.

"…말로만 듣던 투기진?"

마기언들이 사용하는 마법진처럼, 경지에 다다른 소드하이어는 투기를 이용해 테라노어의 현세에 직접 개입해 초월적인 현상을 일으킬 수 있다.

최소 초인급 이상의 경지에 도달해야 가능하다는 투기술의 극의 중 하나다.

백색의 빛이 바닥을 타고 세 방향으로 뻗어갔다. 회심의 미소를 지으며 젝센가드가 오른손을 들어올렸다.

"투기진, 거인의 손!"

굉음과 함께 거대한 바위의 손이 불쑥 튀어나와 세 마리 레오칸을 굳게 붙잡았다. 붙잡힌 레오칸들이 고통의 비명을 터뜨렸다.

젝센가드는 그대로 오른손을 움켜쥐었다.

"으깨져라, 벌레 같은 것들!"

거인의 손이 힘껏 주먹을 쥐었다. 암석으로 이루어진 거대한 손가락 사이사이로 마수의 핏물이 분수처럼 솟구쳤다.

통쾌해하며 젝센가드가 껄껄 웃었다.

"하하하핫!"

거인의 손이 무너지며 시뻘건 바위가 거리 위로 데굴데굴 굴러간다. 그것만으로도 지축이 흔들리며 흙먼지가 피어오른다.

눈앞의 광경에 알리타와 제논은 입을 쩍 벌렸다.

"…진짜 괴물이다."

"저것이 초인급 소드하이어의 힘인가……."

두 사람 다 혁명 7영웅에 대한 이야기는 말과 책으로 익히 접했었다. 하지만 직접 보고 느끼는 것은 차원이 달랐다. 머릿속이 텅 비어 버릴 정도로 압도적인 광경이었다.

그렇게 모든 마수를 처리한 뒤 젝센가드가 고개를 돌렸다. 멍하니 서 있는 백성들을 향해 그들의 왕이 고함을 지른다.

"마수들은 모두 죽었다. 더 이상 그대들에게 위험은 없느니!"

그제야 백성들의 얼굴에 짙은 안도감이 떠올랐다. 환호를 터뜨리고 정신없이 허리를 조아리기 시작한다.

"오오오!"

"국왕 폐하 만세!"

"혁명 영웅 만세!"

"감사합니다, 국왕님!"

"감사합니다!"

그 광경을 지켜보던 시한의 표정이 일그러졌다.

이제야 상황이 좀 이해가 갔다.

'…젝센가드, 저 개자식이!'

무릇 왕은 백성들 앞에 스스로를 증명할 필요가 있다.

하지만 왕과 백성 사이의 거리는 멀다.

그렇기에 왕은 주화에 자신의 얼굴을 박아 존재를 알리고,

행정을 통해 엄정함을 보이며, 정책을 통해 지혜를 드러내고, 군대의 선봉에 서서 용맹을 떨친다.

전술한 것들 대부분은 평시에도 할 수 있다.

하지만 용맹을 떨치는 일은 전쟁터에서만 가능하다. 그래서 지구의 고대 군주는 일부러 신하와 백성들 앞에서 주기적으로 사자 같은 맹수를 사냥하는 모습을 보여 스스로의 용기를 증명하곤 했다.

지금 젝센가드가 벌인 일이 그와 같았다.

어째서 깊은 산속에서나 서식하는 마수 무리가 일국의 수도에 나타났는가? 어째서 흑사자 기사단이 도우려는 시한 일행을 오히려 가로막았나? 어째서 기사급 소드하이어가 셋이나 왔으면서도 레오칸 무리 하나 상대하지 못해 쩔쩔맸는가?

이유는 간단했다.

처음부터 몰래 잡아놓고 풀어놓은 것이니까. 기껏 풀어놓은 레오칸 무리가 국왕 폐하가 도착하기도 전에 죽어버리면 안 되니까.

이 모든 것은 지엄하신 국왕 폐하께서 연약한 백성들을 보호하는 광경을 연출하기 위한 장대한 쇼일 뿐인 것이다!

부서진 거리와 사방에 흩뿌려진 시민들의 핏자국을 보며 시한은 치를 떨었다.

'이게 무슨 미친 짓이야?'

사실 군주의 입장이라면 전혀 이해가 가지 않는 상황인 것만도 아니었다. 사람은 보이지 않는 미래보단 눈앞의 현실에 열광하는 법이다.

실제로 라테셀의 시민들은 젝센가드에게 환호성을 보내고 있다.

진실이야 어떻든 당장의 효과는 분명 나쁘지 않은 것이다. 21세기 지구만 해도 온갖 전시행정이 판을 치는 마당인데 문명 수준이 떨어지는 테라노어야 볼 것도 없지.

하지만 이해할 수 있다 하여 저 참상이 용납되는 것은 아니다.

시한은 속으로 한탄했다.

'타락했구나, 젝센가드⋯⋯.'

예전의 젝센가드는 저렇지 않았다. 비록 단순하고 난폭한 성격이지만 가슴속에 흔들리지 않는 신념이 있었다. 온몸을 바쳐 약자를 돕고, 목숨 걸고 정의를 행하며, 그 어떤 세파에도 의지를 꺾지 않는 강인한 전사였다.

'그러던 친구가 이젠 이런 비열한 짓까지 해가며 인기에 연연하는 지경까지 몰락했단 말이지?'

역시 십 년이란 결코 짧은 시간이 아니었던 모양이다.

증오를 넘어서 허탈한 눈빛이 되어 시한은 저 멀리, 과거의 동료를 바라보았다.

젝센가드는 흐뭇한 미소를 지으며 백성들의 환호성에 손을 흔들며 답하고 있었다.

'…아니, 그건 아닌가?'

문득 시한은 의아해했다. 젝센가드의 표정이 지나치게 진실되어 보였다.

저 자랑스러운 얼굴.

한 치의 부끄러움도 보이지 않는 당당한 눈빛.

젝센가드는 저렇게까지 교활한 연기를 할 수 있는 작자가 아니었다. 그 정도로 영리한 인간이었다면 왕년의 시한과 릴스타인이 그토록 고생하지도 않았다. 그리고 원래 세 살 버릇은 여든까지 가는 법이다.

'맙소사!'

한 번 더 진실을 알아채고 시한이 입을 떡 벌렸다.

'저 멍청한 자식은 모르는 거야?!'

젝센가드 본인은 진심으로 자신이 백성들을 구하고 있다고 믿고 있는 것이다!

아무래도 곁의 신하들이 멋대로 저지른 짓인 것 같다. 국왕의 기분을 맞춰주기 위해 몰래 이런 쇼를 준비한 뒤 젝센가드로 하여금 마음껏 스트레스를 풀게 하는 것이다.

기분을 해소한 젝센가드는 이제 도로 세상일 잊고 왕궁에 처박혀 놀 것이고, 그동안 신하들은 멋대로 국정을 주무를 수 있겠지.

지구 역사 속에서도 비슷한 일은 얼마든지 있었기에, 시한은 쉽게 상황을 유추할 수 있었다. 그가 이마를 짚었다.

'아으, 저 멍청이⋯⋯.'

차라리 타락한 쪽이 나은 것 같다. 저건 타락하지도 못한 어릿광대잖아!

아니지, 밑의 신하가 벌이는 일조차 파악하지 못하는 국왕이니 타락한 어릿광대라고 해야겠다.

'바보인 줄은 알고 있었지만 이렇게까지 바보였냐⋯⋯.'

＊　　　＊　　　＊

"만세!"

"국왕 폐하 만세!"

"혁명 영웅 만세!"

사방에서 울리는 환호성을 기분 좋게 음미하며 젝센가드는 주위를 내려다보았다. 사방에서 경외의 시선이 느껴진다.

'암, 역시 이것이 왕이 할 일이지. 백성들을 보호하고 사악한 적을 해치우는 것이야말로 지배자의 본분이지.'

뿌듯해하며 젝센가드는 두 자루 도끼를 등에 차고 천천히 거리를 걸었다.

흑사자 기사단이 그의 주위를 옹위하며 뒤따른다. 그렇게 걸음을 옮기다 말고 문득 젝센가드가 인상을 썼다.

"음?"

한 남자가 있었다. 검은 머리, 검은 눈동자를 지닌 20대 후반의 사내였다. 그가 젝센가드를 노려보고 있었다.

젝센가드는 의아해했다. 누군가가 그를 노려보고 있기 때문이 아니었다.

그는 일국의 왕이기 전에 전 대륙의 추앙을 받는 영웅이었다. 숭배만큼이나 원망과 증오, 질시 어린 눈빛도 많이 받아 보았다. 그렇기에 사람들의 시선들 따윈 전혀 신경 쓰지 않았다.

그러나 저 사내의 눈빛만큼은 묘하게 신경이 쓰인다. 분명처음 보는 얼굴인데도 이상하게 낯익다.

젝센가드가 무심코 걸음을 멈췄다.

'뭐지?'

시한와 젝센가드의 시선이 허공에서 교차했다.

'이런!'

당황하며 시한은 바로 고개를 숙여 시선을 피했다. 아직은 젝센가드에게 자신을 드러낼 때가 아니었다.

그의 옛 친구는 여전히 멍청하고, 무식하고, 단순했다.

그리고 여전히 강했다.

세상이 바뀌었음에도 젝센가드의 실력은 조금도 쇠퇴하지 않았다. 강렬한 투기와 굴강의 육체는 십여 년 전, 1천의 제국군조차 홀로 서서 막아내던 '걸어 다니는 성벽' 시절 그대로다.

'신중하게, 만반의 준비를 갖춘 뒤……'

시한은 조심스레 인파 속으로 몸을 숨겼다. 상대가 보이지 않자 젝센가드도 도로 고개를 돌렸다. 잠깐 신경이 쓰이긴 했지만, 단지 그뿐이었다.

'뭐, 별거 아니겠지.'

젝센가드는 다시 왕성으로 걸음을 옮겼다. 무수한 인파 속 수많은 환호성이 등 뒤로 쏟아지고 또 쏟아졌다.

"만세!"

"젝센가드 폐하 만세!"

과거의 영웅은 흐뭇하게 웃었다.

참으로 기분 좋은 하루였다.

＊　　　＊　　　＊

성시한 일행이 왕도 라텐셀에 자리 잡은 지 어느덧 보름째. 짧다면 짧고 길다면 긴 저 시간을 일행은 알차게 보냈다.

알리타는 천변기의 기초에 입문해 미세하게나마 인상을 바꿀 정도의 수준이 되었다.

천재 중 천재라는 레비나보다도 빠른 진도였지만, 사실 당시 레비나는 아무런 설명 없이 맨땅에 헤딩한 셈이고 알리타는 테라노어 기준의 천변기 용법도 따로 익힐 수 있었으니 두 사람을 비교하는 것은 무의미했다.

제논도 파산기의 용법에 상당히 진전을 보았다. 원래 파산기는 왕년의 성시한이 젝센가드의 고유 투기술, 폭렬기를 누구나 사용할 수 있도록 개조한 것이다.

그가 바로 원조인 만큼 제논도 많은 것을 얻을 수 있었다.

성시한 역시 투기와 마력을 올리는 데 집중했다.

이미 한 번 걸어본 길, 게다가 이계인이라는 특성 덕에 그는 어느새 바닥난 투기와 마력을 세 배 이상 올려놓았다. 예전과 비교하면 여전히 초라한 힘이지만 테라노어 기준에서는 말도 안 되는 진도였다.

그렇게 각자 기량을 키우며 시한 일행은 조용히 때를 기다렸다. 젝센가드에게 자연스럽게 접근하기 위한 기회를 노리면서.

그러던 어느 날, 라텐셀의 중심인 베르크 중앙 광장에 공문이 붙었다.

위대하신 혁명의 인도자, 세계의 변혁을 이끌고 왕국을 수호하시는 젝센가드 라텐베르크 폐하의 이름으로 고한다!

현재 베르셀트 지역에서 흉악한 사교도가 창궐해 사악한 마수 무리를 부려 백성들을 괴롭히고 세상을 어지럽히니, 영명하신 국왕 폐하께서 큰 뜻을 세우시어 이들을 벌하고자 하셨다!

이에 왕국은 영웅들을 모집하노라!

이 명예로운 전투에 몸담을 이들은 토벌대에 참가하여 이름을 드높이도록 하라!

공문 앞에서 상당한 수의 용병이 흥분하며 참가 의사를 밝히고 있었다. 인파를 둘러보며 시한이 눈을 빛냈다.

"기회가 왔군."

『이계진입 리로디드』 2권에 계속…